Tatort Gemeindebau

Edith Kneifl (Hg.)

Tatort Gemeindebau

13 Kriminalgeschichten aus Wien

Falter Verlag

Die Handlung der folgenden Kurzgeschichten ist frei erfunden. Manche der Krimis sind von wahren Begebenheiten beeinflusst, trotzdem ist jede Ähnlichkeit mit lebenden oder verstorbenen Personen rein zufällig.

ISBN 978-3-85439-573-7

1011 Wien, Marc-Aurel-Straße 9
T: +43/1/536 60-0, F: +43/1/536 60-935
E: bv@falter.at, service@falter.at
W: faltershop.at

Herausgeberin: Edith Kneifl

Autorinnen und Autoren: Reinhardt Badegruber, Eva Holzmair, Reinhard Kleindl, Edith Kneifl, Beatrix Kramlovsky, Lisa Lercher, Andreas P. Pittler, Manfred Rebhandl, Erwin Riess, Thomas Schrems, Sylvia Treudl, Günther Zäuner, Franz Zeller

Lektorat: Helmut Gutbrunner

Umschlagdesign: Dirk Merbach

Grafik: Marion Großschädl

Layout: Barbara Blaha

Illustration Vorsatz: Celiafoto / Shutterstock

Produktion: Susanne Schwameis

Gedruckt in der EU

FSC www.fsc.org MIX Papier aus verantwortungsvollen Quellen FSC® C014138

Inhalt

Vorwort ~ *Edith Kneifl* 7

Andreas P. Pittler ~ Hausmasters Voice 9

Lisa Lercher ~ Die Tatort-Fini hat einen Verdacht 27

Erwin Riess ~ Brief an einen Floridsdorfer im Exil 49

Reinhardt Badegruber ~ Nackt und rasiert 61

Eva Holzmair ~ Das Wassermännlein 83

Manfred Rebhandl ~ « L'Ennui, c'est moi! » 103

Günther Zäuner ~ Ruf an! Sofort! 123

Sylvia Treudl ~ Die Stunde des Drachen 145

Reinhard Kleindl ~ Justin Sedlacek, Meisterdetektiv 165

Franz Zeller ~ Zerfall 185

Beatrix Kramlovsky ~ Im Tischtennisraum 203

Thomas Schrems ~ Hütet euch vor dem Karierten 223

Edith Kneifl ~ Gloria 241

Herausgeberin, Autorinnen und Autoren 265

Vorwort

»Du bist die Blume aus dem Gemeindebau«. Der bekannte österreichische Liedermacher Wolfgang Ambros setzte mit diesem wunderschönen Liebeslied dem Wiener Gemeindebau ein musikalisches Denkmal.

Aufgewachsen im Gemeindebau? Ja, einige der zwölf österreichischen Kriminalschriftstellerinnen und Kriminalschriftsteller, die ich einlud, Geschichten für diese Anthologie zu schreiben, sind in einer Gemeindewohnung aufgewachsen, manche leben noch heute dort. Vielleicht ist ihnen auch deshalb die Schilderung dieses ganz spezifischen Milieus so gut gelungen.

Das Rote Wien der Zwischenkriegszeit und der international vorbildliche kommunale soziale Wohnbau in Wien sind untrennbar miteinander verbunden. Begonnen hatte alles in den 1920er-Jahren. Der in Wien regierenden Sozialdemokratischen Arbeiterpartei gelang es, die verheerenden Lebensbedingungen der Arbeiterinnen und Arbeiter maßgeblich zu verbessern, indem sie 65.000 billige und hygienisch einwandfreie Gemeindewohnungen errichten ließ. Größter Wert wurde schon damals auf eine gute Infrastruktur gelegt. Lebensmittelgeschäfte, Büchereien, Kindergärten, gemeinsame Waschküchen und Grünflächen mit Kinderspielplätzen wirkten der Isolierung entgegen, stärkten den Gemeinschaftssinn.

Während des Februaraufstandes 1934 gegen die Ständestaatdiktatur wurden einige der festungsartig anmutenden Gemeindebauten vom Republikanischen Schutzbund dazu genützt, sich gegen die Angriffe der Polizei und des Bundesheeres zu verteidigen. Nach der Machtergreifung der Austrofaschisten und in der darauf folgenden NS-Diktatur erlosch die Bautätigkeit des Roten Wien. Kurz nach Kriegsende nahm die Stadt den kommunalen Wohnbau wieder auf und führt ihn bis heute fort.

Architektonisch passten sich die Gemeindebauten immer den jeweiligen gesellschaftlichen Verhältnissen an. Die klassischen Gemeindebauten der Zwischenkriegszeit wurden übrigens wegen ihrer oft pompösen Eingänge scherzhaft »Arbeiterbarock« genannt. Die typischen Hochhäuser und Hochhaussiedlungen in Fertigteilbauweise der späten Fünfziger- und Sechzigerjahre wurden als »Emmentaler-Architektur« verspottet und in den reicheren Siebziger- und Achtzigerjahren von Wohnhausanlagen mit schönen Terrassen abgelöst. »Ohne dich wär dieser Bau so grau«, sang Wolfgang Ambros damals und meinte damit seine Blume aus dem Gemeindebau.

Freuen Sie sich auf spannende und witzige Geschichten. Und wer weiß, vielleicht melden Sie sich nach der Lektüre sogar für eine Gemeindewohnung an?

Herzlichst,
die Herausgeberin Edith Kneifl
Wien, im September 2016

Andreas P. Pittler

Hausmasters Voice

Eine schwarze Geschichte

I.

Wer san Sie und was wollen Sie? Ah, vom Fernsehen! Gut, und was wollen S' da von mir? Weil eins sag ich Ihnen gleich: wenn S' wegen derer Gschicht da kommen, da sind S' bei mir an der falschen Adress, weil dazu sag ich einmal aus Prinzip überhaupt nix, nur damit das klar ist. ... Ah, eine Dokumentation machen S'. Na gut, wenn's weiter nix ist, dann kommen S' halt erst einmal rein.

Von welchem Sender sind Sie noch einmal? ATV? Nein? ... Was? ... Nie g'hört! Gibt's den auf Kabel? Na wurscht, ich schau eigentlich eh nie fern. Zahlt sich nicht aus. Ich kenn das von der Pokorny ober mir. Hundert Programme und überall dasselbe. ... Ja, ja, das ist mir klar, dass Sie das sagen müssen, von Berufs wegen quasi. Aber mir macht da keiner was vor. Früher, ja, da war Fernsehen noch was! Peter Frankenfeld zum Beispiel, kennen S' den noch? »Musik ist Trumpf«! ... Ah ned, na, da haben S' echt was verpasst. Das waren noch Sendungen. Oder »Am laufenden Band« mit dem Dings, dem ... was? Rudi Carrell! Genau! Der Edamer! Der war echt witzig! Also auch seine Sketche, wissen S'. Trauert man so einem Kasroller gar ned zu, dass der was von Humor versteht. Aber der Rudi, der hat's draufg'habt, der alte Holzschlapfen. ... Na ja, was ich damit sagen will, ist, früher war Fernsehen halt noch Fernsehen, ned wahr! Wir haben zwar nur zwei Sender g'habt, aber genau deswegen war jede einzelne Sendung ein Highlight, verstehen S'! »Dalli Dalli« oder auch das mit dem Eierschädel, wie hat der schnell g'heißen, dieses heitere Beruferaten, das war lustig. Genau! »Was bin ich« hat das g'heißen. ... Na und erst die Serien, die waren super damals! Kottan! Mundl! ... Robert Lemke – so hat der g'heißen, der was das »Was bin ich« gmacht hat! Und »Ringstraßenpalais«. Mei, das war fesch. Die Leut damals, alle so ... fesch, halt! Ned? Aber heute? Lauter Schmarren, wenn S' mich fragen! »Vorstadtweiber«! Pfff! Was interessiert mich, wer da wann mit wem herumpudert! Wenn ich spechteln will, dann geh ich runter in die Waschküche und schau dem Bösel zu, wie er die Halina schnackselt. Der Depp glaubt, das weiß keiner! Dabei weiß es ein jeder im Bau, sogar die Sevgi, die was die Kopftuchtürkin im zweiten Stock ist. Wahrscheinlich weiß es sogar in Bösel seine Alte, aber die ist wahrscheinlich froh, dass er sie auslasst mit seiner Geilheit, der ausgschamte Haderlump der. ... Wo war ich? Ach ja, das Fernsehen von heute! Schrecklich, ganz einfach schrecklich! Heute müssen S' schon ein Mordstrumm Glück haben, wenn S' einmal eine gscheite Sendung sehen wollen. Vor der Wahl zum Beispiel, da war so eine Dokumentation über den Jonas Franzl im ORF, die war gut, die hab sogar ich mir angschaut. Da hat der Androsch gredet und der Krimischreiberling, der Pittler! Kennen S' den? Ned? Na, wurscht, ich kennert ihn ja auch ned, wenn er ned da im Reumannhof auf unserer Stiegen fünfzehn Jahr gwohnt hätt. Ganz nett eigentlich, aber immer eine furchtbare Frisur. Ich glaub fast ... Was? Ah! Sie täteten gern anfangen! Na warum sagen S' das ned gleich. Ich sitz da und wart wie bestellt und ned abg'holt, und Sie plauschen mich da nieder in einer Tour!

Also, was wollen S' wissen? Sagen S' jetzt ned, Sie machen schon wieder so eine depperte Dokumentation über die Freaks im Gemeindebau, weil für so etwas bin ich nicht zu haben, dass das gleich einmal klar ist! Bitte, es stimmt schon, dass der Gemeindebau auch nimmer ist, was er einmal war, aber solchene Trottel, wie ihr Fernseh-Fuzzis immer aus uns macht, simma auch wieder nicht. Und als Hausmeister, bitte schön, hat man eine Verantwortung. Immer noch! Auch wenn's nicht mehr so ist, wie's früher einmal war.

Früher war man als Hausmeister ja eine Respektsperson, bitte schön. Da hat der ganze Bau auf einen g'hört. Mein lieber Schwan, wenn ich beim Fenster außegschaut hab und nur kurz gschrien hab, eine Ruh is, dann war's da still wie am Friedhof um Mitternacht. Und genau so g'hört es sich auch! Und wir haben nur astreine Mieter g'habt! Alles Mechaniker, Maurer, Tischler, Elektriker, Installateure! Ned solche windigen Gestalten wie heute, wo du keine Ahnung hast, was die eigentlich machen. So Programmierer, PR-Heinis oder Softwehrentwickler. Ich mein, was soll das überhaupt sein, eine Softwehr, ned wahr! Na ja, früher, da hat man halt noch ehrliches Geld mit ehrlicher Arbeit verdient, drum waren wir früher auch ned so im Oasch daheim wie heute. Mit die ganzen Banken und so, wissen S' eh, Krise, sag ich nur. Früher war eine Bank eine Sparkassa. Da hat man einen Zehner einzahlt oder auch einen Zwanziger, und die haben das auf ein Sparbuch tan, und wenn man's braucht hat, dann haben sie es einem wiedergegeben. Da wär keiner auf die Idee gekommen, das als Spielgeld für irgendwelche halbseidenen Gschichten zu nehmen. Aber gut, damals haben die Banken ja auch noch uns g'hört und ned wir den Banken. Das ist ja erst alles mit dem depperten Neoliberalis... was? Ah so, die Kamera rennt schon. Na, warum sagen S' denn das nicht gleich! Warten S', bin ich überhaupt gscheit frisiert? Ned, dass mir da irgendwo eine Meschen weghängt oder so. ... Gut? Gut! Also, als Hausmeister hat man damals ja noch den Zins kassiert, ned wahr. Da sind die Mieter am Ultimo kommen und haben das Geld bar bei mir auf den Tisch legen müssen. Und da hat's so ein kleines Zinsbüchl geben, und in das hab ich dann den Empfang quittiert. Stellen S' Ihnen vor, ich hätt mich da einmal verzählt oder so etwas, der Hausinspektor hätt mir den Kopf abgrissen. Da hätt ich dann schön ausgschaut, mit die ganzen Kabeln, die da dann aus dem Hals außestehn, ned wahr! ... Ah, das finden S' ned lustig? Na gut, ich find auch viel ned lustig. Immer weniger eigentlich. Wenn ich allein schon bei unserer Hauswand heute raufschau, da seh ich diese ganzen depperten Sat-Schüsseln überall hängen. Echt abstoßend, sag ich Ihnen. Das hat ja alles kein Gsicht mehr, aber bitte, allerweil, das wär unsere einzige Sorg. Na wurscht. Jedenfalls hab ich immer in der Nacht vorm Ersten zigtausende Schilling bei mir im Brotladl liegen g'habt. Das war eine unvorstellbar hohe Summe damals. Andere wären da in Versuchung kommen. Aber bei mir hat's nix geben! Als Hausmeister ist man quasi eine Amtsperson. Und eine Amtsperson, die ist unbestechlich. Also damals halt. Heut, na, das wissen S' ja eh selber. ... Aber egal. Was auch immens wichtig war, das waren die Waschmarken! ... Ja, ja! Damals hast ned so einfach in die Waschküche runtergehen können und dein Zeug in die Trommel stopfen! Da hat Ordnung geherrscht, mein lieber Herr! Ich hab einen ganz genauen Plan g'habt, wer wann dran war. Und der hat sich dann pflichtschuldigst bei mir den Schlüssel zur Waschküche abholen dürfen und Waschmarken kaufen dürfen. Je nachdem, für was er es halt gebraucht hat. Unterwäsch oder so, das geht ja schnell, gell, da brauchst höchstens eine. Also Waschmarke, mein ich jetzt. Aber wennst deine Bettwäsch gwaschen hast oder, was weiß ich, Frühjahrsputz halt, da hast mitunter auch zwei oder sogar drei braucht. Na ja, jedenfalls hab ich darüber natürlich auch ganz genau Buch führen müssen.

Und dann natürlich die eigentliche Hausmeisterei! Zweimal die Woche Stiegen kehren, einmal die Woche Stiegen waschen, einmal im Monat Fenster putzen. Lift kehren, das Grünzeug im Hof gießen. Schauen, dass die

Kinderschaukel in Ordnung ist, und im Winter natürlich Schnee schaufeln, wenn's gwesen ist. Glauben S' mir, als Hausmeister wird dir nie fad. Und vor allem, wie gsagt, als Hausmeister bist ja auch eine Respektsperson, das heißt, du musst zwischen die Leut vermitteln, wenn's irgendwo Probleme gibt, ned wahr. Früher, ja früher war das ganz leicht. Wir waren ja alle vom selben Schlag, da hat's eigentlich gar keine Probleme geben. Hie und da sind einmal zwei unten im Wirtshaus aneinandergraten, aber da hat's mich auch nicht braucht, weil zerst hat sie der Wirt außeg'haut und dann sind s' eh von ihre eigenen Frauen birnt worden, weil s' so blöd waren. So haben wir uns unsere Sachen eigentlich immer selber gregelt. So eine Gemeindebaubetreuung oder wie das neumodische Zeug da heute heißt, das die vom Rathaus uns da dauernd aufs Aug drücken wollen, das hätt's damals nie gebraucht. Wir waren, wenn S' so wollen, eine einzige große Familie, und da regelt man seine Probleme auch unter der Tuchent, also, Sie wissen schon, wie ich das meine. Man braucht keinen Richter, wenn S' verstehen!

Was? Ob das jetzt anders ist? Ja schon! Aber ned, wie Sie das jetzt vielleicht hören wollen. Ich kenn euch ja, euch Fernseh-Pülcher. Ihr dreht die Sachen immer gern so, wie ihr sie haben wollt. Aber das sag ich Ihnen gleich: dass es nimmer so ist, wie's einmal war, das hat nix damit zu tun, dass da jetzt Türken und Jugos und Perser und, was weiß ich, Murlis wohnen. Das ist da ein Gemeindebau. Da hat's immer schon alle Farben gspielt, bildlich gesprochen! Als ich da im Neunundsiebzigerjahr den Posten antreten hab, da hat's oben im ersten Stock die Marek geben. Die hat immer noch böhmakelt wie der Maxi Böhm. Die Neziba von der Siemerstiegn, a so eine Kanaille. Gelt. Und der Swetoslawski, das war ein waschechter Pole. Der ist ein Jahr später kommen, direkt aus Krakau oder wo. Der ist damals abpascht wegen dem Kriegsrecht und so, was die g'habt haben in Polen droben. Der Swetoslawski, jöh, der war lustig. So einen Schnurrbart hat der g'habt. So einen, aber wirklich! Und ganz verwoahdagelt hat er Deutsch gredet. Ich komm siebene, wegen Wasch. Na und erst der Spasojević. Der hätt der Hausmeister sein sollen, sag ich Ihnen. War zwar aus einem Ort, den keiner aussprechen hat können, Wrschatz oder so, aber der war ein echtes Genie. Der hat alles reparieren können, vom Klo bis zum Automotor. Und wenn bei uns auf der Stiege einmal eine Glühbirn ausgfallen ist, dann hat die der Spasojević schon auf eigene Regie austauscht g'habt, bevor ich's überhaupt gmerkt hab. Und von der Marek, die schon seit 1924 da gwohnt hat, hab ich gwusst, dass früher da auch noch Ukrainer und Rumänen, Slowaken und Juden und was weiß ich noch alles da gegeben hat. Also wir im Gemeindebau, wir waren immer schon eine kleine UNO, gell!

Anders? Was soll da bitte heute anders sein? Nur weil die Neuen halt aus anderen Ländern kommen, geh bitte! Der Bosel, der Trottel, der is ein Stoasteirer. Des is aa ein anderes Land. Und verstehen tut man den mit seinem ewigen »Woul, woul« genauso wenig wie den Kümmeltürken im zweiten Stock. Ja, der ist schon ein wengerl streng, stimmt schon. Aber er weiß, was sich g'hört. Und immer ordentlich. Bitte, ja, die Sevgi, die was seine Frau ist, die hat er ein bisserl sehr an der kurzen Leine. Aber wenn er's wieder einmal übertreibt, dann geh ich hin zu ihm und sag Mustapha, so geht das nicht. Du bist nimmer in Ankara, also reiß dich gfälligst zusammen. Das ärgert ihn dann immer maßlos, weil er ja erstens aus Istanbul ist und zweitens Hassan heißt. Aber ein bissi ein Häkel muss sein, sonst könnten wir ja gleich alle in die Grube fahren. Na, aber sonst ist der Hassan eine harbe Haut. Trinkt Alkohol, pfeift auf die Moschee und ist total fußballnarrisch. Gut, mit dem Schnitzel hat er's nicht so, aber wenn er sagt, das hat bei ihm nix mit der Religion zu tun, es schmeckt ihm nur einfach nicht, bitte, dann glaub ich ihm das. Na und die Kinder, die sind total brav, bitte. Da könnten sich die österreichischen Fratzen ein Beispiel nehmen. Die Gschrappen von der Naderer zum Beispiel. Die glauben, sie können da im Hof mit ihrem gschissenen ... pardon, mit ihrem Scheiß-Skateboard umadum tun. Aber ned mit mir! So schnell können die gar nicht schauen, was das konfisziert ist. Und wenn die Naderer dann ihr Pappn aufmacht, na mehr braucht die ned. Da sieht s' einmal, was es heißt, Hausmeister zu sein. Aber immer noch, gell!

Wer der Murli ist? Das war der Aschantine ..., also der Afrikaner im dritten Stock. Angeblich ein Diplomat, aber ich glaub das nicht, weil simma uns ehrlich, ein Diplomat, der wohnt in einer Villa, auch wenn er schwarz wie die Nacht ist, und ned bei uns im Gemeindebau. Aber bitte, jedenfalls braucht der sie nicht zu interessieren, weil der ist ja ...

... ned sagen S' jetzt, Sie sind doch wegen derer Gschicht da! Sagen S' einmal, wollen S' mi pflanzen? Ich hab Ihnen ganz am Anfang schon gsagt, dass von mir dazu nix hören werden. Also so was! Rollen mich da in einer Tour! Schleichen S' Ihnen, aber gaach aa no! Wiederschaun! Pfff, Dokumentation! Ein ganz ein mieser Spechtler san Sie, ein Elendstourist! Das hat sich der arme Herr Nkonkwo ned verdient, dass Sie da aus seinem Tod Kapital schlagen, Sie Rohling, Sie!

Was? Na sicher könnt ich Ihnen viel erzählen. Alles sogar! Weil einem Hausmeister, dem entgeht aus Prinzip nix, aber auch schon gar nix. Aber machen werd ich's nicht. Weil Sie das nämlich einen Scheißdreck angeht. Und jetzt auße da, bevor ich rabiat werd. Na, sind S' noch ned weg? Hörst, mach einen Abgang jetzt, oder ich renn dir einen Regenschirm in Oasch und spann ... na endlich. Zeit is's worden!

II.

Du, servus Antschi, ja, ich bin's. Du wirst ned glauben, wer grad bei mir war! Nein! Sicher nimmer. Das brauch i auf meine alten Tag ned mehr! Na, ganz wer anderer! Wer vom Fernsehen, stell dir vor! Ja, wegen dem Nkonkwo natürlich. Die haben mich aushorchen wollen. Na, da waren s' bei mir grad richtig. Außegschmissen hab ich s', hochkant. Na so weit kommt's noch! ... Was heißt, wer ist der Nkonkwo? Bist hirngschlagelt oder was?! Seit drei Tag redet Wien von nix anderem, und ausgerechnet du, die größte Tratschen vom Bezirk, will von nix wissen? Geh, hör mir auf!

Na sicher, der Neger, den was abkragelt haben die Tag. Ja sicher, der hat bei mir auf der Stiegn gwohnt. Na wenn ich dir's sag! ... Was? Weiß ich nimmer, so drei, vier Jahr wird's gwesen sein. Is ja wurscht. Jedenfalls war der Murl eigentlich eh ganz in Ordnung. Ein bisserl komisch halt, wie alle Neger, ned. Immer so reserviert, so ... so unheimlich ... höflich. Weißt eh, das bist ja ned gwohnt als Wiener, da denkst dir gleich, da hat's was, sonst tät dich der ned so schaßfreundlich grüßen. Und in die Kirchen is er auch grennt jeden Sonntag. Sag ich ja, unheimlich! Na ja, so gsehen war er vielleicht schon selber ein bissl schuld auch, dass eam die Schleifen geben haben. Weil wennst in Wien über die Runden kommen willst, gell, da musst dich halt anpassen. Da darfst ned umadumrennen wie der Kasperl und auf leiwand machen. Da machst dich nur verdächtig. Aber wem sag ich das, das weißt ja eh genauso gut wie ich.

Ha? Na sicher weiß ich das! Na wer glaubst, hat ihn gfunden! Na sicher ich! Wer sonst! Die Stiegen hab ich grad aufgwaschen, und da ist mir aufgfallen, dem seine Tür ist nur anglehnt. Na ja, hab ich mir denkt, eh klar, daheim in seinem Kral und so, da kennt der natürlich keine Türen ned, gell, weil die haben da ja nur so Bastfadeln runterhängen, ned wahr. Aber dann hab ich mir denkt, der wohnt jetzt schon so lang bei uns, da wird er ja glernt haben, dass man eine Tür zumacht. Also sag ich mir, schaust einmal nach. Einfach nur zur Sicherheit, ned wahr.

Ich also eine bei der Tür, ich sag noch, Herr Nkonkwo, hallo, ist Ihnen was? Ihr Tür, die steht offen wie ein Hosenstall! Nix! Alles still wie in der Gruft. Na, ich geh weiter. Durch die Küche durch ins Zimmer rüber. Na, und da ist er glegen. Mitten am Teppich. Aufgschlitzt! Von oben bis unten. Servas, das hat ausgschaut! Allein schon das Blut! Rotes Meer, sage man nur! Ich mein, mir war gleich klar: den Teppich, den kannst wegschmeißen!

Zerst hab ich mir ja denkt, ich muss sofort die Rettung anrufen, aber wie ich dann genauer hingschaut hab, da is mir klar worden, der ist hin, da kannst eh nix mehr machen. Also hab ich mir gsagt, ich kann mir ruhig ein wenig mit dem Anruf Zeit lassen. Schaust dich lieber einmal ein bisserl um. Ich mein, wann hast schon Gelegenheit festzustellen, wie so ein Neger wohnt bei uns, ned wahr? Das ist ja, also quasi, so, wie heißt das, Ethnologie, ned? Und wer weiß, hab ich mir gsagt, vielleicht findst was, ein Souvenir oder so, ein Andenken halt an ihn. Weil er braucht's ja nimmer, ned wahr?! Also hab ich mich ein bisserl umtan bei ihm. Aber noch bevor ich irgendwas gfunden hätt, was vielleicht interessant sein hätt können, ist mir ganz plötzlich eingschossen! Selbstmord war das keiner! Ja, ich weiß, das klingt jetzt ein wenig seltsam, aber an so was denkst ja normal ned, das ... wird dir ja erst ... mit der Zeit bewusst.

Weißt eh, der Schock und so, der blockiert dich ja erst einmal. Jedenfalls wird mir klar, den hat wer gmacht. Und schon ertapp ich mich bei der Frage: Wer war des?

Also eines ist für mich gleich festgstanden. Von unserer Stiege war das keiner! Für die leg ich alle die Hand ins Feier. Für den Hassan auch? Ja sicher für den Hassan auch! Wenn der Leut abkrageln wollt, dann wär er in Syrien und tät dort Allahu akbar schreien und mit dem Krummsäbel herumfuchteln anstatt dass er bei uns in Wien Kebab verdraht! Ich verbürg mich sogar für den Bösel, den Trottel. Der ist zwar aus Lieboch und hasst als eingfleischter Blauer alles, was Schwarz ist, aber soweit tät er nie gehen. Im Gegenteil, der hat ja sogar eine ganz besondere Vorliebe fürs Exotische, was ich weiß. Wie? Ah nix, das g'hört da jetzt eh ned her. Egal! Ich hab jedenfalls gleich gwusst, vom Bau kann das keiner gwesen sein. Wer also dann? Na, ich hab mir denkt, ich hab Zeit, also spiel ich einmal ein bisserl Detektiv, weil die Kieberer, die san eh mit allem überfordert, was übers Aufschreiben von Falschparkern hinausgeht.

Ich schau mir die Leiche also genauer an. Ein klarer, sauberer Schnitt, seh ich. Ziemlich groß, geradlinig und dick. Also ein Messer, sag ich mir, war das nicht. Eher schon ein Säbel oder so etwas. Nur, wer hat schon einen Säbel, ned wahr? Also denk ich nach. Ich mein, als Hausmeister kommst ja früher oder später in jede Wohnung, auch auf den Nachbarstiegen. Und der Einzige, der mir eingfallen ist, der solche Dinger irgendwie sammelt, war der

Feiler von der Neunerstiege. Aber ich hab mir noch denkt, was sollt denn der Feiler gegen den Nkonkwo haben, ned wahr? Außerdem ist der Feiler so ein klasser Bursch, gibt immer ordentlich Schmattes und regt sich nie über irgendwas auf. Also warum sollt der dann ausgerechnet bei unserem Nkonkwo den Gizi kriegt haben?

Na, wie ich mir das so denk – na, wart einmal, lass mich doch erst einmal ausreden –, geh ich, ohne dass ich's merk, wieder aus der Wohnung raus. Ja, ich weiß auch nicht, irgendwas muss mich aufgschreckt haben. Irgendwas hab ich g'hört. Und tatsächlich, da war ein Geräusch. Von unten ist's kommen, so Richtung Waschküche. Ich hab mir noch denkt, das wird ja nicht schon wieder der Bösel sein, der wird doch ned schon in aller Früh die Svetlana pempern, weißt eh, die vom Stadtgartenamt, die da alle Ewigkeit einmal nach unseren Blumenbeeteln schaut. Aber nein, orgiastisch hat das ned geklungen, eher nach Weinen.

Na, mir war schon ein wengerl anders, aber weißt eh, die Neugier, die ist ein Hund. Also bin ich runter. Ja, eh ganz vorsichtig, i bin ja ned blöd oder so. Na, und wie ich da so um die Ecken lins, seh ich den Buben vom Feiler im hintersten Winkel hocken und heulen wie den sprichwörtlichen Schlosshund. Na servas, hab ich mir denkt, und eh gleich alles gwusst.

Na sicher war er's! Na, wenn ich dir's sag! Da hat's ned einmal das Geständnis braucht, des hast dem angesehen, zehn Kilometer gegen den Wind. ... Warum er den Neger ...?

Na, wegen die Drogen! Ahaha, sein Dealer? Na, aber überhaupt ned! Ganz anders war des! Der Feilerbua hat ja sofort, wie er mich gsehn hat, gsungen wie ein Lercherl. Ich glaub, der hat einfach wen zum Reden braucht, und da bin ich ihm grad recht kommen. Also hat er mir alles derzählt. Dass ihn der Nkonkwo derwischt hat beim Haschischrauchen. Und der Nkonkwo, weißt, der war wirklich eine Art Diplomat, der war nämlich bei dieser Antidrogenbehörde da in der UNO-City, und so ist der quasi schon von Berufs wegen total in Saft gangen und hat gsagt, er zeigt den Feilerbuben an. Na, und da hat der Feilerbub natürlich eine Mordstrumm Angst kriegt. Die ganze Nacht hat er ned schlafen können, und gleich in der Früh ist er noch einmal hin zum Nkonkwo und wollt ihn überreden, dass er auf die Anzeige verzichtet. Er würd auch nie wieder gifteln, wollt er ihm noch sagen. Und sogar einen von diese Riesenfeiteln von seinem Vater, wie sagt man, Dolch, genau, hat er mitbracht. Den wollt er dem Nkonkwo schenken. So quasi als Entschuldigung. Aber offenbar ist der dadurch erst recht narrisch worden und hat gmeint, jetzt warat des ned nur Drogenmissbrauch, sondern Bestechung aa noch. Na und stechen war das Stichwort. Also hat ihn der Feilerbub abgstochen in seiner Panik. Und drum ist er, wie ich ihn gfunden hab, heulend in der Ecken gsessen.

Warum ich das ned der Kieberei erzählt hab? Na warum sollt ich? Bin i die Heh? Die Wappler solln ruhig selber draufkommen! Kriegen ja zahlt dafür, ned wahr! Na, na, ich misch mich da nicht ein. Ich bin Hausmeister und ned die Dorftratschen. Apropos, siehst, ich muss eh wieder weiter. Stiegen waschen, ja. Das erledigt sich nämlich ned von allein. Alsdern, bis die Tag dann, gell. Servus.

III.

Servus, Ferry! Na, wie geht's dir? Kannst ned klagen, gell! Ja, wie auch. Seitst hinig bist, san unsere Unterhaltungen ein bissi einseitig, ich weiß. Aber wenigstens redtst mir jetzt nimmer dauernd zruck. Obwohl, manchmal geht mir dei ewige Keiferei direkt ab. Aber bild dir jetzt bloß nix drauf ein, gell, ich komm sehr gut ohne dich zrecht, brauchst gar ned erst glauben! Schau, neue Stiefmütterchen hab ich dir mitbracht, die setz ich dann gleich ein, aber jetzt, jetzt muss ich mich erst einmal ein wengerl ausrasten.

Hast du das da oben mitkriegt mit dem Nkonkwo? Ja, weißt eh, der Bimbo aus dem dritten Stock, den haben s' meia gmacht. Ja, der kleine Feiler war's. Aus einer Art Notwehr heraus. Du, der hat mir so leid tan. Das reinste Häuferl Elend war der. Ja, die Angst ist ein Hund, da macht man halt oft einmal eine Blödheit, ich mein, erinner dich, wie wir zwei damals den Rinnsaldampfer von der depperten Vejvoda ..., na, wurscht. Jedenfalls hab i mir denkt, das hat er si ned verdient, der Feilerbua, dass er jetzt sitzen geht für a halbertes Leben, weil simma uns ehrlich, deswegen stangert der Nkonkwo aa nimmer auf, ned wahr. Also hab i mein Aufreibfetzn gnommen, hab des depperte Messer drin eingwickelt – weißt eh, der war no pitschnass, des gibt sicher a Batzn Korrosion oder wie das heißt. Dann hab ich den Feilerbuben gschnappt, bin mit eam zum Lift gangen, hab die Schutzklappen unten, weißt eh, die, mit der das Loch zwischen Lift und Boden überbrückt wird, zruckdruckt und das Messer in den Schlitz fallen lassen. Das liegt jetzt ganz unten im Schacht, und da liegt's gut. Da finden s' es frühestens bei der nächsten Liftüberprüfung, und die ist erst in zwei Jahr. Und bis dahin interessiert sich für die Gschicht keine Sau mehr.

Jetzt fragst dich sicher, wieso die Kieberei dann den Bösel als Mörder vom Nkonkwo arretiert hat, gell? Ja, recht hast. Des war aa i. Vorgestern rennt mir die Sevgi in d' Arm, total durchn Wind, und i frag s' natürlich gleich, was s' denn hat um Himmels willen. Erzählt s' mir nach einer ganz schönen Weil, dass s' in der Waschküch unten war, Wäsch waschen, ned. Auf einmal kommt der Bösel eine und stellt si gleich hinter sie. Du, dera war das richtig peinlich, dass s' mir das alles erzählen muss, aber sie hat si halt ned anders zum Helfen gwusst, und als Hausmeister bist ja eine Respektsperson, ned! Also sagt s' mir, dass ihr der oide Hurenbock sei Körpermitten gegen ihren Hintern druckt hat, sodass deutlich gspürt hat, dass er einen Steifen hat. Nein, natürlich hat sie das ned so gsagt, dafür ist s' viel zu gschamig. Aber nach einer Weil hab ich schon kapiert, was sie meint, ned. Na, und dann hat er ihr offenbar aa no auf die Dutteln griffen, der Saubartl der. Und sie is in voller Panik aus der Waschkuchl grennt und hat ned gwusst, was jetzt machen soll. Und grad da bin i daherkommen.

Und weißt, irgendwie hab ich mir dann denkt, jetzt reicht's mir mit dem Puderanten. Ich mein echt jetzt, die Blauen wählen und alles nageln, was ned von da ist, des is zvü. Hab ich der Sevgi gsagt, sie soll sich beruhigen. Sogar einen Tee hab ich ihr gmacht. Und dann, wie ma so zsammgsessen san, hab ich gsagt zu ihr, sie soll dem Hassan beiläufig erzählen, dass den Bösel am Morgen von dem Mord aus der Wohnung vom Nkonkwo kommen gsehn hat. Der Hassan mog den Ausländerhasser eh überhaupt ned, und daher, so hab i mir denkt, wird der sofort zur Kieberei rennen und das melden. Und die Heh is eh total froh, wenn s' endlich an Täter hat, also wird die ned lang fackeln, hab i mir denkt. Na, und so war's auch. Gestern in der Früh sind s' angrückt, zehn Funkstreifen, volles Programm. Und der Bösel hat die Achter kriegt. Für den spielt's jetzt den Herrgott aus Staa.

Na, wurscht. Da sitz i und red, und die Stiefmuatterl pflanzen sie ned selber ein. Also, gemma's an.

Lisa Lercher

Die Tatort-Fini hat einen Verdacht

Oder: Ana hod imma des Bummerl

Wieder eine weniger – war mein erster Gedanke, als ich den Menschenauflauf bei der Siebenerstiege sah. Hoffentlich nicht die Erni – schoss es mir als Zweites durch den Kopf. Gleichzeitig befiel mich eine innere Unruhe, die ich schon von anderen Anlässen her kannte. »Wos is gschegn?«, fragte ich den hatscherten Ferdl, der am Rand der Gruppe stand, weil ich meinen unguten Vorahnungen einfach nicht trauen wollte.

»Erlauben!«, kam die eindringliche Aufforderung von hinten. Ich wollte protestieren, weil ich nicht einsah, warum sich einer, der später als ich gekommen war, vordrängen wollte. Doch als ich den Mund öffnete, wurde ich von einer resoluten Mittfünfzigerin am Ärmel zur Seite gezogen. Ein Uniformierter der Wiener Bestattung schob sich mit ernster Miene an mir vorbei. Die beiden Kollegen, die ihm folgten, trugen einen Blechsarg, der in der Vormittagssonne aufblitzte.

Das Tuscheln der Umstehenden wich betretenem Schweigen und ich war gewiss nicht die Einzige, die beim

Anblick des grauen Behältnisses in trübe Endzeitstimmung verfiel.

Geistesgegenwärtig schloss ich mich den Männern an, bevor sich der Durchlass, den sie sich schufen, wieder schließen konnte, und gelangte unbehelligt in den ersten Stock, wo die Tür zur Wohnung Nummer vier sperrangelweit offen stand. Davor und die Stufen hinauf bis zum Halbstock drängte sich ein kleines Grüppchen Neugieriger, deren Blicke den Uniformierten folgten, bis die Wohnungstür hinter ihnen ins Schloss fiel.

Ich stellte mich zu den teilnahmsvoll dreinschauenden und teilweise schniefenden Frauen, die nun wieder zu tuscheln begannen. Die alte Pospischil wischte sich mit einem Stofftaschentuch über die Nase und schaute mich aus geröteten Augen an. »Sie hod ned leidn miassn«, flüsterte sie. Als ob das ein Trost wäre!

»Wos is passiert?«

»Ihr Nichte hod s' gfunden. Des oame Madl woa gaunz deschparat. Augleit hod s' bei mia, i hob eh glei den Dokta augruafn, oba der hod a nimma höfn kenna«, berichtete die Pospischil.

»Im Schlafzimmer is glegn. Es muss schnell gangen sein«, mischte sich die junge Neumeister von der Dreierstiege ein, die, wie mir schon öfter aufgefallen war, immer gleich auftauchte, wenn irgendwo irgendwas geschehen war.

»Die Erni?«, versicherte ich mich, obwohl die Umstände eigentlich keine Zweifel ließen.

»Ja, die Frau Novacek«, bestätigte die junge Frau mit einem mitfühlenden Nicken.

Mir kam plötzlich vor, als würden die Steinsplitter im Terrazzoboden zu tanzen beginnen, gleichzeitig setzte das Stiegenhaus zu sanftem Schaukeln an, wie ich es von den Bootsfahrten auf der Alten Donau kannte. Gerade noch rechtzeitig bekam ich das Geländer zu fassen. Das Nächste, woran ich mich erinnere, war der besorgte Gesichtsausdruck der Pospischil, die sich über mich beugte und meine Wange tätschelte. »Geht schon wieder«, murmelte ich peinlich berührt.

»Gleich zwei am selben Tag wärn a bissl viel«, hörte ich die Neumeister sagen. Dann waren die Frauen wieder abgelenkt, weil sich die Vierertür öffnete und die Männer Erni mit den Füßen voraus im Sarg aus ihrer Wohnung trugen. Ganz so, wie sie es sich immer gewünscht hat, dachte ich. Denn Erni hatte nicht nur einmal gesagt, dass sie lieber zu Hause sterben wollte, als in einem Heim dahinzuvegetieren.

Am Nachmittag trafen wir uns trotzdem – weil es so windig war, im Kaffeehaus an der Ecke unseres Gemeindebaus. Die Gummi-Hilde – so nannten wir sie, weil sie früher bei einem Reifenschuster gearbeitet hatte –, die Erika, deren rosastichige Dauerwelle an Zuckerwatte erinnerte, und die Suchanek-Elfie, die wir als Kinder um ihre vielen Spielsachen beneidet hatten, waren schon da, als ich mit meiner besten Freundin Christl hinkam. Jemand hatte ein Sträußchen Vergissmeinnicht auf Ernis Stammplatz gestellt. Die Spiele, die die Gummi-Hilde mitgebracht hatte, blieben in ihren Schachteln. Die Stimmung war gedrückt.

Die Christl bestellte eine Runde vom Lieblingslikör der Verstorbenen. »Trinken wir auf die Erni«, sagte sie, als wir mit den Stamperln anstießen. »Pickats Zeig. Meins is des ned«, schüttelte sich die Suchanek-Elfie und griff nach ihrem Achterl und der Zigarette.

»Ohne die Erni tät's unsere Runde gar ned geben«, sinnierte ich. Es war bei einer Geburtstagsfeier gewesen, als die Rede darauf gekommen war, wie man sich früher, bevor es Fernseher gab, die Zeit vertrieb. Ich hatte von meiner Omama erzählt, die sich mit ein paar Nachbarinnen regelmäßig zum Jollyspielen getroffen hatte. Bei Kaffee und Kuchen genoss die Omama den Zeitvertreib und versorgte sich ganz nebenbei mit dem neuesten Tratsch. An diesen Nachmittagen hatten wir Kinder mehr Freiheiten als sonst gehabt. Die Buben veranstalteten ihre Radrennen, wir Mädchen perfektionierten unser Tempelhupfen, sprangen Schnur oder zwangen die Jüngsten beim Vater-Mutter-Kind-Spiel in einen alten Kinderwagen.

»Es muass jo ned unbedingt Jolly sei und dass de Tatort-Fini mit von da Partie is, is sowieso kloa«, hatte Erni die Idee aufgegriffen. Tatort-Fini – den Spitznamen hatte sie mir verpasst. Mir gefiel das Etikett, denn schließlich mochte ich die Kultserie, und rätseln, wer der Mörder war, gehörte zu meinen Lieblingsbeschäftigungen. Schon eine

Woche später trafen wir uns im zweiten der insgesamt vier Höfe unseres Gemeindebaus in der Brigittenau. Bis auf die Hilde waren wir alle schon in Pension und Witwen – außer der Elfie, die immer nur Bekannte gehabt hatte. Wir hatten also Zeit und freuten uns auf die gemeinsamen Partien und die gemütlichen Plauscherl.

Die Suchanek-Elfie hatte den Platz bei der Sitzgruppe unter der alten Kastanie gleich nach dem Mittagessen reserviert und damit die Ausländerinnen, die sich dort ebenfalls gern aufhielten, verwirrt. »DU IN PARK GEHEN! NIX HIER SITZEN! GESCHLOSSENE GESELLSCHAFT!«, hatte sie einer besonders begriffsstutzigen Türkin lautstark erklärt und dabei mit der Zeitung gewachelt, als wollte sie ein lästiges Insekt vertreiben. Mit der Zeit hatten sich die Ausländerinnen damit abgefunden, dass die Sitzgruppe an den Mittwochnachmittagen unser Revier war. Im Sommer war es unter dem Baum und mit dem leichten Lüfterl, das ab und zu durch die Höfe strich, weit angenehmer als in den schwülen Wohnungen. Während der kühleren Jahreszeit, bei Regen und im Winter wichen wir in eine der Wohnungen oder ins Kaffeehaus aus, das früher ein Branntweiner gewesen war.

»Oba dass es scho wieda ane von uns sei muass«, riss mich die Gummi-Hilde aus meinen Erinnerungen und sprach damit endlich aus, was mich schon seit dem Vormittag beschäftigte.

»Vorvorigen Winter die Mitzi, letztn Herbst die blade Vyslozil und jetzt die Erni. Des is do ned normal, oder?«

»Du tuast grod a so, ois waun wir wos dafia kennten«, wies mich die Elfie zurecht. Dabei rückte sie ihre Brillengläser, die eine entfernte Ähnlichkeit mit Aschenbechern hatten, zurecht.

»Wir sind schließlich alle nicht mehr die Jüngsten«, warf die Christl ein.

»Genau«, bekräftigte die Gummi-Hilde. »Do kummt's scho vua, dass ane de Bodschn streckt.«

»Aber ihr miassts zuagebn, dass die Umständ komisch sind. Das Krokodü (so hatte Mitzis verstorbener Ehemann sie immer genannt, wenn er mit ihr gestritten hatte – wir hatten das Kosewort in ihrer Gegenwart natürlich nicht benutzt) ertrinkt in ihrer Badewanne, die Vyslozil fliegt mitsamt der Stehleiter um ...«, wandte ich mich an die Runde. »Dabei ist sie, seit ihr so oft schwindlig war, nicht amal freiwillig auf a Schamerl gstiegn«, fügte ich hinzu.

»Wenn ich mir's aussuchen könnt, würd ich auch lieber schnell gehen. Am liebsten im Schlaf, damit ich gar nicht mehr wach werd«, nickte die Erika und ich überlegte, wie viel Spray ihre Zuckerwattenfrisur so gut in Form hielt, dass sich nicht ein einziges Haar dabei bewegte.

»Bei da Mitzi woas a Schlagl, hod da Sohn dazöd, und bei da Vyslozil wahrscheinli de Pumpn«, wiederholte die Gummi-Hilde, was wir ohnehin alle wussten.

»Wer wohl die Wohnung kriegt?«, wechselte die Christl das Thema.

»Gsindel. Keiner, der es sich leisten kann, zieht freiwillig da her.«

»So schlimm, wie du tust, ist es auch wieder nicht«, entgegnete die Christl mit ihrem Talent zum Schönreden.

»Geh schau da au, wie marod unsa Zinsburg beinaund is. Grod vurige Wochn hob i mi wieda bei de Wiena Wohnen wegen meine Fensta beschwert«, ereiferte sich die Suchanek-Elfie.

»Und wos hoben s' gsogt?«

»Dass i woatn muass. Sie hom ka Göd.«

Die Zuckerwatte hatte sich vertraulich zu mir herübergebeugt. »Meinst, dass mir die Nichte von der Erni den neuen Eiskasten überlässt?« Der Kühlschrank, den sie meinte, war erst vor zwei Wochen geliefert worden. Die Entscheidung für den Gerätetyp war schwierig gewesen. Erni hatte sich letztendlich von Stani, unserem Haus- und Hofelektriker, gegen ein kleines Trinkgeld beraten lassen.

»Red halt mit ihr. Wenn sie selber keine Verwendung dafür hat, wird sie schon mit sich handeln lassen.« Die Zuckerwatte grinste zufrieden. Auf ihrer Zahnprothese schimmerten Reste vom korallenroten Lippenstift, mit dem sie sich immer schminkte. Ehrlich gesagt hätte mich schon interessiert, wie sie den Eiskasten zahlen wollte, wo ihr doch immer noch ein Stück vom Monat übrigblieb, wenn ihre Rente aufgebraucht war. Aber das war ein Thema, über das man von der Erika selber keine Auskunft bekam. Da würde ich schon die Elfie oder die Gummi-Hilde fragen müssen.

Als ich etliche Tage danach um halb acht zur Siebenerstiege kam, war die Arbeit schon in vollem Gange. Dabei war die Erni grad erst eine Woche unter der Erde. Pappelwolle wirbelte durch den Hof. Eine Schar Tauben pickte nach den Brot- und Semmelwürfeln, die die alte Pospischil jeden Morgen auf der Wiese neben den Coloniakübeln ausstreute. Dass diese Luftratzen Krankheiten verbreiteten und deshalb nicht gefüttert werden durften, war ihr einfach nicht beizubringen. Als ich vor der Eingangstür stand, kamen mir zwei Männer mit Ernis Diwan entgegen. Die Sessel und der Schlafzimmerkasten standen schon auf der Ladefläche des Kleinlasters, der im Hof geparkt war. Ein fleckiger Teppich hing über der Klopfstange, auf der wir als Kinder immer so lange herumgeturnt hatten, bis uns die Hausmeisterin mit einem giftigen »Schleichts eich« vertrieben hatte. Die Küchenkastl, auf die Erni seinerzeit so lange gespart hatte, standen im Dreck, Kochtöpfe und Deckel ragten aus einer Schachtel.

Ich ging weiter. Der Anblick hatte mich trübsinnig gemacht. Im dritten Hof schnaufte ich die Elferstiege zur roten Toni, einer der letzten aufrechten Sozialdemokratinnen im Bau, hinauf, für die ich montags und donnerstags einkaufen ging. Nach der Hüftoperation fiel ihr das Stiegensteigen schwer. Zwar gab es einen Aufzug im Haus, allerdings erst ab dem Halbstock, zu dem man sieben Stufen überwinden musste.

Die Toni war schon angezogen und ließ mich hinein. Auf dem Esstisch stand neben ihrem ausgeschlagenen

Steinguthäferl eine Kaffeetasse. »Hast heut schon Besuch g'habt?«

»Da Stani woa do. Er hod mir des Fernsehkastl gricht. De Senda san imma ausgfoin.«

Ich griff nach der Einkaufsliste.

»Bei da Erni wird de Wohnung ausgramt.«

»Hob i gsehn«, antwortete ich und überflog, was die rote Toni notiert hatte.

»Da Stani muass olle Leitungen mochn, bevua de neichn Mieta eiziagn.«

»I weiß, seine Firma hat ja einen Vertrag mit der Gemeinde«, nickte ich.

»Oba ins Heim geh i ned.«

»Wieso ins Heim?«, fragte ich, die Türschnalle bereits in der Hand.

»Da Stani hod gmand, dass i's durtn bessa häd, wäu de oidn Wohnungen komplett renoviert g'hern. Er sogt, dauernd gibt's Scherereien, amoi mit de Leitungen, daun wieda mitn Strom ...« Die Toni kam mir richtig aufgelöst vor. »Solang wir zsammhelfen, brauchst du gar nirgends hin«, beruhigte ich sie und setzte mich noch ein bisserl zu ihr. Einkaufen konnte ich später immer noch.

Natürlich hatte die Erni eine Lücke hinterlassen. Mir fehlten vor allem ihre trockenen Kommentare, mit denen sie uns so oft zum Lachen gebracht hatte. Trotzdem kam es mir nach wenigen Treffen vor, als wäre Dragica schon immer dabei gewesen. »Hobts g'hert?«, sagte sie, noch bevor sie sich niedergesetzt hatte. Ihre dunklen Augen funkelten. Ich stellte gerade den letzten Kegel für das *Mensch ärgere Dich nicht*-Spiel auf und wartete auf die angekündigte Neuigkeit.

»Bei altes Frau Novacek hot's Untersuchung geben.«

»Wie?« In meinem Magen rumorte es.

Der Tratsch, mit dem Dragi aufwartete, kam immer direkt von der Quelle. Denn sie war nicht nur mit Rosl, der Ordinationshilfe des praktischen Arztes in unserem Gemeindebau, befreundet, sondern putzte auch regelmäßig dort. So erfuhren wir nicht nur das, was die Suchanek-Elfie aus dem Wartezimmer berichtete, sondern auch einiges von dem, was sich hinter der gepolsterten Tür im Behandlungszimmer abspielte.

»Na, waßt eh. Tote hom s' ausgroben und aufgschnitten.«

»Exekution«, sagte die Zuckerwatte fachkundig.

»Exhumierung«, verbesserte ich sie. Den Fachausdruck kannte ich aus Kreuzworträtseln.

Die Erika warf mir einen bösen Blick zu.

Dragi hatte sich eine neue Zigarette angezündet und ließ den Rauch aus ihren Nasenlöchern strömen.

»Haben s' was gfunden?«, fragte ich.

Dragica ließ sich Zeit und nahm einen weiteren tiefen Zug von ihrer Memphis. »Ihr Nichte hat glaubt, irgendwas stimmt ned. Sie sogen, a Sparbuch is weg und Goldschmuck is a nimmer do. Dabei hat altes Novacek ihrer Nichte Sochen zagt, kurz bevor sie is gstorben. Olles woa bei Unterwäsch versteckt.«

»Da schaun die Einbrecher doch immer gleich als Erstes nach«, warf ich ein. Solche ermittlungstechnischen Details wusste ich aus den Krimis, die ich haufenweise las.

»Was hat jetzt die Untersuchung ergeben?«

Dragicas Blick hatte sich verfinstert. »Nix. Oba Doktor woa sehr grantig. Das weiß i von Rosl.« Die Ex-Jugoslawin hatte schon öfter erzählt, dass Rosl, Trabeks Sprechstundenhilfe, unter den Launen des Arztes litt. Offenbar hatte sie sich wieder einmal bei der Putzfrau ausgeweint.

»Und wieso war er zwida?«

»Na hot er Theater g'hobt. Wenn ana sogt, Doktor orbeit nix gut ...«

Ich beugte mich vor und stieß dabei einen blauen Kegel um. »Wär es gscheiter, wenn ma nicht einmal ordentlich untersucht, ob bei der Erni nachg'holfn worden is?«

»Nicht wahr!« Die Zuckerwatte-Erika hatte die Augen weit aufgerissen. Auch die anderen schauten mich überrascht und entsetzt an.

Ich ärgerte mich über meine unbeherrschte Bemerkung. Wie sollte ich den anderen das ungute Gefühl erklären, das mir, seit Erni gestorben war, keine Ruhe mehr ließ? Dragi winkte ab. »Nema Einbrecher, nema Mörda! Is nix aussekumma, gaunze Aufregung umsunst.«

»Eh kloar, hob i mia jo glei denkt«, sagte die Gummi-Hilde und legte die Würfel auf das Spielbrett.

»Aber der Schmuck ist weg!«, wandte die Christl ein, deren nachdenklicher Blick auf mir ruhte.

»Den hom s' am End beim Ausraman übasegn«, erklärte die Gummi-Hilde und würfelte einen Sechser. »I hob a wos in an Etui auf de Unterseitn von an Ladl pickt.«

Mir fielen die Küchenkästen aus Ernis Wohnung ein, die damals im Dreck neben dem Mistkübel gelagert waren.

»Dann hat das Mädl Pech gehabt!« Die Zuckerwatte überholte meinen gelben Kegel mit ihrem roten.

»Womöglich hat sich ein Mistkübler über den Fund gfreut«, spekulierte ich. Aus einem der offenen Fenster hörte man Geschirr klappern. Ein Hund bellte.

»Wieso hob i ned so viel Glick?«, raunzte Dragi und schmiss Erikas Kegel knapp vor dem Ziel aus dem Spiel.

»Blitz und Donner«, schimpfte die Erika.

Wenn mich nicht alles täuschte, hatte Dragica beim Zählen der Felder geschummelt. Da sich niemand darüber aufregte, hielt auch ich den Mund und grinste schadenfroh, weil sich die Zuckerwatte so schön ärgerte.

Die Suchanek-Elfie holte die Thermoskanne mit dem Kaffee aus ihrer Einkaufstasche und schenkte nach. »Mit de neichn Mieta in der Erni ihra Wohnung gibt's a scho de erschtn Wickl«, wechselte sie das Thema.

Ernis Wohnung war letzte Woche von einer jungen Familie bezogen worden.

»Die Frau versteht kein Wort Deutsch und hat gleich am ersten Tag die Waschkuchl unter Wasser gsetzt«, berichtete ich.

»De Hausmasterin hod si eh glei eigmischt. Schau ma, ob des wos hüft und ob des Kopftiachl vastaundn hod, wia's bei uns do rennt«, keifte die Suchanek-Elfie, die für Zuwanderer generell nicht viel übrig hatte. »Soin daham bleim, waun sa se ned aupassn woin«, ergänzte sie.

»Samma sowieso boid letzte Oestarreicha do in Bau«, legte die Dragica nach.

»Das Ventil ist gebrochen«, mischte sich die Christl ein. »Da kann die Türkin gar nichts dafür.«

Die Suchanek-Elfie verdrehte die Augen. »Woaschein-li hod sie's söba ruiniert«, sagte sie rechthaberisch. Ich legte Christl die Hand auf den Arm, was unnötig war, weil meine Freundin sich ohnehin auf keine Konfrontation mit der Elfie einließ.

»Ich hob g'hert, die zoin iba siebenhundert Oero fia sechzig Quadratmeter. Siebenhundert!«, wiederholte die Dragi und griff nach den Zigaretten in ihrer Tasche.

»Die Erni hat nicht amal dreihundert zahlt.« Ich schüttelte verwundert den Kopf.

»A neicha Mieta wird neich eigstuft. Sogar ois Vawaun-ta zoist mehr, wennst die Wohnung iwanimmst«, wusste die Gummi-Hilde.

»De miassn a a Gschäft mochn«, zeigte die Suchanek-Elfie Verständnis.

»Stani had si sicher gefreid«, sagte die Dragi boshaft.

Die Gummi-Hilde packte den Zirbenschnaps aus. Die Suchanek-Elfie verteilte die randvollen Stamperln. »Wia-so?«

»Wäu a floch is.« Die Gummi-Hilde runzelte grimmig die Stirn. »Zwa Scheidungen, Alimente und jetz hod a si a no mit den jungan Flitschal eilossn.«

»Welches?«

»De gaunz schwoaz Gfärbte, de Kassierin mit de komischn Tätowierungen auf de Händ bein Hofa wisawi. Furchtboa wia sie de Menscha heit herrichten!«

»I möcht wissen, was die Weiber an dem finden?«

»An Schmäh hod a.« Die Suchanek-Elfie grinste anzüglich. »Außadem is a a fescha Mau. Samma uns ehrlich. Von da Bettkantn häd eam kane von eich gsteßn.«

»Du musst es ja wissen«, eiferte die Zuckerwatte, die selbst ein Auge auf den Elektriker geworfen hatte.

»Nur Gerüchte. Leida«, wehrte die Suchanek-Elfie ab.

»Fia sei erschte Frau zoid a a no imma«, kam die Gummi-Hilde auf das ursprüngliche Thema zurück.

»De hod nie wos g'hakelt und jetz nimmt s' kana mehr«, wusste die Suchanek-Elfie.

»Geh hör auf. Wenn man will, findet man schon was. Aber wenn man sich die Finger nicht schmutzig machen will ...«, wandte die Zuckerwatte ein, die die meiste Zeit ihres Berufslebens selber Stempeln gegangen war.

»Angeblich ist sie unheilbar krank.«

»Ka Wunda, dass eam seine Viertln schmeckn, waun er rundumandum nix ois Bresln hod.«

Der herannahende Rettungswagen unterbrach unsere Betrachtungen. Das Blaulicht flackerte noch einmal auf, bevor das Auto im nächsten Hof vor der Elferstiege hielt.

Wir reckten die Hälse und Dragica stand auf, um nachzuschauen, was passiert war. Obwohl mir die Sonne warm auf den Rücken schien, stellten sich die feinen Härchen an meinen Unterarmen auf. Die Reaktion war mir vertraut und ich kippte meinen Zirbenschnaps hinunter, weil sich meine Kehle mit einem Mal so trocken anfühlte.

Eine halbe Stunde später wusste der halbe Bau Bescheid. Angeblich hatte die rote Toni während ihres Mittagsschlaferls einen Abgang gemacht. Dass sie angezogen in ihrem Bett gefunden worden war, wunderte außer mir offenbar keinen. Wer hatte auch sonst schon gewusst, dass sie sich im Gewand nicht einmal auf die Decke setzte, weil sie da so heikel war? Ich ging nach Hause. Denn es gab einiges, worüber ich in Ruhe nachdenken musste.

Der Anhänger war nicht zu übersehen. Vor lauter Aufregung fiel mir der Salat aus der Hand. Meine Knie waren weich geworden und ich musste mich am Einkaufswagen festhalten. »Hoppala«, sagte die Kassierin, auf deren Unterarm ein Totenkopf tätowiert war. Ein weiterer, aus purem Gold und mit herzförmigen Rubinen in den Augenhöhlen, hing an einer Kette um ihren Hals. Solche Zufälle gab es nicht! Was hatte sich die Erni geärgert, als sie das Schmuckstück im Allerheiligenpark gefunden hatte. »So a schiacha Dreck«, hatte sie gesagt, als sie uns ihren Fund bei der darauffolgenden Spielerrunde gezeigt hatte. Schließlich trösteten wir sie damit, dass der »schiache

Dreck« immerhin etwas wert war und sie den Totenschädel zur Not ins Pfandl tragen konnte.

»Ein schöner Anhänger«, sagte ich zur Kassierin.

Sie griff nach dem Schmuckstück. »A Verlobungsgeschenk!«

»Dann steht er sicher unhamlich auf Sie«, schmeichelte ich und packte meine Einkäufe ein.

Die Kassierin grinste wie ein Hutschpferd.

Als ich der Christl davon erzählte, wollte sie es zunächst nicht glauben. Deshalb gingen wir gemeinsam noch einmal zum Hofer gegenüber von unserem Gemeindebau – um einen Liter Milch. Obwohl Kassa zwei frei war, stellten wir uns bei Kassa drei an, wo die Tätowierte saß. Vor uns schlichtete einer seinen Wochenendeinkauf umständlich auf das Förderband. So hatten wir genug Zeit, den Anhänger zu begutachten. Ich stieß die Christl mit dem Ellenbogen an, weil mir ihr auffälliges Starren schon peinlich war.

Wieder daheim, fügten wir die Verdachtsmomente wie Puzzleteile zusammen. »Das ist der Totenschädel, den die Erni im Park gefunden hat«, bestätigte meine Freundin. »Aber wie kommt die Kassierin zu dem Schmuck?«

»Sie ist das neue Flitscherl vom Stani und der Anhänger ist sein Verlobungsgeschenk«, erklärte ich.

»Aber das heißt ja ...«

»..., dass der Stani ein Dieb ist«, vervollständigte ich den Satz.

»Unser Stani?« Meine Freundin war ziemlich perplex.

»Ich fürchte, es ist noch viel ärger«, fuhr ich fort. »Ich glaub, der Stani hat was damit zu tun, dass bei uns in letzter Zeit etliche alleinstehende alte Frauen gestorben sind.«

In Christls Miene spiegelte sich Entsetzen. »Im Ernst? Wie kommst du darauf?«

»Erstens hat er bei der Mitzi, der bladen Vyslozil, der Erni und der roten Toni, knapp bevor sie tot gefunden worden sind, was Elektrisches in der Wohnung gerichtet.«

»Bei mir auch, und ich leb noch«, wandte die Christl ein.

»Und zweitens war er auch an ihren Todestagen in unserem Gemeindebau unterwegs, obwohl er für mehrere Zinskasernen im Bezirk zuständig ist«, setzte ich unbeirrt fort.

Die Christl holte den Sliwowitz, den ihr die Dragi zum Geburtstag geschenkt hatte, aus dem Küchenkastl und kippte ein Stamperl des Obstbrands auf ex. »Aber wieso hätte er bei denen nachhelfen sollen? Die hätten sowieso nicht mehr ewig gelebt.«

»Damit er nicht so lange auf große Aufträge warten muss. Du weißt doch, dass die ganze Elektrik erneuert wird, bevor eine Wohnung wieder vergeben wird. Der Stani braucht dringend Geld, bei zwei Scheidungen und für die Alimente, die neue Geliebte, Schulden und was weiß ich noch alles«, erklärte ich.

»Und wenn die Gelegenheit günstig war, hat er gleich noch was mitgehen lassen, so wie den Schmuck bei der

Erni«, sagte die Christl und runzelte die Stirn. »Aber wie hat er's gemacht?«

Diese Frage hatte auch mich beschäftigt, bis mich ein Fernsehkrimi auf eine Idee gebracht hatte. »Ich glaub, er hat sie betäubt, so dass sie sich nicht mehr wehren konnten. Und dann hat er sie erstickt. Dazu reicht ein weicher Fetzen, die fallen in einem Werkzeugkoffer nicht auf. Damit man ihm nicht dahinterkommt, hat er es bei jeder ein bisserl anders ausschauen lassen«, breitete ich meine Theorie aus.

»Da hätte doch spätestens bei der Obduktion was auffallen müssen«, entgegnete die Christl.

Ich winkte ab. »Geh, warum sollte man eine Alte, ohne dass es einen Verdacht gibt, aufschneiden? Das kommt doch viel zu teuer und außerdem gibt's nicht genug Pathologen. Es wird gespart, wie überall.« Ich schenkte mir nun auch einen Sliwo ein und nahm einen ordentlichen Schluck.

»Und was tun wir jetzt? Sollen wir ihn anzeigen?«, fragte die Christl.

Ich schüttelte den Kopf. »Mit welchen Beweisen? Wen interessieren denn schon ein paar tote alte Weiber aus einer Zinskaserne?«

»Du hast recht. Wahrscheinlich glaubt die Polizei sogar, wir fantasieren uns da was zusammen und wollen uns wichtigmachen, weil uns fad ist.« Die Christl hatte sich aufgerichtet und die Arme auf den Tisch gestützt. »Also, was machen wir?«

Ich griff nach der Flasche und schenkte uns fürs Erste einen weiteren Obstbrand ein. Die Erkenntnis, dass der attraktive Elektriker, für den fast alle aus unserer Runde schwärmten, uns in Wahrheit mit seinem Schmäh nur hatte einkochen wollen, damit er leichtes Spiel mit uns hatte, ließ uns immer zorniger werden. Während wir am Sliwowitz nippten, debattierten wir, wie wir die Sache am besten angehen könnten. Nach und nach entwickelte sich ein Plan. Es war schon sehr spät, als wir uns beim fünften Sliwo auch über die letzten Details einig wurden.

Drei Tage später

Ich stelle mir vor, wie Christl die Tasse mit dem dampfenden Kaffee vor den Elektriker stellt. »Einen kleinen Beifahrer«, sagt sie und platziert den Sliwowitz daneben. Stani, der bereits angeheitert erschienen ist, lässt sich nicht lange bitten, kippt den Obstbrand hinunter und spült mit Kaffee nach. »Oisdann!« Er wankt leicht, als er ruckartig aufsteht. »Da FI is unten«, wiederholt er und macht sich am alten Herd zu schaffen. Er kippt das abgeschlossene Gerät auf die Rodel und stellt es ins Vorzimmer. Der neue E-Herd ist bereits ausgepackt. Jetzt ist es gleich soweit. Sobald Stani den Herd an den Starkstrom anschließt, kommt der wichtigste Teil meiner Aufgabe. Wir haben lange diskutiert, wer von uns beiden es tun soll. Letztendlich haben wir gewürfelt. Ich habe verloren und bin nun froh darüber, dass ich den letzten Akt zwar hören, aber wenigstens nicht sehen muss. Christl hat sich neben der Küchentür postiert und behält gleichzeitig den Elektriker im Blick. Ich warte im Vorzimmer neben dem Sicherungskasten auf meinen Einsatz. Mir ist vor Aufregung jetzt schon ganz schlecht.

»Fini!«, sagt Christl. Das ist mein Stichwort. Ich drücke den FI-Schalter nach oben, vorsichtig, halte ein wenig dagegen, damit ich nur ja kein verdächtiges Geräusch mache. Stani bemerkt nicht, dass der Anschluss wieder unter Strom steht. Das Warten setzt mir langsam zu. Ich bin plötzlich nicht mehr überzeugt, dass es wirklich so eine gute Idee ist. Noch könnte ich die Sache abbrechen. Dann fällt mir Erni ein, der goldene Totenkopf, die tätowierte Kassierin, die rote Toni, die blade Vyslozil ...

Christl schreit auf, als es schnalzt. Der dumpfe Schlag deutet darauf hin, dass Stani gegen das Küchenkastl geprallt ist. Der schlimmste Moment steht uns dann noch bevor. Was machen wir, wenn der Elektriker noch lebt? Ziehen wir ihm ein Plastiksackerl über den Kopf und warten, bis er den letzten Rest Leben ausgehaucht hat? Ihm Nase und Mund zuzuhalten wäre auch eine Möglichkeit. Aber das schaffen wir bestimmt nicht! Ich erinnere mich, was Christl über Stromunfälle gesagt hat: »Starkstromopfer sind fast immer tot oder sterben kurz nach dem Schlag.« Während ich an die Bilder der angesengten Leichen aus einer Zeitschrift denke, die mir meine Freundin gezeigt hat, läutet es an der Wohnungstür.

Eigentlich dürfte nichts schiefgehen. Wir haben alles genau geplant und den Ablauf wie einen Fernsehkrimi bis ins kleinste Detail x-mal durchgespielt. Trotzdem sind meine Handflächen vor Aufregung ganz nass. Christl nickt mir aufmunternd zu, bevor sie die Tür öffnet.

»Grüß Sie«, sagt Stani und stellt den Werkzeugkoffer ab.

Ich schicke ein letztes Stoßgebet zum Himmel, damit alles so klappt, wie wir es geplant haben. »Einen Kaffee, Herr Stani? Und vielleicht einen kleinen Beifahrer dazu?«, fragt meine Freundin und holt den Sliwowitz aus dem Küchenkastl. »Nehmen S' ruhig Platz«, sage ich meinen gut geübten Einleitungssatz für den finalen Showdown auf. »Olles leiwaund?«, fragt Stani und ich merke, wie mein Lampenfieber nachlässt, weil sich auch der Elektriker an unser Drehbuch hält.

Erwin Riess

Brief an einen Floridsdorfer im Exil

Lieber Freund!
Wundere Dich nicht über diesen Brief, nimm ihn als schicksalhaftes Ereignis. Vor langer Zeit, im Winter und Frühling 1976, waren wir Bettnachbarn in der Neurologie des Alten AKH, diesem düsteren Bau, den einige Patienten überlebten, allerdings mit schweren seelischen Schäden. Du erinnerst Dich an den schmächtigen Jungen mit der Vorliebe für Binnenschiffe und Otis Redding. Mittlerweile bin ich nicht mehr schmächtig und fahre im Rollstuhl. Otis Redding liebe ich nach wie vor. All die Jahre habe ich mich gefragt, was aus Dir geworden ist. Nach den vielen Wochen im Krankenhaus haben wir uns nicht mehr gesehen, Du warst wie vom Erdboden verschluckt. Niemand wusste, wo Du Dich herumtreibst, ob Du überhaupt noch in Österreich bist. Die Nachbarn aus Eurem Gemeindebau waren ratlos. Deine Mutter war verzweifelt, zumindest schien es so. Ich wohne nun schon viele Jahre in der Nähe Deiner alten Wohnung in Stammersdorf. Sehr selten ist in den Heurigen der Umgebung noch von Dir die Rede.

Neulich habe ich beim Binder Heurigen einen pensionierten Erdölingenieur kennengelernt, der in seiner

Jugend bei einer kanadischen Firma namens van Sickle arbeitete, einer Pionierin der Erdölwirtschaft in Osteuropa und Österreich. Die van Sickles waren die Ersten, die noch vor dem ersten Krieg in Rumänien Öl erbohrten, und auch in Österreich waren sie Anfang der Dreißigerjahre in der Prospektion erfolgreich. Es war der alte Ingenieur, durch den ich auf Deine Spur gekommen bin.

Die van Sickles mussten vor den Nazi nach England flüchten, ihre Fabrik wurde von den Deutschen beschlagnahmt. Die Kampfflieger der deutschen Luftwaffe, die ihre Bomben über dem Zentrum Londons abluden, wo die van Sickles lebten, waren mit Sprit aus dem in Österreich geraubten Erdöl der van Sickles unterwegs. Nach dem Krieg kam die Familie zurück und führte die Firma weiter. Irgendwann in den späten Siebzigerjahren, der Zeit, in der wir beide im Spital lagen, ging die Firma im Konzern der staatlichen ÖMV auf.

Lieber Karl!
Du fragst Dich, was das alles mit Dir zu tun hat. Lies weiter, Du wirst staunen. Der besagte Ingenieur hatte über die van Sickles Kontakte nach Kanada und war auch immer wieder beim kanadischen Teil der Familie in Ontario zu Gast. Eines Tages besuchte er jenseits der Grenze zu den nahen USA ein Autorennen im entlegensten Nest, das je Formel-1-Rennen gesehen hat, in Watkins Glen an den Finger Lakes im gleichnamigen Nationalpark in Upstate New York. Als der Ingenieur die Finger Lakes erwähnte,

fiel bei mir der Groschen. An den Finger Lakes, so hattest du in den endlosen Spitalnächten erzählt, wächst nicht nur akzeptabler Wein, es gibt dort auch tiefe Wälder, in denen Du in den Sechziger- und Siebzigerjahren wie ein Indianer wochenlang im Wald unterwegs warst, mit Pfeil und Bogen, einem Bowie Knife und einem Schlafsack. Du warst ja nach dem Staatsvertrag ausgewandert, die alten und jungen Nazi kriechen wieder aus ihren Löchern, hattest Du gesagt, ich mag diese Bande nicht triumphieren sehen, lieber geh ich nach Amerika. Du warst nur der Operation wegen nach Wien zurückgekehrt, in den Staaten warst Du nicht versichert. Du warst damals Partner in einer Garage in Arlington, dem Heimatort Franklin und Eleanor Roosevelts, die beiden hatten dort ein Landhaus oberhalb des Hudson River bewohnt. Woody Guthrie wurde von den Roosevelts dorthin eingeladen, er bekam den Auftrag, einen Song zu schreiben, der den Eintritt in den Krieg gegen Nazi-Deutschland populär machen sollte, ein Vorhaben, das damals in den USA auf großen Widerstand nicht nur der Nazi-Anhänger um Walt Disney, Joseph L. Kennedy (Vater von John F. und Robert), des Zeitungsmagnaten Randolph Hearst und des glühenden Antisemiten Henry Ford stieß. Charlie Chaplin setzte sich für den Kriegseintritt ebenso ein wie die gesamte Linke und Teile der Großbourgeoisie. Und der kommunistische Wandersänger Guthrie, der nicht in Konzerthallen, sondern vor den Orangen- und Zitronenpflückern Kaliforniens auftrat, welche unter sklavenartigen Bedingungen unter Wachtürmen und Stacheldraht lebten, sollte den Song für den Kriegseintritt liefern. Ein talentierter Bursche aus Duluth am Oberen See, Sohn jüdisch deutscher Einwanderer, pilgerte 1961 zum kranken Woody in die psychiatrische Klinik. Und der große alte Mann der Folkmusik spielte dem grünen Jungen den Song, den Franklin Delano Roosevelt bei ihm bestellt hatte, vor. Bob Dylan passte gut auf. In »Song for Woody« und dem späteren »Masters of War« findet sich der Song verewigt. Dass Guthries Kriegslied nicht populär wurde, hing damit zusammen, dass man es nicht mehr benötigte. Die Antwort auf die Frage des amerikanischen Kriegseintritts hatten die Japaner mit ihrem Angriff auf Pearl Harbor im Dezember 1941 geliefert.

Du siehst, Deine politischen Schulungsmaßnahmen waren bei mir nicht erfolglos. Bären sind dort oben eine Landplage, pflegtest Du auch zu sagen. Wie die Biber am Marchfeldkanal, könnte ich heute ergänzen. Aber zu Deiner Zeit gab es in Floridsdorf noch keinen Marchfeldkanal und keine Biber. Angeblich hast Du an einem dunklen Tag in den tiefen Wäldern der Finger Lakes zwei Jungbären erschossen, aus Notwehr. Ich glaube, mit einem einzigen Schuss. Die Geschichte war zu gut, um Zweifel aufkommen zu lassen. Diese Leidenschaft hat mich nicht verlassen, alter Freund. Ist eine Story gut, lasse ich mir auch heute noch gern einen Bären aufbinden. Aber den Verstand schalte ich dabei nicht aus. Das ist auch der Grund, warum ich Dir diesen Freundschaftsgruß sende.

Lieber Karl,
Du bist in der Josef-Flandorfer-Straße in Wien-Stammersdorf, dem schönsten Teil von Floridsdorf, aufgewachsen. Eure winzige Wohnung im Gemeindebau aus den Fünfzigerjahren lag neben der Wendestelle des 31ers, der Tramway zu den Heurigen Stammersdorfs. Das Grölen der Betrunkenen und das Quietschen der Straßenbahn wiegten dich in den Schlaf. Von einem Vater hast Du nie erzählt, ich glaube, Deine Mutter war schon sehr früh Alleinerzieherin. Als ich Dich 1976 im AKH kennenlernte, besuchte sie uns jedes Wochenende, werktags arbeitete sie als Putzfrau in Arztpraxen und bei einem Rechtsanwalt, der für die FPÖ im Parlament saß und ehemaliger SS-Flieger der Legion Condor war, die Guernica dem Erdboden gleichgemacht hat. Immer brachte sie Obst und Zeitungen mit, manchmal war eine *New York Times* dabei, und ich habe mich gefragt, wo man die in Stammersdorf kaufen konnte. Ich erinnere mich an eine kleine, wieselflinke Frau mit sprödem Charme, die ihren Karli abgöttisch liebte.

Du hattest in der ÖMV gelernt, Erdöltechniker. Ein schöner, ein großartiger Beruf. Bevor Du Mitte der Sechzigerjahre ins Land der *brave and free* abtschapiert bist, hast Du noch viel Zeit auf den Förderstätten des Weinviertels zugebracht. Was Du mir in langen Nächten in dem Sechzehn-Betten-Saal erzähltest, als wir beide nicht schlafen konnten, Du wegen der Schmerzen nach der gescheiterten Bandscheibenoperation, ich wegen der Schmerzen nach meiner ersten Operation an einem Rückenmarkstumor, habe ich nicht vergessen. Der Achtunddreißigjährige und der Achtzehnjährige redeten sich die Welt nicht schön, wir redeten sie uns erträglich. Gute Erzählungen habe ich damals schon geschätzt, und Deine waren ebenso gut wie die Kurzgeschichten von Hemingway und Faulkner, die ich damals las.

Du erinnerst Dich an den Weinhauer aus Gösing am Wagram, mit »Ich komme aus Gösing und heiße Kögl, das merkt man sich leicht« hatte er sich vorgestellt. Ein vierschrötiger Mensch, voll Lebenslust und Tatendrang. In ein paar Tagen bin ich wieder im Weingarten, hatte er trotzig hinzugesetzt. Nach der ersten Kopfoperation fehlte ihm der halbe Schädelknochen. Nach der zweiten konnte er nur mehr lallen und lag im Bett. Die dritte hat er nicht überlebt. Am Tag vor der letzten Operation stand seine Familie mit der apfelgesichtigen Frau und den vier vom Donner gerührten Kindern um das Bett des Vaters, dessen weit aufgerissene Augen ein einziger stummer Schrei des Entsetzens waren. Das alles geschah in einem halben Jahr, ich lag ja Monate auf der Neurologie, und bei Dir war es auch nicht viel kürzer. Damals hat man die Kranken der Welt entzogen, mehrmonatige Aufenthalte waren im Alten AKH die Norm. Jetzt wirft man akutkranke Patienten nach ein paar Stunden aus den Spitälern, sie sollen schauen, wie sie allein zurechtkommen. Krankenhäuser sind für Ärzte und Pflegepersonal da, Patienten stören den Betrieb.

Du erinnerst Dich sicher auch noch an den seltsamen Vogel mit Tiroler Dialekt, ein Schiffsingenieur, der auf Riesentankern zwischen dem Persischen Golf und Rotterdam unterwegs war, rund um Afrika, denn für den Suezkanal waren die Pötte zu groß. Er hatte eine verstopfte Halsschlagader und redete manchmal wirr. Als der Tross der Visite einmal bei ihm hielt und der junge Primar Heiss ihn nach seinem Befinden fragte, stand der Tiroler stramm neben seinem Bett und antwortete: »Herr Doktor, ich rate Ihnen zu einem Opel Commodore, der verfügt über ein ausgezeichnetes Hängevermögen. Ich bin im Ötztal einmal mit einem Commodore in einen steilen Wald gestürzt und dort in den Baumwipfeln hängengeblieben, unverletzt. Und das gedenke ich auch zu bleiben!«

Und dann war da noch der Barmixer vom Hilton-Hotel, ein Burgenländer namens Pinter, gutaussehend, er wäre als Zwilling von Alain Delon durchgegangen. Auch er mit einem Tumor im Kopf, auch er nach einem halben Jahr tot. Hier herrscht Krieg, wir sind in einem Frontlazarett, hast Du gesagt. Überleben, Kollege, überleben! Darum geht's hier. Vergiss alles andere!

Lieber Karl,

kommen wir zur Sache. Ich möchte Dir von einer Mordserie erzählen, die sich Ende der Siebzigerjahre in meinem Gemeindebau mit seinen fünftausend Leuten ereignet hat. Wie Du ja aus eigenem Erleben weißt, sind Gemeindebauten eine Welt für sich, es verwundert also nicht, dass die Mordserie nie aufgeklärt wurde, obwohl damals auch zwei Kriminalbeamte ums Leben kamen, die ebenfalls im Gemeindebau wohnten. Dann erwischte es noch einen Finanzprüfer, den hat eine Giftschlange hinweggerafft, bedenke: eine Giftschlange in Floridsdorf! Und dann war da noch der Mord an einem bekannten Floridsdorfer Spediteur, welcher über eine beeindruckend große Sattelschlepper-Flotte gebot, die er mit illegalen und ausgebeuteten Chauffeuren aus dem Osten betrieb. Der Mann parkte seinen kanarigelben Ferrari vor den Heurigen und sonnte sich in der Aufmerksamkeit der Gäste. Ein eitler und primitiver Charakter.

Wirtschaftskammer, Gewerkschaft und Polizei waren von ihm bestochen; das ging über Spenden für den Verein der Freunde der Wiener Polizei, den Sportverein Handelsministerium und den Stipendienfonds des ÖGB, der aus den Spenden Mini-Stipendien an Studenten ausschüttete. Ich weiß das, denn ich habe damals von besagtem Leopold-Böhm-Fonds fünfhundert Schilling Jahresstipendium bekommen. Mein Heimplatz kostete das Dreifache, aber monatlich. Wahrscheinlich wäre mehr Geld zur Verfügung gestanden, aber Österreichs Spitzengewerkschafter haben ja auch ihre Bedürfnisse, das wissen wir von den Herren Verzetnitsch, der sich ein Penthouse im ersten Bezirk organisierte, und Flöttl junior, der eine Insel auf den Bermudas sein Eigen nannte und den Streikfonds von drei Generationen, die BAWAG-Bank, in den Sand setzte – und bei dem niemand nachfragte, wo die Milliarden geblieben waren. Ich bin sicher, Du hättest nachgefragt und Du hättest Dich nicht mit Ausreden abspeisen lassen.

Eingangs erwähnte ich den Erdölingenieur von van Sickle. Er erzählte mir von einem erbitterten Verdrängungswettbewerb zwischen »unserem« Spediteur und einem aus dem neunten Bezirk. Die beiden ließen nichts unversucht, dem anderen zu schaden, es hagelte Anzeigen und Sabotageakte, einige Zugmaschinen wurden auf entlegenen Parkplätzen abgefackelt.

Du hast schon als Bub immer etwas dazuverdient, auch das hab ich nicht vergessen. Als Kegelaufsteller, Weingartenhelfer, Beerenpflücker. Bei Deiner Mutter und Dir war Schmalhans Küchenmeister.

Das Seltsame an der Mordserie war die angewandte Technik. Ein Pfeil ins Herz, durchschnittene Kehlen bei den beiden Kriminalbeamten, ein vom Schlangengift getöteter Finanzbeamter. Und der Spediteur wurde an einer Plakatwand angenagelt wie Jesus Christus, allerdings dürfte er da schon tot gewesen sein, auch seine Kehle war durchschnitten. Das Plakat, an dem er hing, zeigte einen Truck, er warb für das Speditionsgewerbe. *Wir bringen, was Sie täglich brauchen.*

In unserem friedlichen Bezirk ereignen sich zwar immer wieder Morde, es gibt dafür aber hinreichende Erklärungen. Die meisten spielen sich im Familienkreis ab und sind Produkte drückenden Geldmangels oder häuslicher

Meinungsverschiedenheiten über die Schärfe eines Gulaschs. Manchmal wird auch das Erscheinen neuer Sexualpartner in abgestorbenen Beziehungen durch klassische Eifersuchtsmorde quittiert. Erweiterte Suizide kommen bei uns selten vor, auch die Unterweltler im Bezirk haben Manieren und Herzensbildung.

Vor den geschilderten Gewalttaten verzeichneten wir Morde im Milieu von Berufsspielern, illegalen Waffenhändlern aus dem Kaukasus und dem ehemaligen Jugoslawien sowie der florierenden Geheimprostitution. So erwischte den »schönen Rudolf«, einen Stoßspieler und Peitscherlbub von Rang, auf dem Nachhauseweg in den Gemeindebau ein Messer. Ein Beziehungsstreit zwischen einer älteren Prostituierten und ihrem Zuhälter fand in der Brünner Straße sein Ende, als der Mann vor einer Ampel anhielt, eine Pumpgun aus dem Kofferraum des Fünfhunderter Mercedes holte und seine Mitarbeiterin durch das Seitenfenster erschoss. Dann setzte der Mann sich auf den Fahrersitz und schoss sich den Kopf vom Rumpf. All das waren bedauerliche Zwischenfälle, das soziale Leben im Grätzel vermochten sie aber nicht zu stören. Man wusste vom jeweiligen Hintergrund der Bluttaten und fühlte sich, da nicht betroffen, in Sicherheit. Einzig der Mord an einem Tankwart hatte in den Neunzigerjahren für Beunruhigung in den Gemeindebauten gesorgt. Es war damals die Zeit nach dem Kollaps der sozialistischen Staaten und man vermutete, dass ein Durchreisender seinen Geldbedarf auf diese Weise gedeckt hatte.

Caro mio!
Im Falle eines Mordes ist grundsätzlich das Motiv entscheidend. Wenn man das Motiv kennt, verliert ein Mord seinen Schrecken und wird Teil des Alltags – wie ein manipulierter Durchlauferhitzer, eine Massenschlägerei bei den Proben der Faschingsgilde, ein ausgelaufener Kühlschrank oder ein Behördenbrief, der zum Antritt einer Haftstrafe auffordert.

Zurück zur Mordserie: Man vermutet, dass die beiden Kriminalbeamten und der Finanzprüfer mit dem Floridsdorfer Spediteur gemeinsame Sache machten, das würde auch die zeitliche und technische Seite ihres Hinscheidens erklären.

Als die Morde geschahen, lag ich noch im Krankenhaus, Du warst ein paar Wochen vor mir entlassen worden und musstest mit einer hohen Honorarforderung rechnen. Ich kenne Dein Faible für abgekürzte Wege in Lebenskrisen und Behördenverfahren, schon als Dreizehnjähriger hast Du einen brutalen und aufsässigen Fußballtrainer in einen Weinkeller voller Gärgase gesperrt, man nannte das damals einen Unfall. Wir beide wissen es besser, lieber Karl.

Wie gesagt, Motive sind bei Morden entscheidend. Lass mich daher die folgende Schlussfolgerung formulieren. Ich denke, dass Du Dich mit dem Spediteurskonkurrenten im neunten Bezirk in Verbindung gesetzt hast und ihm bei der Lösung des Geschäftsstreits zur Hand gegangen bist, mit Deinen eigenwilligen Methoden. Die drei Mithelfer musstest Du auch behandeln, anders ging es nicht. Mit dem Honorar wirst Du wohl Deiner Mutter geholfen haben, und Deine Garage in Upstate New York konnte auch eine Renovierung gebrauchen. Ich zweifle aber, dass Du die Spitalskosten nachgezahlt hast. Das würde mich doch sehr wundern.

Mittlerweile ist über die Sache längst Gras gewachsen, Präriegras, wie ich meine. Ich hoffe sehr, dass es Dir in Deiner neuen Heimat gut geht. Bei uns entwickeln sich gerade die Vorboten einer neuen großen Zeit, wie Karl Kraus die Kriegszeit nannte, aber davon seid Ihr in den USA ja auch nicht gefeit, wenn ich mir Eure Präsidentschaftskandidaten anschaue. Ich glaube nicht, dass ich je nach Upstate New York komme, aber jedes Jahr besuche ich meinen Freund Mister Giordano in New York. Seine »Mulberry Street Bar« in Little Italy führt jetzt sein Sohn Larry, ein patenter Kerl. Für mich ist dort immer ein Platz reserviert, vis-à-vis vom Eingang, der Tisch unter dem Wandgemälde. Dort könnten wir uns treffen. Du brauchst nur meinen Namen zu sagen, die Leute dort wissen, wann ich komme. Einundzwanzig Uhr würde gut passen. Aber nimm Dir nachher nichts vor. Wir haben einander viel zu erzählen.

Mit den besten Grüßen aus dem friedlichen Floridsdorf!
Dein alter Freund aus dem Gemeindebau
Groll

Reinhardt Badegruber

Nackt und rasiert

Von todbringenden Kellerkratzern, Mannlichern und Mauerpeckern im Karl-Marx-Hof

Seit zwei Wochen lebte Gruppeninspektor Frank Karl im Karl-Marx-Hof in Döbling, und zwar »undercover«. Der Polizeipräsident hatte ihm persönlich eine Legende auf den Leib geschrieben: Der Schellhammer-Ferdl wäre auf Urlaub. Einen Monat Malediven. Und er, der Frank Karl, solle nun in die Zimmer-Kabinett-Gang-Wohnung ziehen, um die Blumen zu gießen. »Du bist ein Unpolitischer«, hatte ihn der Polizeipräsident gepflanzt, »und der Karl-Marx-Hof ist so etwas wie der Vatikan der Sozialdemokratie. Als ideologisch unbeschriebenes Blatt (was aus dem Mund des Polizeipräsidenten eine boshafte Umschreibung für »unbedarften Trottel« war) bist du also der Richtige, um jene Rowdies zu stellen, die seit Monaten im Keller des Gemeindebaus ihren Vandalismus ausleben.« Frank Karl hatte von diesen »Kellerkratzern« gehört. Das waren Mauerpecker, die aus einer unverständlichen Motivation heraus Löcher in den Verputz der Gemeindebauten schlugen. Soll sich doch das Bezirkskommissariat um die Gruftieszene kümmern und ihn aus dem Kraut lassen. Aber nein, der Big Boss persönlich bestand darauf, dass er dem Schellhammer-Ferdl seine Blumen gösse. Er brauche bloß undercover einzuziehen und die Augen offenzuhalten.

Das sogenannte »Schellhammer-Appartement« im Karl-Marx-Hof hatte den Komfort eines Besenkammerls, weil das »Arbeiterversailles« zwischen 1926 bis 1930 errichtet worden war. Zwar verfügte jede der tausend Wohnungen über Fließwasser, was in der Ersten Republik eine Sensation gewesen war, aber an ein eigenes Badezimmer wagte damals noch niemand zu denken. Also hatten die Eltern des Schellhammer-Ferdls nachträglich eine Duschkabine installiert, was zur Folge hatte, dass fünfunddreißig Jahre später der Wohlstandsbauch des Gruppeninspektors Frank Karl in der Glasschiebetür des besagten Heimwerkertröpferlbads stecken blieb. Um sich aus der Klemme zu quetschen, gab sich der Frank Karl einen Ruck, weshalb seine Füße auf dem Duschschüsselboden ins Schlittern kamen. Er ruderte mit den Armen, umklammerte die Glaswand, bis sie knirschte. Plötzlich der Knall. Die Scheibe splitterte und der Gruppeninspektor hatte einen Glaszacken in der Bauchdecke stecken. Wie eine Sau blutend stürzte er hinaus auf den Gang und quietschte: »Hilfe, i verbliat!«[1] Die Nachbarin, die die Wohnung unter ihm hatte, kam über die Stiege gekeucht, klatschte sich die Hände an die Stirn

[1] Hilfe, ich verblute.

und schrie: »Jessas, a nackter Mann!« Dann zog sie den Verwundeten in ihre Wohnung, warf den Gruppeninspektor wie ein Vergewaltigungsopfer auf die Couch, zog den Glassplitter aus dem Bauch und tupfte mit einem Küchentuch Jod an die Wunde. Frank Karl wimmerte. »Na, na, an so einem Kratzer stirbt man nicht gleich«, gurrte sie und schaute besorgt auf den Bauchnabel, wobei es Frank Karl schien, dass es ihre Augen mehr auf seinen Schwanz als auf sonst was abgesehen hatten. Jetzt zog die Frau ihre Hand zurück und streifte rein zufällig die Spitze seiner Eichel. Die Augenbrauen des Gruppeninspektors zuckten in die Höhe. Er seufzte. Die Frau jagte ihm Angst ein.

»Sie brauchen sich nicht zu fürchten. I hab Praxis im Umgang mit verwundeten Männern. Mein Mann, der Christian, war zuerst ein Raafer[2] im Prater und dann Aussischmeißer[3] in einer Bar am Gürtel. Er hat sozusagen sein Hobby zum Beruf gmacht. Also bin i a perfekte Krankenschwester wordn. Des hat bei uns in der Familie Tradition. Meine Mutter ist Ärztin und meine Großmutter hat die Verwundeten des Vierunddreißigerjahres[4] verbunden.«

[2] Raufer

[3] Rausschmeißer

[4] Nachdem Diktator Engelbert Dollfuß das Parlament ausgeschaltet hatte, ging der Ständestaat 1934 daran, den Republikanischen Schutzbund (Sozialisten) zu entwaffnen und stieß auf Widerstand. Besonders heftig wurde um den Karl-Marx-Hof gekämpft. Das Bundesheer setzte Artillerie ein. Am 15. Februar 1934 kapitulierten die Verteidiger. Der Weg für die Diktatur und für den Einmarsch der Hitlertruppen war freigeschossen.

Zwanzig Minuten später war die Mutter der jungen Nachbarin da. Sie stellte sich auch artig vor: »Doktor Apsdor«. Und ohne Übergang: »Hat Ihnen meine Tochter einen Feitl in den Bauch gejagt? Habts einen Joint zu viel geraucht? Sind Sie der neue Lover von der Monika?« Nach einem abschätzigen Blick auf seinen Penis gab sie sich selbst die Antwort: »Na ja, könnte durchaus der Fall sein. Zuletzt soll sie sich ja sogar mit einem Kieberer eingelassen haben.« Die Ärztin schaute Frank Karl scharf ins Gesicht: »Sie sind aber kein Kieberer?« Frank Karl errötete. Dann haute sie ihm ein Jaukerl[5] in die Bauchdecke. Der Gruppeninspektor schrie: »Au!« »Der Christian«, fuhr die Ärztin ungerührt fort, »der Mann meiner Tochter, ist eine verkrachte Existenz, ein Nichtsnutz aus Oberdöbling[6]. Schon meine Mutter hat gesagt, *Kind, lass die Finger von so einem Filou aus der Cottage*[7]*. Von dort kommt nämlich nichts Guats.* Sie musste es wissen, weil ja auch mein Vater so ein versnobter Bonvivant war, der zuerst meine Mutter geschwängert und sich dann aus dem Staub gemacht hat.« Frank Karl schrie auf, als die Ärztin die Nähnadel ansetzte. »Pscht!«, zischte sie. Und an die Tochter gewandt: »Sag deinem Burschi, er soll net so schreien, weil wir sind ja net beim Vögeln.« Dann setzte sie ungerührt ihre Familiengeschichte fort: »Die Gspritzten aus den Herrschaftsvillen haben seit jeher auf uns herabgeblickt. Aber dann haben s'

[5] Injektion
[6] Oberdöbling hat den Ruf eines Nobelviertels
[7] Villenviertel

gschaut, im Sechsundzwanzigerjahr. Weil wir was aufbaut haben. Einen Karl-Marx-Hof mit tausend Wohnungen. Mehr Einwohner als Eisenstadt. Da waren die dreihundertsieben Zimmer in Schönbrunn a Schaß dagegen. ›Eine Trutzburg‹, haben s' gsagt. Die haben sich direkt gfiacht[8]. I glaub, ein bisserl Sexualneid war bei de Bürgerlichen a dabei. Die waren ja durch und durch verklemmt. Bis sich so a Tussi auszogen hat, mit ihre fünf Schichten Bluserl, Rüscherl, Rockerl und Negligé, is dem Buderanten[9] schon wieder alles vergangen. Diese gspritzten Weiber haben selbstbewusste Frauen wie meine Mutter gehasst, ... bis zum Gehtnimmer. Weil die haben ganz genau gewusst, dass ihre Mauna (Männer) die Nudistinnen vom Gemeindebau gerne budert hätten. De san so richtig geil gwen auf knackige Proletenhintern und meiner Mutter dauernd nachgstiegen. Mit lauter Schmäh. *Wollen S' net bei uns a bisserl im Haushalt aushelfen? Fürs Putzen zahl i gut.* Aber nix da, revolutionäre Sozialistinnen waren viel zu stolz, um sich mit so an parfümierten Affen einzulassen. Bis so a blasierter Trottel meiner Mutter einmal gsagt hat: *Sexualität ist das Kino des kleinen Mannes.* Leider war das Arschloch ein echter Feschi[10]. Er hat meiner Mutter gefallen. Sie hat daher meinem nachmaligen Vater ihren Busen gezeigt, ... unter einem Gebüsch auf dem Überschwemmungsgebiet. Ihre Bauchdecke war stramm, die Wade hart, ihr

[8] Gefürchtet

[9] Beischläfer

[10] Ansehnlicher Mann

Körper durch Arbeit gestählt. *Das sind die Lichtspiele des kleinen Mannes*, hat sie gesagt. Für sie war das ein Sieg über die Finsternis, denn die Bürgerlichen haben es ja nur unter der Tuchent getrieben. Wie dann meine Mutter schwanger gwesen ist, hat der reiche Gimpel von ihr nichts mehr wissen wollen. Lang hat er aber eh nimmer gelebt, weil mit dem Hitler ist der Krieg gekommen. Der feine Herr war Reserveoffizier und musste sein Leben für Führer, Volk und Vaterland lassen, ... in Russland.« »Fertig! Steh auf!«, herrschte die Ärztin den Gruppeninspektor an. »Lass dich anschauen!« Dann patschte sie ihre Hand auf seinen Arsch, dass es nur so klatschte. »Mach meiner Tochter nur ja kein Kind!«

»Was machst denn du da?«, stieß ihn eine Stimme von hinten an. »Hast di verirrt?« Frank Karl wirbelte herum. »Ah du bist's«, lachte er, als er seinen Kollegen, den Armin Schubert, erkannte. »Oida[11], hast du mich aber erschreckt.« »Weil ich dich erwischt hab ...« »Erwischt bei was?« »Wie du in Nußdorf[12] heraußt nach einem Heurigen suchst, und das in der Dienstzeit.« »Ich bin auf Recherche, und zwar undercover.« »Ha, ha, ha! Na dann«, zerstrudelte sich der Armin Schubert, »setzen wir unsere geheime Mission halt bei einem Viertel fort.« Die Kellnerin hatte die Karaf-

[11] Alter

[12] Nußdorf: ein eingemeindetes Winzerdorf, das nur wenige Straßenbahnstationen vom Karl-Marx-Hof entfernt liegt

fe *Gemischten Satz*[13] noch nicht auf den Tisch des Gastgartens geknallt, als der Armin Schubert schon im verschwörerischen Ton flüsterte: »Du wohnst jetzt also im Karl-Marx-Hof?« *Hoppala!*, jetzt war der Karl Frank aber wirklich überrascht. *Woher wusste der Armin Schubert das?* »Ja«, antwortete er, »die Arschlöcher haben mich ins Rote Wien verbannt ... *Die Gegend muss dich doch interessieren,* hat mich der Oberst Schellhammer g'häkelt. *Du hast doch irgendwann einmal in deinem Leben auch ein bisserl Zeitgeschichte studiert. Stimmt,* habe ich ihm geantwortet, *ich bin durch sämtliche Prüfungen geflogen, und seitdem erfüllt mich alles mit Ekel, was mit Marx und Wien zu tun hat.* Da hat der Oberst herzhaft glacht: *Ja, i waß. In St. Marx*[14] *haben s' Ochsen und im Karl-Marx-Hof Arbeiter geschlachtet.* Diese Geschmacklosigkeit war dann selbst dem Polizeipräsidenten zu viel. *Herr Kollege,* wollte er beschwichtigen, *man könnte sich ja auch für den architekturgeschichtlichen Aspekt des Karl-Marx-Hofes begeistern.* Da bin ich explodiert: *Ich scheiß auf den architekturgeschichtlichen Aspekt, weil für die alten Stana muss doch so und so nur der Steuerzahler brennen, und die Tourismusindustrie profitiert davon. Von mir aus sollen s' aus dem Stephansdom ein Pissoir machen, ... ich hätte nichts dagegen.* Nach einer Äußerung wie dieser suchen normalerweise

[13] Gemischter Satz: Mehrere Rebsorten werden in einem Weingarten zusammen angepflanzt und nach der gemeinsamen Lese gemeinsam gekeltert. Ein Gemischter Satz enthält mindestens drei verschiedene Rebsorten, wobei der größte Sortenanteil nicht mehr als fünfzig Prozent ausmachen darf.

[14] Schlachthof

sogar Atheisten das Weite. Schließlich hat ja jeder Wiener sein eigenes Heiligtum: die Konservativen die Habsburgerscheune in Hietzing und die Übrigen den Karl-Marx-Hof. *Aber wehe dir, du brunzt gegen eine dieser Schlossmauern.* Nach dieser Feststellung hat sich der Oberst halb angemacht. Auch der Polizeipräsident schien amüsiert. *Köstlich, köstlich,* wiederholte er. *So, wie Sie sich auszudrücken pflegen, sind sie zweifelsfrei der richtige Mann für unser Anliegen.*

»So war das also«, wunderte sich der Armin Schubert. Er strich sich nachdenklich über das Haar. »Jetzt wird mir einiges klar.« Und plötzlich, wie von einer Wespe gestochen, sprang er auf und starrte entsetzt auf die Uhr: »Jessas, ich muss rennen. Ich hab noch einen Termin. Komm mich besuchen. Ich hab mit dir etwas Wichtiges zu besprechen.« Und weg war er. Natürlich blieb der Frank Karl auf der Rechnung und beim Wein sitzen. Und natürlich war er zu besoffen, um drei Stunden später im Waggon der Straßenbahnlinie D einen Fahrschein zu zwicken.

»Fahrscheinkontrolle!«

Der Gruppeninspektor rührte sich nicht. Er schlief zusammengekauert auf den hinteren Ecksitzen, der sogenannten »Sandlerbank«.

»Ihren Fahrausweis bitte!« Das »Bitte« fiel jetzt schon etwas schärfer aus. »Your ticket please!«

»Ich mach mich an«, schreckte Frank Karl hoch. »Wie Sie ›ticket‹ aussprechen. Das ist fast so akzentfrei wie ›I am from Austria‹ beim Fendrich.«

»Sama leicht ein Obergscheiter? Ein Professor gar?«

Frank Karl machte eine wegwerfende Handbewegung und schickte sich an weiterzuschlafen. Jetzt fasste ihn der Kontrollor an der Schulter.

»Sand Sie deppert worden oder was?«, knurrte der Polizist.

»Ihren Fahrausweis, aber gschwind.«

»Wer sand Se eigentlich?«

»Ihren Fahrausweis bitte.«

»Ich hab Sie nicht gefragt, was Sie wollen, sondern wer Sie sand. Und wenn wir schon einmal beim Kontrollieren sind, zagen Sie mir zuerst einmal Ihre Legitimation.«

Frank Karl schob langsam seine Augengläser über die Stirn und langte nach der Plastikkarte, die der Kontrolleur an den Kragen seiner Windbluse geklipst hatte.

»Net anrühren!«, brüllte der Schaffner.

»Was jetzt?!«

»Sie sollen mich nicht angreifen.«

»Ich hab Sie gar nicht angegriffen. Wenn einer angriffig ist, dann sind Sie es. Weil Sie schreien. Bin i derisch oder was?«

»Ich schreie nicht, ich mache Sie bloß sachlich darauf aufmerksam, dass Sie mir Ihren Fahrausweis zeigen sollen.«

»Wenn Sie mi fragen«, drehte der Gruppeninspektor nun den Spieß um, »sand Sie gar kein Kontrollor. Weil ein echter Kontrollor ist ein Organ der Stadt, und als solches zeichnet es sich durch die Eleganz mustergültiger Höflichkeit aus. Aber der Ton, den Sie anschlagen, diskreditiert sich als mehr oder minder missglückter Ausdruck rowdyhafter Hilflosigkeit.«

»Gemma! Gemma!«, schrie nun der Kontrolleur siegessicher, denn die Tramway war in die Station Schottentor eingefahren. Aus der Tiefe der Straßenbahn tauchten zwei weitere Kartensheriffs auf. Zu dritt bugsierten sie den Gruppeninspektor zur Tür hinaus. Frank Karl lachte aus Leibeskräften: »Sie untergriffiges Zwickerschweinderl! Sie haben mich an der Achsel gekitzelt.«

»Dreihundert Euro«, brüllte der ältere der drei Fahrscheinkontrolleure, »und die Sache ist erledigt!« »Polizei, Polizei!«, schrie nun der Gruppeninspektor wie am Spieß, und schon kamen zwei Uniformierte über die Straße gestolpert: »Jo, was hamma denn do?«

»Wir haben da einen Schwarzfahrer gschnappt. Jetzt randaliert er. Und bsoffen ist er auch noch.«

»So, so!«, grinsten die beiden und drehten dem Gruppeninspektor die Arme auf den Rücken. »Schön brav bleiben«, rieten ihm die pubertären Gimpel, »weil sonst müssen wir dir ein bisserl wehtun.«

»Kollegen ...«, versuchte es der Gruppeninspektor im Guten.

»Geh hoit die Goschn, du bsoffene Sau«, fuhr ihm der Jüngere über die Pappen. »Wennst nu einmal Kollege zu mir sagst, kriagst an Tritt in die Eier, weil deine Vertraulichkeit grenzt ja an Majestätsbeleidigung.«

Frank Karl verzog schmerzhaft sein Gesicht. Aber dann fasste er sich wieder und fragte seelenruhig: »So, und wo sand jetzt die Schwarzkappler[15]?« Der jüngere Kieberer drehte sich jäh um und machte ein blödes Gesicht. »Die sind verschwunden«, klärte der Gruppeninspektor die beiden Anfänger auf. »Die haben sich verdünnisiert. Weil die gehören einer Betrügerbande an, die harmlose Touristen abstiert[16].« »Hinter denen«, log sie der Gruppeninspektor an, »bin ich seit Ewigkeiten her, und es Hirngschissler[17] machts meine Arbeit in Sekunden zunichte. Und wissts es, warum es Paradedeppen niemals an der türkischen Rivera Urlaub machen werdet? ... Weil am Flughafen Schwechat die Abfertigung von zwei Koffern[18], wie ihr es seits, nicht vorgesehen ist.«

Das Büro von Armin Schubert im Landeskriminalamt Wien auf der Roßau war bescheiden. So würde man sich eher ein größeres Zimmer in einem Studentenheim vor-

[15] Kontrolleure, die in früheren Zeiten schwarze Kappen trugen
[16] Ausrauben
[17] Geistig Minderbemittelte
[18] Idioten

stellen. »Du hast dir wohl gedacht, ich leb da wie die Made im Speck. Aber, Irrtum mein Freund. Ein sehr großer Irrtum. Aber jedenfalls freut es mich, dass du so schnell zu mir gefunden hast. Ich schlage vor, wir beginnen erst einmal mit einem Russkij Standard Platinum[19]. Direktimport, unverfälscht, beschlagnahmt bei einem Zigarettenschmuggler.« Der Schubert riss den Kasten auf: Flaschen, aufgereiht wie die Orgelpfeifen. In diesem Augenblick krachte eine kesse Sekretärin zur Tür herein. »Tschuldigung!«, zischte sie Richtung Gruppeninspektor. Und zum Kollegen Schubert: »Armin, hast du ein paar Minuten Zeit. Ich hätt da ein paar Unterschriften.« Und schon sprang der »liebe« Armin auf. Und schon folgte er dem strammen Arsch. Und schon drehte er sich an der Türschwelle um und sagte: »Geh sei so gut, bedien dich doch selbst. Ich bin gleich wieder da.« Die Wodkaparade im Kasten des Armin Schubert konnte sich zweifelsfrei sehen lassen. Aber noch mehr zog den Gruppeninspektor an, was der Herr Kollege so alles an die Schrankwand gepinnt hatte: spitze Hintern, gepflegte Schlitze, blanke Brüste und sonstige Wichsunterlagen. Daneben ein schwarzes Transparenthöschen mit eingestickten Röschen ... und oho, oho ... was Frank Karl noch viel mehr aufregte: da hing ein historischer Bauplan des Karl-Marx-Hofes auf dem Brett. Darüber Architekturaufnahmen aus den Dreißigerjahren. Darunter das vergilbte Foto eines halbnack-

[19] Russischer Wodka

ten K.-u.-k-Strizzis und der Spruch »Mannlicher Modell 1895. Gut für schnelle Schüsse.« Die Rechtschreibfehler taten Frank Karl so richtig weh. Also zückte er den Kugelschreiber und korrigierte den Text auf: »M-*ä*-nnliche-*s* Modell 1895. Gut für schnelle Schüsse.«

»Trink!«, befahl ihm der Armin Schubert. »Ex!«, herrschte er ihn an. »Und noch einen!« »Wie ich seh«, bemerkte er, »bin ich gerade im richtigen Augenblick zurückgekommen.« Er deutete mit einem Lineal auf den Lageplan mit dem Karl-Marx-Hof. »Da trink noch einen. Weil das, was ich dir jetzt sag, hältst du im nüchternen Zustand eh nicht aus. Weil ich muss dir nämlich gestehen, dass ich dich für eine miese, intrigante Kameradensau halte. Du fieses Schwein hast mir den Karl Marx-Hof abspenstig gemacht. Auf diesen Fall war nämlich ich angesetzt. Der Mauerkratzer ist nämlich mein Spezialgebiet, denn ich bin hinter Denkmalschändern, Sprayern, Graffiti-Künstlern und sonstigen Sprühern her. Und dann kommst du ins Spiel, weil sich der Polizeipräsident einbildet, für diesen Fall brauchen wir einen Zeitgeschichtler mit nüchternen Analysen. Als ob du jemals in deinem Leben *nüchtern* gewesen wärst. Aber gut, der Polizeipräsident ist ja auch so ein Intellektueller.« *Das ist schon ein starkes Stück,* dachte sich der Gruppeninspektor, weil »Intellektueller« war die schlimmste Beschimpfung, die man in Wien jemandem an den Kopf werfen kann.

»Nur nicht speiben«, sagte sich der Gruppeninspektor. »Nur nachhause kommen.« »Warum«, warf er sich vor, »hatte er sich auch wie ein Tier anflascheln müssen.« Er raspelte an den Mauern des Karl-Marx-Hofes entlang. »Heutzutage haben nicht einmal mehr Verkehrstafeln Respekt vor einem Kieberer«, fluchte er. Jedenfalls hatten ihn an diesem Abend ein paar Halteverbotsschilder angerempelt. Jetzt tanzten Sterne in seinem Schädel. »Ob das der richtige Torbogen ist?« »Nur nicht vor die Haustür einer fremden Wohnung kotzen«, wiederholte er, »weil das wäre ja so was von peinlich.« Mühsam nestelte er nach dem Haustürschlüssel. »Nur net ausrutschen. Nur net hinfallen.« Der Boden im Stiegenhaus war glatt wie der Asphalt einer Kegelbahn. Er roch giftig. Ausdünstungen eines Desinfektionsmittels. Karl Frank würgte, lehnte sich keuchend gegen die Wand. Endlich klingelte der Wohnungsschlüssel in seiner Hand. Aber justament in dem Augenblick, in dem er sich abmühte, das verdammte Schlüsselloch zu ficken, war die Wohnungstür von selber aufgekracht. »Scheiße«, er hatte vergessen, die Wohnung zuzusperren. Die Tür war bloß angelehnt gewesen. Karl Frank stolperte in das Wohnzimmer. Da machte es auf einmal »Tusch!«.

Der Gruppeninspektor wälzt sich auf dem Boden. TschTsch! WuuUUUmmm! Wumm! Von den Geleisen des Heiligenstädter Bahngeländes her schießt das Bundesheer auf den Karl-Marx-Hof. Artillerie! »Widerstand ist zwecklos«, brüllt es aus dem Radio. »... Standgerichte ... erbarmungslos zur Rechenschaft ge-

zogen.« Frank Karl liegt auf dem Bauch. »Ja schieß doch endlich!«, klagt der Straßenbahner neben ihm. »Ich kann net«, wimmert der Frank, »ich hab keine Munition mehr.« »Scheiße!«, flucht der Straßenbahner, »die Waffen sind im Keller eingemauert und kein Mensch weiß, wo.« »Außer der Führung«, ätzt Frank Karl. »Führung?«, krächzt der Schutzbündler verächtlich. »Welche Führung? Der Otto Bauer und der Julius Deutsch haben sich doch in die Tschechoslowakei abgeseilt.« »Hilfe! Hilfe! Ich glaub, ich bin getroffen«, schreit Frank Karl. Ein Stechen im Hirn. »Ich blute am Bauch.« »Rumms!« Ziegel fliegen. Dort, wo gerade noch eine Mutter für ihr Kind den Mittagsbrei gekocht hatte, klafft ein Riesenloch. Eine Granate hatte eingeschlagen. »Rumms!« Frank Karl fasste sich an den Kopf. Er hustete. Er war aus dem Traum hochgefahren und mit dem Schädel an die Glasplatte eines Wohnzimmertischchens gedonnert. »Fünf Uhr in der Früh.« Er lag neben dem Wohnzimmertisch auf dem Boden und schnüffelte Dreck vom Teppich. »Verdammte Sauferei!« Er musste gestürzt und auf dem Teppich eingeschlafen sein. Sein Schädel dröhnte, aber die Glasplatte des Wohnzimmertischchens war ganz. »Ich muss was frühstücken!« In der Küche brummte der Kühlschrank wie ein Radio aus den Fünfzigerjahren. »Das kann's aber jetzt net sein«, beschwerte er sich. »Des schaut doch gar nicht nach dem Schellhammer-Ferdl aus. Kein Bier im Eiskasten.« Entweder hat jemand seine Absenz und die offene Wohnungstür ausgenützt, oder er selbst hatte gestern Nachmittag den Kühlschrank leergesoffen. »Moment!« Sein Blick fiel auf die ins Eck gezwängte

Duschkabine mit der Umwälzpumpe im Schrankboden. Dieser Pritschelkasten war doch gestern noch weiß gewesen. Jetzt leuchtete er jedenfalls rot. Aber nicht von seinem Blut, sondern als Ausdruck der Geschmacklosigkeit eines Wohnungsinhabers. Zudem knirschten keine Glassplitter unter seinen Schuhen. Und dann die BHs an den Haken. Zum Trocknen aufgehängt. Mit ausgeleiertem Trägergummi. »Das passt doch nicht zum feschen Ferdl. Der ist doch ein Fitnessclub-sauber desinfiziertes Deo-Bubi.« Verdammte Scheiße, er war in einer fremden Wohnung, und die stank. Hier war etwas faul. »Willst du den wahren Charakter eines Menschen kennenlernen«, meldete sich der Krimineser im Kopf des Gruppeninspektors zurück, »dann mustere seine Schuhe, schau in seine Unterhose und lüfte die Tuchent. So ein Bettlaken ist aussagekräftiger als jeder Lebenslauf.«

Der Gruppeninspektor gab der Schlafzimmertür einen Tritt. Auf der zitronengelben Bettwäsche lag eine carraramarmor-bleiche Leiche: die Nachbarin aus der Wohnung unter ihm. Der Mörder hatte der Frau die meterlangen Haare abgeschnitten und achtlos neben den Corpus gelegt. Blondes Haar auf zitronenfaltergelbem Stoff. Dann musste dem Täter mit einem Rasierapparat an die Arbeit gegangen sein, denn die Glatze spiegelte wie ein blankgebohnertes Osterei. »Nackter als splitternackt geht nicht mehr«, betete sich der Gruppeninspektor vor. Alles war abrasiert worden, bis auf die Schamhaare. Die standen noch ab und waren ebenfalls blond.

Als die Kollegen von der Spurensicherung eintrafen, saß Frank Karl auf der Wohnzimmergarnitur und schlürfte an einer Bierdose, die er sich aus »seiner« Wohnung einen Stock höher geholt hatte.

»Das ist ein Tatort«, schnauzte ihn der Armin Schubert an. Der Frank Karl lachte. Er konnte dem Gimpel ja nicht sagen: »Hörst Alter, ich hab besoffen auf dem Teppich gnachtigt, und jetzt musste ich im Wohnzimmer jede Menge genetisches Material hinterlassen, weil sonst glaubts es Trotteln a noch, ich bin der Täter gewesen.«

»Du hast womöglich Spuren zertrampelt«, beschwerte sich der Kollege. »Du bist net ganz gsund in der Birn.«

»Gesund schon«, korrigierte ihn Frank Karl, »aber etwas verkatert.«

»Servus Franky!« Gruppeninspektor Frank Karl zuckte zusammen. Die Stimme, die da vom Türstock her dröhnte, gehörte dem Oberst Schellhammer. Karl Frank wirbelt herum. Der Chef hatte seine Lederkluft an. Wahrscheinlich glaubte er, dass er so gefährlicher ausschaue. »He«, gluckste es aus dem Mund des Gruppeninspektors, »ich hab geglaubt, du bist auf den Malediven.«

»Und ich hab geglaubt, du würdest meine Blumen gießen und net meine Nachbarin budern.«

»Ferdl«, hob der Frank Karl an, »lass mich die Situation erklären.« »Da gibt's nichts zu erklären«, machte der Schellhammer kurzen Prozess. »Du hast die Alte da drinnen«, der Oberst deutete mit dem Daumen auf das Schlafzimmer, »kaltblütig ermordet ... hamdraht sozusagen, erwürgt und rasiert, um es genauer zu beschreiben.«

»Ja, ja, im Liebesrausch«, versuchte der Gruppeninspektor zu spötteln.

»Darf ich diese Aussage als Teil eines Geständnisses verstehen?«, fuhr ihm der Oberst übers Maul.

»Ferdl«, stotterte der Gruppeninspektor, »du wirst doch nicht glauben ...«

»Ich glaub dir gar nichts, du geile Sau. Für mich zählen Fakten, und die Fakten sprechen eine eindeutige Sprache. Du wurdest nämlich beobachtet ... wie du auf dem Gang herumgeschlichen bist. Du warst blunzenfett und splitternackt. Die Nachbarin von gegenüber hat dich gesehen, durch den Türspion. Am Unterleib hast du geblutet wie eine Sau. Wahrscheinlich hat dir die Frau da drinnen eine Schere in den Bauch gerammt, als du sie vergewaltigen wolltest.«

Jetzt reichte es. Der Gruppeninspektor brüllte los: »Ja haben s' dir ins Hirn geschissen?« Und ruhiger setzte er nach: »Wie erklärst du dir, wenn es so gewesen sein sollte, wie du dir das zurechtgelegt hast, dass auf der Tuchent kein Blut zu sehen ist.«

»Ganz einfach: weil die Untat im Wohnzimmer stattgefunden hat. Da vorne. Schau nur hin! Der Teppich wird gerade nach DNA-Spuren untersucht, und die Blutspritzer auf dem Sessel sprechen eine eindeutige Sprache. Und ich wette, dass wir auf den Küchentüchern, die wir neben dem Wäschekorb gefunden haben, dein Blut finden werden.«

Plötzlich kam ein Uniformierter angekeucht. »Chef«, schrie er den Oberst Schellhammer an, »unten im Hof randaliert ein Irrer. »Er beidelt an Ihrem Auto.«

»Was tut er?«

»Er beutelt an Ihrem Golf und schreit: I möchte mit dem Schellhammer reden, mit dieser vermaledeiten Sau.«

Schellhammer deutete den Schlag mit einer Gummiwurst an: »Ja und, dann verpassts ihm halt ein Beruhigungsmittel.«

»Das geht net, weil der Kerl hat ein Eisentrumm[20] in der Hand und droht, er sprengt sich und jeden, der sich ihm nähert, in die Luft.«

Jetzt hatte es der Schellhammer auf einmal eilig. Er schwartelte die Stiegen hinunter. Schon flitzte er zum Torbogen des Karl-Marx-Hofes hinaus. Mit den Armen fuchtelnd sprintete er auf seinen türkisgrünen Golf zu. Der Mann, der vor dem Auto hysterisch auf und ab hüpfte, hielt mit einem Mal inne, kreischte, riss sich vom Wagen los und lief dem Oberst entgegen. Er umarmte ihn. Die Wolken standen still. Dann krachte es. Tomatenmark und Wassermelonenbrocken spritzten gegen den Himmel. Da wurde Fleisch püriert. Der Kerl hatte sich und den Kopf des Oberst in die Luft gejagt.

[20] Trumm: ein großes Stück

»Dein Mentor, der Oberst Schellhammer, war ein Held«, klärte Armin Schubert den Gruppeninspektor bei einem Viertel Veltliner auf. »Darauf müssen wir anstoßen.« Die beiden hoben feierlich ihr Glas. »Prost!« »Der Schellhammer wollte – so will es die offizielle Version – diesen Christian Neuhauser, einen arbeitslosen Türsteher, vor dem Karl-Marx-Hof festnehmen. Neuhauser hatte zuletzt mit Militaria aller Art gehandelt. Sein Spezialgebiet waren Restbestände der k. u. k. Armee und Waffen, die im Bürgerkrieg von 1934 zum Einsatz kamen. Als seine Gattin, die im Karl-Marx-Hof ansässige Monika Neuhauser, dem verbrecherischen Tun ein Ende setzen und zur Polizei gehen wollte, hat sie ihr Ehemann kaltblütig ermordet. Der Tatverdächtige widersetzte sich dann seiner Festnahme, indem er sich und den Polizeibeamten, Oberst Schellhammer, mittels einer sogenannten Schmiervase in die Luft sprengte. *Schmiervasen* sind, so muss an dieser Stelle festgehalten werden, illegal hergestellte Sprengkörper, die im Kampf um den Karl-Marx-Hof abgefeuert worden waren. Sie bestanden aus einem Messingrohr mit einem Durchmesser von circa vier Zentimetern und einer Länge von acht Zentimetern. Die Kartuschen waren mit einem Loch versehen worden, aus dem ein Zündstift herausragte.«

»Und woher stammten diese Waffen?«, wollte Frank Karl wissen.

»Offiziell wissen wir es noch nicht. Inoffiziell sag ich dir: der Oberst Schellhammer hat ein paar Renommierstücke aus dem Keller des Bezirksmuseums gestohlen. Um als Experte des Februars vierunddreißig durchzugehen. Damit wollte er bei der kleinen, nunmehr leider ermordeten Ehefrau des Christian N., Eindruck schinden ... Andererseits ist die Kleine wiederum auf brutale Machotypen geflogen: zuerst auf diesen angeehelichten Christian Neuhauser und später auf unseren Motorrad-Django, den Oberst Schellhammer. Wie der Christian wieder einmal aus dem Gefängnis heimgekommen ist, hat er den Arsch des Oberst in seinem Bett entdeckt. Schon wollte er die Drecksau abstechen, aber der Schellhammer hat blitzschnell reagiert. *Schau,* hat er ihm gesagt, *was auch immer du erzählst, wird dir so und so keiner abnehmen, weil wer glaubt schon einem Urkundenfälscher, Heiratsschwindler, Totschläger und Gelegenheitsdieb.* Also schlug er dem Christian ein Geschäft vor: *Du überlässt mir deinen Hasen und ich verschaff dir eine Waggonladung Mannlicher-Gewehre. Für Mannlicher zahlen Monarchisten und Sammler jeden Preis.* Er selbst sei nämlich im Besitz eines Bauplanes des Karl-Marx-Hofes aus den späten Zwanzigerjahren. *Darauf hat der Schutzbund seine Waffenverstecke eingezeichnet. Die Knarren sind in den Kellern eingemauert worden.* Er selbst habe schon verschiedene Gänge abgeklopft und sei fündig geworden.«

»Daher die Kratzer im Souterrain«, erklärte der Armin Schubert. »Er hat die Löcher in die Kellerwände gestemmt. Er war der Mauerbecker.«

»Auf der Suche nach Mannlicher«, wiederholte Frank Karl nachdenklich.

»Ja, Mannlicher 1895. Mannlicher mit *a* und nicht mit *ä*, wie du auf die Kastenwand gekritzelt hast.«

»Und wer hat dann«, platzte es aus dem Gruppeninspektor heraus, »die Frau ermordet?«

»Der Schellhammer natürlich. Die Kleine war ihm nämlich auf die Schliche gekommen. Sie wusste, dass der saubere Herr Oberst darauf hinarbeitete, denn depperten Christian wieder einzulochen, damit er selbst ungestört budern konnte. *Es ist aus!*, hatte sie ihn angeschrien. Aber mit einem Schellhammer machte man nicht so einfach Schluss. Also hatte er ihr die Gurgel zugedrückt. Dann hat er den Christian angerufen und ihm erzählt, er sei furchtbar getäuscht worden, das Mädel habe ihn ausgetrickst, sie ficke mit einem neuen Lover, einem Kollegen von der Kriminalpolizei. Wenn der Christian ihm nicht glaube, brauche er bloß die Nachbarin zu fragen. Die habe die beiden nackt am Korridor erwischt. Nach dieser Meldung hat der Christian seine Krachen aus dem Spülkasten geholt und sich an die Fersen eines gewissen Gruppeninspektors Frank Karl geheftet.«

»An meine Fersen?«

»Ja, an deine Fersen.«

»So ein Trottel! Der hätte mich nie erwischt, nie und nimmer.«

»Da irrst du dich aber, mein Lieber. Er kam verdammt dicht an dich heran. Er war nämlich einer der Straßenbahnkontrolleure.«

Eva Holzmair

Das Wassermännlein

Sein letztes Opfer

3. April 2016

Der erste warme Sonntag im Jahr. Liesl hält ihr Gesicht in die Sonne, nur zwischendurch blinzelt sie zu Fritz, der den Chronikteil der Zeitung zum x-ten Mal durchblättert.

»Du wirst nix finden. A heut net. Er is weg. Für immer. Glaub ma.«

»Oba irgendwann muass er do angschwemmt wer'n.«

»Vielleicht in Ungarn oder Serbien. Bei uns nimmer. Mia san ihn los.«

Fritz legt die Zeitung neben sich auf die Bank und ergreift Liesls Hand. Es fühlt sich gut an, wenn seine festen Schlosserpratzen ihre kleinen Hände umschließen. Kein Gefängnis. Der Fritz sperrt auf, nicht ein. Er ist kein Werner und schon gar kein Ungustl. Fritz weiß, welcher Schlüssel wo passt. Und wenn keiner da ist, fertigt er einen an. Wie den fürs Türl hinunter zum Wienfluss. Nur jetzt schüttelt er gedankenverloren den Kopf.

»Des hätt i ma net denkt.«

»Wos?«

»Dass er so weit mitgnumma wird. Vielleicht is er wo hänga bliebn und wird später ans Ufer gspült.«

Liesl denkt an ihre Träume, in denen fette Kanalratten alles fressen, was vorbeigetrieben wird, an ihre Erleichterung, dass den Viechern nicht einmal vor dem bröckligen weißen Zeug graust, an ihre morgendliche Genugtuung, dass sie nichts übriggelassen haben, nur die Knochen, die auf den Grund sinken und von Nixen zum Kegeln aufgestellt werden. Alle Neune!

»Na. Glaub ma, es is vorbei. I gspia's. Sunst tat i net do herziagn. Zu dir.«

»Bist sicher, dass d' des wüst?«

»Gaunz sicher.«

Liesl blickt um sich. Hinter ihr die Torbögen und Laubengänge des Paul-Speiser-Hofs, vor ihr die Alte Donau, rechts der Wasserpark. Ruhig ist es, viel ruhiger als bei ihrem Gemeindebau, der direkt an der stark befahrenen Rechten Wienzeile liegt. Sie wird ins Grüne übersiedeln. Noch Wien, aber anders. Nur muss sie diese neue Welt drüber der Donau furchtlos betreten. Nicht bloß auf dem Bankerl sitzen und zuschaun. Von weitem. »Nur fünfhundert Meter, und mia san im Angelibad«, hat der Fritz gesagt.

»Du, Fritz!«

»Wos is?«

»Oba bevor i do herkumm, muass i no wos tuan.«

»Wos denn jetzt scho wieda?«

»Ka Aungst, des moch i gaunz allanig. I lern schwimma. I hob mi scho angmeldt. Im Hallenbad. I mecht im Summer mit dir ins Wossa springa. Vom Steg durt drübn.«

Liesl genießt den fassungslosen Gesichtsausdruck ihres Fritz. Da hat sie ihn aber total überrascht. Sie lacht und wehrt sich auch nicht, als er sie umarmt und ihr einen Kuss gibt. Das ist es, ihr Leben, das nun erst so richtig beginnt. Mit dem Fritz und ohne Wasserscheu.

23. Jänner 2016

Es ist schon finster, als Liesl und Fritz den Handkehrwagen der Straßenreinigung hinaus auf die Rechte Wienzeile rollen. Sie haben sich noch einmal die orangen Hosen und Jacken ausgeborgt. Der Sigi hat nicht gefragt, warum, bloß, ob er helfen soll. Bei dem Schmattes komme er sogar an einem Samstag. Aber sie haben abgewunken. »Is nur no a Klanigkeit.« Mit dieser Kleinigkeit im Wagen queren sie nun die Straße, marschieren vorbei am Café Rüdigerhof hinüber zur Linken Wienzeile. »Warum schmeiß ma 'n net glei do eine?« Liesl späht übers Geländer auf den Wienfluss, der genau an dieser Stelle unter der Überbauung verschwindet und erst wieder beim Stadtpark herauskommt.

»Do kennt uns wer sehn.«

»Bei dem Sauwetter is do eh neamd draußen.«

»Waunn ma 'n do einehaun, zerbreselt's ihn. Durchn Aufprall. Und du wüst ihn jo oisa gaunzer einelegn ... Net sogn, dass i scho wieda wos umsunst gmocht hob.«

Fritz hat recht. Da sekkiert sie ihn, dass er einen Schlüssel nachmacht, und nun will sie den Toten schon hier loswerden, bloß weil ihr saukalt ist. Ein junger Mann eilt an ihnen vorbei. Die zwei orangen Gestalten sind ihm völlig egal. Nur heim bei diesem Regen. Aber so ausstaffiert würden selbst engste Freunde sie nicht erkennen. Und dass zwei Straßenkehrer einen Wagen ohne Besen, Schaufel und sonstigem Gerät vor sich herschieben, ist auch nicht weiter verwunderlich. Die beiden werden schon wissen, was sie tun. Oder dass sie wenig später Stirnlampen aufsetzen, ein großes Paket und einen Nylonsack aus dem Wagen heben, eine im Boden eingelassene Einstiegsluke aufsperren und mit ihrer Last in dem Loch dahinter verschwinden, wird auch für etwas gut sein. Sie tragen ja die Uniform der Magistratsabteilung 48. Ihr Kehrwagen steht noch da. Ein einsamer Wächter am Abgang zur Unterwelt.

Fritz legt keuchend das geschulterte Paket auf den nassen Steinplatten ab. Liesl stellt den Nylonsack daneben, vorsichtig, damit sie nicht ausrutscht. Die Lichtkegel der Stirnlampen schwenken über feuchtschwarze Wände. Dunkel plätschert und gluckst die Wien. So nah. Irgendwo hier war auch einmal das Wehr. Liesls Herz pocht wild. Nur keine Panik. Er soll dem Wasser übergeben werden. Er. Nicht sie. Sie wird wieder nach oben kommen. Er nicht. Hoffentlich.

»Wie tiaf is do?«

»Hechstens an Meter. Du brauchst ka Aungst ham. Mia miassn froh sei, waunn des bissl Strömung ihn überhaupt mitnimmt.«

Nun versteht Liesl auch, warum Fritz auf Gummistiefeln bestanden hat. Sie müssen hineinwaten. Auch das noch! Liesls Haut ist schweißnass. Mit einem Taschenfeitl durchtrennt Fritz die Verschnürung und rollt die Plane aus. »A bissl vom Verputz hamma a einpackt.« Liesl deutet auf die weißlichen Klumpen, die sich von der dunklen Plane abheben. Fritz klaubt einen davon auf und schüttelt den Kopf. »Des is ka Kalk.« Er lüftet das erstaunlich unversehrte Perlonhemd. Darunter überzieht noch mehr von der bröckligen weißen Masse Rippen und Knochen. Fritz lässt den dünnen Stoff fallen. »Wüst liaber nur zuaschaun?« Liesl schüttelt den Kopf. Sie hat nun zwei Tage Zeit gehabt, sich zu sammeln. Sie wird nicht kneifen. Schweißausbrüche hin oder her. Gemeinsam schleppen sie den Toten ins träge Wasser, halten kurz inne, ehe sie ihn loslassen. »Foahr endli o!« Fritz gibt ihm einen gezielten Tritt, der ihn zur Mitte des Flusses lenkt. Die Strömung ergreift nur unwillig und nach einigem Zögern die Knochengestalt. Mit ihren Stirnlampen verfolgen sie, wie der Tote langsam aus dem Blickfeld verschwindet. Liesl schnieft sogar ein bisschen. Aber als der Fritz die zwei Rattenkadaver auswickelt und ebenfalls ins Wasser wirft, muss sie dann doch lachen. »So is guat, so gfallst ma.« Das hat er auch vor vielen Jahren gesagt. Und sie hat zum Werner geschaut, der so viel versprochen, nichts gehalten und seinen Grant an ihr ausgelassen hat.

21. Jänner 2016

Nur noch drei Schrauben, dann haben sie die letzte Regalstange von der Wand gelöst und können mit der eigentlichen Arbeit beginnen. Liesl schichtet die Halterungen in eine Ecke, während Fritz vorsichtig die Schrauben lockert und an der Stange zieht. Endlich! Liesl blickt auf. Fünfundsechzig Jahre eingeschrieben in rissigem Verputz. Geometrische Höhlenmalerei für Eingeweihte. Sogar die Löcher, an denen davor die Haken befestigt waren, unterscheiden sich deutlich von den später für die Stellage gebohrten. An den Haken hingen die Räder. Im Regal standen die Einmachgläser mit Liesls Kompotten und Werners Werkzeugkisten. Unwillkürlich greift Liesl auf ihre Schenkel, doch die Narben kann sie unter der orangen Arbeitskluft nicht ertasten.

Zack! Liesl zuckt zusammen. So viel Krach schon beim ersten Schlag. Dem müssen aber noch viele folgen, bis die Wand abgetragen ist. Ans Wegräumen des Schutts will sie gar nicht erst denken. Gott sei Dank helfen ihnen dabei zwei Mitarbeiter der Straßenreinigung im Haus.

»Warum fangst denn do an?«

»Weil er do drinnen is. I hob s' oklopft, de Wand.«

»Und waunn wer kummt?«

»Dann hamma Pech g'hobt.«

Der Fritz hat gut reden. Für ihn ist es nicht so wichtig, dass sie den Ungustl entsorgen. Auf spezielle Art. Mit eigenen Augen will sie sehen, wie er ins Wasser geworfen, von der Strömung erfasst und fortgetrieben wird. In die Fangarme des Wassermännleins, das am Wehr im Wienfluss wartet. Aufs letzte Opfer.

Liesl will auch etwas tun, doch Fritz winkt ab. Spielt immer noch den Schundheft-Helden, obwohl so viele Jahre dazwischen ... Sie fingert nach dem Mundschutz. Fritz hat seinen schon aufgesetzt. Es staubt auch gewaltig. Starr blickt sie auf die Wand, die er mit der Spitzhacke bearbeitet. Sie öffnet den Nylonsack mit den toten Ratten. Vorsichtig löst sie die Folie. Der Gestank der verwesenden Tiere trifft sie wie ein Faustschlag. Ein Schwall, unter Verschluss gestockt, so dick, dass es ihr den Atem verschlägt. Sie hält die Luft an, während sie die Gummischlaufen des Mundschutzes hinter den Ohren befestigt, doch auch gefiltert ist der Geruch unerträglich. Rasch verschließt sie Folie und Nylonsack, gerade als Fritz »do is er, der Hurenbeutl« ruft. Mit einem Maurerfäustel hilft Liesl nun beim Einschlagen der Ziegel. Die Augen tränen. Liesl zwingt sich, ruhig zu atmen, nur ihre Beine zittern. Nicht umfallen! Sie wird den Schwindel bezwingen und ihn anschauen. Doch da ist eine Wand, eine andere, die alles ausblendet. Sogar die Staubkörnchen wirbeln nicht mehr in der Luft. Stehen still. Dunkel ist es. Nichts rührt sich. Bloß der Wasserhahn tropft. Die Boten des Wassermännleins, das wissen will, ob das Lieserl auch brav ist. Ja, ja, bin doch brav. Tu mir nicht weh! Bitte! Sie spürt Arme, die sie umschlingen, schlägt um sich.

»Liesl, Liesl, so beruhig di do! Der rührt si nimmer. Du siechst Gspenster, oide Gspenster, in dein Kopf.« Liesl weint, ist aber wieder zurück. Aus der Finsternis. Langsam lässt Fritz sie los. »Geht's?« Da ist die Wand, die richtige, die von jetzt. Staub in der Luft. Fritz neben ihr. »Wüst liaber nach oben gehn? I moch a allanig weiter.« Liesl schüttelt den Kopf. Sie hört ein Klicken. »Schau ihn dir ruhig an.« Fritz leuchtet mit der Taschenlampe in den

Hohlraum. Im Lichtkegel taucht ein aufrecht stehendes Gerippe auf und ... das gibt's doch nicht ... das Perlonhemd! Hängt am Skelett wie an einem Kleiderständer. Hosen hat es keine an. Wie passend! Nur ein paar Fäden kleben an den vertrockneten Fleischresten der Oberschenkel. »Des Loch is no net groß gnua.« Fritz legt die Taschenlampe ab, tätschelt ihren Arm. Sie zuckt zusammen. »Geht's?«, fragt er erneut. Sie nickt. »Guat, oba waunns d' wieder an Rappel kriagst, sog ma's rechtzeitig.«

Konzentriert arbeitet er weiter. Liesl steht da mit hängenden Armen. Auch als Fritz schon nahezu auf Bodenhöhe ist, rührt sie sich nicht. Der Wasserhahn tropft noch immer. Sie darf nicht wieder abdriften. Die Milch schmeckt sauer. Liesl spürt den Brechreiz. Schluck's hinunter. Sie muss hier bleiben. Im Heute. So ist's brav. Erst als Fritz ausprobiert, wie er den Toten am besten anpacken soll, erwacht sie endgültig aus ihrer Starre. Sie rollt die Plane aus und macht Platz. Angreifen will sie das Dreckstück nicht. »Kannst mir sogn, warum i der Tierkörperverwertung die stinkerten Viecher abluchsen hob miassen?« Da fällt es auch Liesl auf. Sie schiebt den Mundschutz runter zum Hals. Es muffelt. Wie immer. Nur dort, wo der Nylonsack liegt, ist Gestank. Und sie hat gedacht, sie müsse eine Erklärung für den Verwesungsgeruch im Keller bieten, falls doch wer nachsehen kommt, wie weit sie schon sind. Das Scheusal stinkt aber nicht. Nicht mehr.

»Kumm, mia ham net vü Zeit. Die Karottinger wean glei do sei.« Fritz und Liesl verschnüren die Plane und tragen sie zu den aufgeschichteten Regalbrettern. Gerade als sie das nun unauffällige Paket verstauen, kommen der Sigi und der Bülent. Auch sie orange gekleidet, nur mit dem Unterschied, dass sie diese Adjustierung stets tragen, wenn sie ihre Runden drehen, um die Gehsteige zu kehren. »Schiff ahoi! Pack ma's.« Der Sigi kennt sich aus. »Meine Güte, des klane Lückerl hobts erst ausbrochen! Zeit, dass ma kumma san. Oba zu viert stenga ma uns nur im Weg. Geh Liesl, moch uns derweil an Kaffee! Mia drei san in Nullkommanix fertig.«

15. Dezember 2015

Liesl schaut aus dem Küchenfenster in den Hof, wo der Sigi in gewohnt bedächtigem Wiegeschritt gerade seinen Kehrwagen am verwaisten Spielplatz vorbei zum Depot schiebt. Frühschluss! Auch dieses lächerliche Gespräch in ihrer Wohnung ist nun vorüber. Sie hat nachgegeben. Es ist ihr nichts anderes übriggeblieben. Seit ihr neuer Nachbar eingezogen ist, sempert er wegen der Scheißwand zwischen ihrem und seinem Kellerabteil. Viel zu dick. Nimmt Platz weg. Sie hat nicht auskönnen. Sonst hätte er wer weiß wen eingeschaltet. Er wird die neue Wand hochziehen. In Eigenregie. »Mia wearn do kan Richter brauchen.« Nur den Abriss, die Drecksarbeit hat er ihr überlassen, der liebe Nachbar. Das ist auch gut so. Er als Zeuge hätte ihr gerade noch gefehlt. Nur was nun? Der Sigi würde schon helfen. Er verdient gerne dazu, aber wer weiß, was er verlangt, wenn er nicht nur Schutt abtransportieren soll. Und den Mund würde er ja doch nicht halten. Da wär schnell die Polizei da und würde der Sache nachgehen. Nein, vor Fremden darüber reden, das schafft sie nicht.

Sie braucht etwas anderes. Eine passende Verabschiedung. Die geht aber nur mit ihm. Doch nach so langer Zeit einfach anrufen und ihn herbitten? Kann sie nicht endlich selbst ihr Leben in Ordnung bringen? Naja, wenn sie's recht bedenkt, ist das schon auch seine Angelegenheit. Den Draht hat er gespannt, nicht sie. Ja, sie darf ihn anrufen. Sie darf nicht nur, sie muss. Liesl kramt das Telefonbuch hervor. Hoffentlich lebt er überhaupt noch und steht auch drin. Nervös blättert sie zum Buchstaben N. Naber ... Neumeyer ... Ni... Niederegger Friedrich. Im einundzwanzigsten Bezirk. Ja, das muss er sein. Wohnt schon lange in Floridsdorf. Zuerst mit der Gretl, jetzt mit wer weiß wem. Nervös drückt sie die Tasten ihres alten Telefonapparats. »Niederegger!« Liesl schluckt. Ja, das ist er, der Fritz. Seine Stimme. Fest wie eh und je.

»Fritz, i bin's, die Liesl von der Dreierstiagn.«

»Die Liesl!«

»Wie geht's da?«

»Eh gaunz guat ... is wos gschehn?«

»Warum frogst 'n?«

»Nojo, wenn du di noch zig Joahrn meldst, muass an Grund gebn.«

»Jo.«

»Is wos mitm Werner?«

»Na. Der is scho lang tot. Hot sie aufg'hängt. Im Gfängnis.«

»I sog jetzt net, dass ma des leid tuat.«

Er hat sie so mögen, der Fritz. Und sie ihn auch, ihren Beschützer, der eingegriffen hat. Wie sein Held Bob Barring. Aber Liebe musste doch weh-, nicht guttun. Sie ist picken geblieben. Im Haus hier. Beim falschen Mann. Sie hätte doch wenigstens wegziehen können. Wie der Fritz. Ist sie deshalb nicht weitergekommen mit ihrem patscherten Leben?

»Fritz, I hob immer no *Die Königin des Nordlichts*, des blaue Schundheftl, des d' ma gebn host, damals ...«

»Geht's um eam?«

»Jo.«

Liesl erklärt, was sie vorhat. Fritz versteht nicht. »Solln s' ihn do ausseholn.« Er würde sofort sagen, wer, was und warum. Erst als ihm Liesl sagt, dass sie zu so einem Fund nicht befragt werden möchte, dass sie das nicht aushalten würde, vielmehr ein besonderes Ritual braucht, um hoffentlich endlich und überhaupt einen Schlussstrich ziehen zu können unter dem, der ihr noch viel mehr angetan hat als der Werner, beginnt Fritz zu begreifen.

»Is so schlimm? A heut?«

»Jo ... Kaunnst ma no amoi helfen?«

17. August 1992

Als Liesl von der Arbeit kommt, will sie nur noch Ruhe haben und die Beine hochlagern, die vom Stehen in der

Bäckerei angeschwollen sind, doch der Werner hat andere Pläne. »Mia foahrn ins Gänsehäufel.« Liesl kennt die Anzeichen: das nervöse Zucken um den Mund, der stechende Blick. Nur jetzt nicht widersprechen. Dann rastet er nicht aus. Sie tut ohnedies alles, um ihn bei Laune zu halten. Monatelang war Frieden. Nach der Sache mit der Bratpfanne. Da ist selbst er erschrocken, hat die Wunden sogar verarztet, sich entschuldigt, ihr versprochen, nicht mehr grob zu sein. Und sie hat's geglaubt.

Nun also ins Gänsehäufel. Rasch packt sie die Badesachen zusammen und eilt hinter Werner die Stiegen hinunter. In der Einfahrt bückt er sich, um die lockeren Schuhbänder fester zu verknoten. Liesl kann gar nicht anders, als auf die Inschrift zu schauen, unter der ihr Mann kniet.

Die Sage erzählt. Liesl kennt den eingravierten Text auswendig. *Vor vielen Jahren saß bisweilen ein Männlein, das seine Wohnung unter dem Wasser hatte, auf dem Wehr der Wien, lockte die Leute in seine Nähe und suchte sie ins Wasser zu ziehen.* Das hat sie dem Swoboda zur Besiegelung ihres Pakts vorlesen müssen. Langsam, Satz für Satz. *Alljährlich holte es sich wenigstens ein Opfer.* An dieser Stelle hat sie der Swoboda unterbrochen. »Lieserl, du weißt, dass das Männlein schon deine Mutter geholt hat.« *Und das Wasser versiegte nicht, solange das Männlein sein Unwesen trieb.* Am Ende hat Liesl die Hand zum Schwur heben müssen. Damit war der Pakt besiegelt.

Liesl spürt erneut die Angst, die an ihr hochkriecht, sie einschnürt, so sehr, dass sie nach Luft schnappen muss. Am liebsten würde sie kehrtmachen, in die Wohnung rennen, den Schlüssel umdrehen und niemanden einlassen, auch den Werner nicht, der nun ungeduldig beim Haustor wartet, über dem das Männlein mit seinen Opfern abgebildet ist. »Geh a weg von do«, hat der Fritz gesagt, als er nach Floridsdorf übersiedelt ist. »A Haus mit so aner Inschrift und so an steinernen Mandl bringt ka Glück.« Er wollte, dass sie glücklich wird. Wenn's sein muss, auch ohne ihn. Mit hängendem Kopf trottet sie neben Werner zur U-Bahn-Station. »Wos schaust denn so bled? Passt da scho wieda wos net?« Liesl zwingt sich zu einem Lächeln. Sie darf ihn nicht reizen.

Auf dem Bahnsteig geht Werner nervös auf und ab. »Mitm Auto miasst ma net stundenlang woartn.« Aber sie haben keins. Schon lange nicht mehr. Vielleicht war das Gänsehäufel doch keine so gute Idee. Zweimal umsteigen. Da wird er wieder matschkern. Endlich fährt der Zug ein. Wegen der Hitze sind alle Fenster offen. Werner flucht, weil es zieht. Am Karlsplatz hasten sie zur anderen U-Bahn. Geschafft! Aber dann der Busfahrer vom 92A. Wenn der nur nicht so bummeln würde! Nun droht er sogar dem schimpfenden Werner. »Hoit dei Goschn, sunst fliagst ausse.«

Als sie endlich im Bad sind und etwas abseits einen Schattenplatz finden, ist Liesl erleichtert. Sie breitet die Decke aus, während Werner Hose und Hemd abstreift. »Wüst di net auszlagn?« Da ist er wieder, der gereizte Unterton. Liesl will einwenden, dass sie ohnedies nicht ins Wasser geht, doch das ist nur die halbe Wahrheit. Und Werner weiß das. Deshalb holt sie den Badeanzug aus der Tasche, zieht sich im Schutz eines Handtuchs um und legt sich auf den Bauch. So kann niemand die hässlichen Brandnarben sehen. Auch der Werner nicht, der unruhig auf seinem Hintern hin und her wetzt, die mitgebrachte Zeitung zusammenknüllt, sich über den Geruch des Sonnenöls, die vielen Besucher, den Kinderlärm und schließlich über Liesl aufregt, weil sie seine Badeschlapfen vergessen hat. Zu nichts sei sie zu gebrauchen. Eine blöde Funzn habe er geheiratet, die nur immer stocksteif daliegt. »Bewegung wird da guattuan.« Liesl erschrickt. Sie denkt an die Inschrift, die schon die ganze Zeit nicht aus ihrem Kopf will. »I geh oba net weiter eine ois bis zu de Knia.« Der Werner zerrt sie hoch. »Des wearn ma scho sehn.« Liesls Magen krampft. Aber sie reißt sich zusammen, geht Hand in Hand mit Werner zum Wasser, will im Uferbereich bleiben, doch der Werner drängt sie auf den Steg. Hilfesuchend blickt sie sich um. So viele Leute. Die müssen doch mitkriegen, wie er sie gegen ihren Willen weiterschleift.

Aber für Unbeteiligte schaut es nach Spaß aus. Ein Mann will eine Frau ins Wasser werfen. Sie wehrt sich und kreischt. Das machen sie doch immer, die Weiber. Jetzt packt er sie, hebt sie hoch. Endlich ist sie drinnen, ihr Gebrüll war schon richtig nervtötend. Da taucht sie wieder auf. Aber was hat sie denn, dass sie so wild um sich schlägt? Kriegt kaum den Kopf über Wasser. Jessas, die kann ja gar net schwimmen!

Langsam kommt Liesl zu sich. Ihr ist kalt. Eine Frauenstimme flüstert: »Gut, so ist's gut.« Liesl versucht die Augen zu öffnen. Sie kann aber nur blinzeln. Jemand tätschelt ihren Arm. Wahrscheinlich die Frau, denn nun hört sie erneut deren Stimme: »Nicht anstrengen.« Liesl versucht's trotzdem, aber die Lider gehorchen nicht. Als sie von Sanitätern fortgetragen wird, kriegt sie endlich die Augen auf, sieht, wie der Werner in einen Polizeiwagen steigt. Jetzt darf er doch Auto fahren. Die Frau bleibt an Liesls Seite und klettert mit in den Ambulanzwagen. »Keine Angst, alles wird gut.« Das hat schon einmal wer gesagt. Ein guter Freund. Ist ihr beigestanden. Vor einer halben Ewigkeit. Liesl schließt die Augen. Sie will nur noch schlafen.

15. Juli 1951

Der zwölfjährige Fritz und die neunjährige Liesl sitzen im Stiegenhaus. Eng aneinandergekuschelt im obersten Stockwerk. Fritz hält den dünnen Draht umklammert, den er noch vom Stiegengeländer abzwicken konnte, ehe, aufgescheucht durch das Gepolter Liesls, Vater und Frau Swoboda aus ihren Wohnungen gestürzt kommen. Die Kinder ducken sich, obwohl niemand da, der zuschlägt. Sie hören Liesls Vater sagen: »Er rührt si net.« Frau Swoboda jammert, dass das nicht wahr sein dürfe. Ihr Mann werde sicher gleich aufstehen. Das sei nur der Schreck. Liesls Vater solle ihn abwatschen oder was auch immer, damit er wieder hochkommt. Nach einer längeren Pause, in der die Kinder lautes Atmen und leichte Klatschgeräusche hören, wird Liesls Vater deutlicher: »Lini, do is nix mehr zmochn. De blede Stiagn. Weil er a nie an Gehstock nimmt.« Sonst sagt er nichts. Er ist kein Bob Barring. Dem wär längst das kleine Loch in der Wand aufgefallen, dort, wo der Nagel herausgerissen wurde. Mit dem Draht dran. Frau Swoboda kreischt. Sie wolle nicht ohne Geld dastehn, nur weil ihr Alter zu patschert sei, um über die Stiegen ... Was habe sie nicht alles für dieses Mannsbild getan. Und der Dank? Immer nur hingehalten hat er sie. »Wovon redst du?« Liesls Vater ist verwirrt. »Von seiner Pension, du Depp!« Die sei jetzt tschari, weil der Swoboda aufs Heiraten vergessen hat. Von dem Geld, das der Briefträger bringt, lebe ja auch sie, nicht nur die alte Blindschleiche da. Sie nenne sich Swoboda, auch wenn sie nicht so heiße. Und sie wolle weiter ihr Geld. Darauf habe sie ein Anrecht. Bei dem, was er ihr anschaun hat lassen, der Swoboda. Die Kinder warten. Doch irgendwann wird Frau Swoboda, die nicht so heißt, leiser und wispert nur mehr. Fritz späht hinunter, sieht gerade noch, wie sie und Liesls Vater mit dem Swoboda beim Kellerabgang verschwinden.

»Du, de trogn eam obe.«

»Warum net auffe in d' Wohnung?«

»Waß i net.«

Sie bleiben noch einige Zeit sitzen, ehe sie auf Zehenspitzen durch das an diesem Sonntag verwaiste Stiegenhaus trippeln. Liesl bringt vor Angst den Mund nicht auf, als sie im Parterre dem Vater und Frau Swoboda begegnen. Nur Fritz grüßt laut. Frau Swoboda zuckt zusammen.

»Ah, ihr seids's. Da Nachbar hot ma g'holfen. Mit de Erdäpfelsäck im Keller. San jo schwer. Mein Mann geht's net so guat.«

»Wos hot er denn?«

Liesl wundert sich, dass der Fritz so ruhig fragen kann, wo er doch ...

»Na, krank is er halt, wird aufs Land miassn. Zur Erholung.«

Der Fritz nickt und huscht hinaus, während Liesl sich an ihren Vater klammert. Sie will ihn nicht auch noch verlieren. Wie die Mutter. Liesl beginnt zu weinen. Wenn der Fritz nicht recht hat, ist jetzt keiner mehr da, der weiß, wie sie den Vater vorm Zorn des Wassermännleins bewahren kann. Die Nachbarin streichelt Liesls Kopf. »Er wird scho wieda gsund wearn, der Swoboda. 's wird oba a Weil dauern.«

8. Juli 1951

Der Vater hat Sonntagsdienst, lenkt die Straßenbahn, fährt die Ausflügler hinaus ins Grüne und wieder zurück. Aber Liesl darf nicht mit. Sie bettelt, verspricht, dass sie niemanden stören, nur dasitzen, jederzeit Platz machen werde. Ja, sie werde sofort aufspringen, nicht unhöflich sein. Bitte! »Nein, Lieserl, Dienst is Dienst und Schnaps is Schnaps.« Sie muss zu Hause bleiben. Liesl kann nicht saubermachen, die Hände gelähmt, der Kopf so voll mit schlechten Gedanken. Sie will auch nicht spielen, obwohl der Fritz schon zweimal gefragt hat, ob sie nicht in den Hof kommen möchte. Nun sind alle beim Mittagessen, nur Liesl hat keinen Appetit. Gleich wird sich Frau Swoboda hinlegen. Liesl starrt zur Tür, wartet aufs Zeichen. Sie hört ihn schon über den Gang humpeln. Tap, der erste Schritt, ratsch, das Nachschleifen des steifen Beins, tap, ratsch, tap, ratsch. Und nun das Klopfen. Zweimal hintereinander, nach einer Pause noch einmal. Sie schließt die Augen. Eins, zwei, drei, vier ... langsam zählen. Wie ausgemacht. Das Wassermännlein sieht alles, hört alles. Nur das Männlein darf wissen, was sie tut. Als sie bei fünfzig angelangt ist, nimmt sie den Wohnungsschlüssel vom Haken, geht hinaus, sperrt zu und schleicht hinunter in den Keller. Wenn sie wieder brav ist, wird das Wassermännlein den Vater verschonen. Sie darf nicht schreien, auch wenn's wehtut. Er wartet schon, der Herr Swoboda, in seinem Kellerabteil, sitzt auf dem Hackstock, die Beine gespreizt. Liesl zögert, sie will nicht, aber sie muss. Der Vater. Nur Herr Swoboda kann verhindern, dass das Männlein den Vater ... »Komm Lieserl. Na komm schon.« Herr Swoboda knöpft seine Hose auf, nimmt ihre Hand. Sie soll ihn anfassen, den Wasserhahn, damit die Boten des Männleins rauskommen und sehen können das Lieserl, wie es steht. Vorm Herrn Swoboda. Und brav ist.

»Liesl, bist du do unten?« Fritz! Ganz nah. Herr Swoboda stößt Liesl von sich, so heftig, dass sie stürzt und vor Schmerz aufschreit. Sie hält die Hand vorm Mund, doch der Fritz hat sie schon gehört und kommt angerannt. Herr Swoboda schimpft, dass das blöde Mensch nicht einmal beim Rauftragen von ein paar Marmeladegläsern helfen könne, gleich hinfallen müsse. Der Fritz und das Lieserl sollen verschwinden, er komme schon alleine zurecht. Fritz nimmt Liesl an der Hand, rennt mit ihr hinaus in den Hof, wo sie sich ins verdorrte Gras werfen.

»Is dir a Marmelad ausgrunna?« Fritz schnuppert an seiner klebrigen Hand. »Wos hobts denn ihr gmocht?« Den Geruch kennt er. Vom großen Bruder. Der Heinz hat ihm auch gezeigt, wie das geht. Nur beim Fritz kommt noch nichts. Das ist nur was für Große, für solche wie den Heinz, der nun schon eine Freundin hat. Aber es gibt auch Kinderverzahrer. Vor denen hat die Mutter gewarnt. Die stellen mit Buben und Mädchen genau das an, was nur Erwachsene tun dürfen. »Kumm zu mir. Wosch ma uns amoi d' Händ. Mei Mamsch riacht des nämli net gern.«

Sie laufen zur Zweierstiege, wo der Fritz im Parterre wohnt. Es ist niemand zu Hause. Die Eltern im Schrebergarten und der Heinz, der ist eben groß und darf schon viel tun. Schweigend seifen die Kinder ihre Hände ein, lassen das Wasser rinnen, bis nichts mehr da ist von dem klebrigen Zeug. »Wüst deswegn nimmer mit uns spieln?« Liesl starrt auf den Küchentisch. »I hob immer glaubt, es is wegn deiner Mutter, dass d' so aunders wurn bist.« Liesl schweigt. Nur nichts verraten. Aber der Fritz. Er weiß jetzt. Ihm darf sie's doch sagen. Ihm schon. Stoßweise und unter Tränen kommt es aus ihr heraus. Dass nun der Vater dran sei. So wie die Mutter vor ihm. Wenn der Herr Swoboda böse ist, dann ist auch das Wassermännlein böse. Sie mache das doch nur, weil der Herr Swoboda versprochen habe, beim Männlein ein gutes Wort einzulegen. Für den Vater.

»Liesl, dei Mutter is eibrochn im Eis. Am Donaukanal, net do beim Wienfluss. Sie hot no glebt, ois sie s' aussezogn ham. Des woar a bleder Unfall, ka bös Mandl.«

Liesl will das nicht glauben.

»Der Herr Swoboda hot immer gsogt ...«

»Des is ka Herr, nur a Ungustl, sogt mei Mamsch.«

Fritz kramt im Küchenkastl unter den Abenteuerheften und zieht ein besonders zerfleddertes Exemplar hervor.

»Liesl, i werd dir helfen.«

»Muass er sterbn? Der Herr Swo... der Ungustl?«

Liesl zeigt aufs Titelblatt, wo ein Mann die Treppe runterfällt.

»Na, der is net tot. Dem hat der Bob Barring nur a Falle gstellt. Des wearn mia a tuan, so dass se der Sauhund a no den gsunden Haxn ruiniert und a Weil nimmer kräuln kann.«

»Derf i bei dir bleibn, bis der Papa vom Dienst kummt?«

Der Fritz nickt und schlägt das Heft auf. »Ka Aungst, ollas wird guat.«

Manfred Rebhandl

« L'Ennui, c'est moi! »

Tod eines Gelangweilten

»Du mit deiner scheiß Kunst!« war so ziemlich das Freundlichste, was mein Kumpel Kubelka an diesem Abend zu hören bekam, und dann natürlich: »Nie wieder Theater! Auf keinen Fall mehr Theater!« Und vor allem: »Hör endlich auf zu therapieren, okay? Hör endlich auf damit!«

Da hatten wir eine Stunde zuvor unsere Handy-Akkus, die man nachkaufen konnte, und all unsere Kupfermünzen, die wir entbehren konnten, auf die Bühne des Rabenhof Theaters geworfen, nachdem wir dort zur Premiere eingeladen waren. Als Dank dafür hatte uns die Security hinausgeführt, wobei wir über alle drüberstiefeln mussten, die links und rechts von uns saßen und uns zuvor mit ihrer Flüsterei in den Wahnsinn getrieben hatten. Nun fühlten sie sich aber von uns gestört und nannten uns »Banausen!«, »Kulturproleten!« oder sogar »freiheitliches Gesindel!«. Aber egal!

Draußen im Foyer hörten wir dann noch Schüsse, von denen wir dachten, dass sie zur Inszenierung gehörten, und ich sagte: »Na bravo.« Glaubte nämlich, dass wir wieder mal den interessanteren Teil versäumt hatten! Auf die

Premierenparty samt Fingerfood und Rotwein, zu der wir eingeladen waren, verzichteten wir dann natürlich gerne. Stattdessen fuhren wir herüber zu Jolanda ins Hard & Heavy am Brunnenmarkt, wo sich ein jeder von uns zwei Biere bestellte: Eines gegen den Durst und eines zum Trinken. Dann besprachen wir bei ein paar weiteren Bieren, was wir da gerade zu sehen und zu hören bekommen hatten, und dankten dem lieben Gott, an den wir nicht glaubten, dass wir allesamt keine Künstler waren, sondern ehrwürdigen Berufen nachgingen.

Anschließend waren wir dann noch in Dirty Willis Swedish Pornhouse übersiedelt und hatten uns dort »Jack schleckt Roter Oktober« angeschaut, seinen Klassiker über den Kalten Krieg, in dem er nach Moskau fliegt, um eine sowjetische Agentin zu schlecken. So erholten wir uns langsam wieder von dem ganzen Kunstscheiß und hätten wohl bald überhaupt nicht mehr daran gedacht, wenn nicht Guttmann, der Bulle, um drei Uhr früh angerufen und mich gefragt hätte, ob mir der Name Claus Leykam etwas sagen würde? Der wäre nämlich vor ein paar Stunden im Rabenhof Theater erschossen worden, mitten auf der Bühne, und da sagte ich: »Sag bloß! Echt? Du meinst diesen ... ?«

»... Regisseur! War das nicht der Typ, der in letzter Zeit immer bei euch im Pornokino saß und sich ›Jack schleckt 13!‹ anschaute, bevor ich mir in der Nachtvorstellung ›Dirty Brown Assholes Destroyed‹ angeschaut habe?«

Ich sagte ein wenig zerknirscht: »Naja, nicht immer. Aber ein paar Mal schon.« »Und der gestern Jacks Erbe in den Schmutz gezogen hat, indem er sein Meisterwerk auf die Bühne brachte, wie das so schön heißt?« Ich sagte noch zerknirschter: »Ja, leider.«

»Hast du eine Ahnung, warum das scheiß Stück bei ihm dann ›Jesus schleckt 12!‹ und nicht mehr ›Jack schleckt 13!‹ hieß?« »Nicht die geringste.« »Dann komm her! Ich sag's dir.«

Aber der Reihe nach: Kubelka, der Seelenklempner, war nun mal ein Liebhaber der schönen Künste. Er war sogar schon ein paar Mal in der Oper gewesen, wie er mir gestand, und es hatte ihm, wie er mir auch versicherte, durchaus gefallen. Mich hingegen würde man nicht einmal in die Oper bringen, wenn Mick Jagger dort die »Carmen« sänge! Da war ich vielleicht ein bisschen eigen, was meine Abneigung gegenüber der Oper anging. Aber da ich es mit allen anderen Kunstformen (mit Ausnahme des Rock 'n' roll und der Pornofilmemacherei!) genauso hielt, war das bisher niemandem groß aufgefallen. Kein Theater, keine Oper, keine Violinkonzerte. Jedenfalls nicht mit mir.

Irgendwann kam Kubelka aber mit diesen Premierenkarten daher, und schon saßen wir in meinem Datsun 280ZX auf den Weg nach Erdberg, wo irgendwo in einem Gemeindebau namens Rabenhof dieses Theater gleichen

Namens untergebracht sein sollte. Wir, das waren mein Kumpel Lemmy, der am Wiener Brunnenmarkt sein Origano Speziale verkaufte; Willi das Schwein, der weiter oben am Gürtel sein Dirty Willis Swedish Pornhouse betrieb; Kubelka, der sich als Therapeut einen Namen gemacht hatte. Und natürlich ich: Superschnüffler Rock Rockenschaub, Privatdetektiv.

Und dann hatten wir an diesem Abend noch einen weiteren Gast mit im Datsun, Günther Wüst nämlich, Sohn des legendären Jack Schleck, dessen Meisterwerk »Jack schleckt 13!« wir an diesem Abend in »einer Bearbeitung« zu sehen bekommen sollten. In diesem großartigen Film aus dem Jahre 1983 ging es im Wesentlichen darum, dass Jack Schleck, der Mann mit der flinksten Zunge der Welt, die er sich mit eisernem Willen antrainiert hatte, dreizehn leckere Blondinen schleckte. Zuerst eine nach der anderen auf ihren Sonnenliegen am Pool platziert, am Ende aber alle zusammen übereinandergestapelt. Dabei vollführte er einen Dreizehn-Muschi-Nonstop-Cunnilingus über ein halbe Stunde lang, rauf und wieder runter, rauf und wieder runter. Irgendwo an einem schön gelegenen Swimmingpool in den Hügeln von Los Angeles, wohin er vor über dreißig Jahren ausgewandert war, um in der dortigen Pornofilmindustrie ein Star und unser großer Held zu werden. »Jack schleckt 13!« war ein guter Film, wenn auch bei weitem nicht sein bester. Der war nämlich »Jack schleckt auf« und spielte im Rasentennismilieu. Aber das ist eine andere Geschichte.

Wir hätten uns diese Premiere natürlich sparen können, inklusive des Anrufs von Guttmann ein paar Stunden später, wenn Kubelka nicht die Angewohnheit gehabt hätte, immer wieder auch mal Leute mit ins Pornokino zu schleppen, von denen man genau wusste, dass sie einem am Ende nur Schwierigkeiten bereiten würden. Sein verdammtes Kunstinteresse ließ ihn aber auch ins Theater gehen, obwohl ihn »das Regietheater«, wie er sagte, »bis in den Arsch hinein langweilt«. Er rechtfertigte seine häufigen Besuche damit, dass er in den Foyers seine Visitenkarten, die ihn als Gesprächstherapeuten mit einem gewissen Ruf für schwierige Fälle auswiesen, unter die Leute bringen wollte. »Wo gibt es schließlich schwierigere Fälle als beim Theater?«, hatte er sich selbst gefragt, und ein bisschen auch mich.

Irgendwann musste dieser stets schwarz gekleidete Deutsche an seine Karte gekommen sein, ein Typ Ende fünfzig mit einem blonden Königspudel auf dem Schädel und einer ordentlichen Wampe über dem Hosenstall, der in diesem Theater »Gastregisseur« war. Der lag nun seit einiger Zeit bei Kubelka auf der Couch, weil ihm »die Kunst überhaupt nichts mehr sagt«, wie er Kubelka klagte. Auch das hätte uns nicht weiter interessieren müssen, hätte Kubelka ihm nicht im Rahmen seiner Therapie »eine Erfahrung elementarer Wucht« verschrieben, die ihn aus seiner Sinn- und Schaffenskrise herausholen sollte: »Komm doch mal zu uns in Dirty Willis Swedish Porn house und hol dir dort zusammen mit ein paar anderen

Freaks einen runter, anstatt das wie sonst immer nur zu Hause vor dem Computer zu tun!« Das ständige Onanieren, selbst im Büro, war nämlich, wie uns Kubelka auch flüsterte, ein immer größeres Problem im Leben dieses Kunstfuzzis geworden, Stichwort: Einsamkeit im Alter.

»Herrlich, dieser Geruch auf eurer Toilette! Verdammt, das ist halt noch ein Geruch! Ein wahrer Scheißhausgeruch! Nicht dieser Citrusduft, der heute überall auf den Scheißhäusern der Welt vorherrschend ist! Und hier darf man sogar noch rauchen!«

So oder so ähnlich redete der nervöse Kerl in der Folge in seinem Hochdeutsch mit mir, wenn wir mal zufällig auf der Herrentoilette in Willis Pornhouse nebeneinanderstanden, wo er sich dann immer schamhaft von mir wegdrehte, weil er, wie Kubelka uns auch verriet, neben seiner Schaffenskrise auch mit einem Schwanzproblem haderte.

Selbstverständlich mied ich den Kontakt zu diesem Spinner, soweit ich konnte, und antwortete ihm nie, wenn er versuchte, mit mir ins Gespräch zu kommen. Ich ahnte nämlich sofort, dass es sich bei dem Kerl um eine tickende Zeitbombe handelte. Dass man aber bei ihm im Theater nicht einmal mehr in der Kantine rauchen durfte, das fand ich dann auch nicht richtig, denn in Willis Pornhouse durften wir noch überall rauchen. Und zwar nicht nur die deutschen Ernte 23, die der Deutsche rauchte, sondern auch und vor allem das gute Origano Speziale aus der Ernte meines Kumpels Lemmy, das einen in Richtung

Orionnebel schoss, wenn man es nur richtig dosierte. Ich sagte also irgendwann: »Mal probieren?«

Und gebe zu, dass ich dadurch auch meinen Teil zu den kommenden furchtbaren Ereignissen beigetragen habe. Denn kaum hatte der Kerl genug von Lemmys Origano Speziale im Blutkreislauf, entspannte er sich auch schon so sehr, dass er plötzlich eine »Idee« hatte. Die erste nach fünf Jahren vollkommener Schaffenskrise, wie uns Kubelka später verriet.

Dabei weiß jeder, dass man vorsichtig sein muss, wenn einer eine Idee hat, und erst recht, wenn einen plötzlich »das Reduzierte an ›Jack schleckt 13!‹« faszinierte. Diesen Film hatte er sich nun ein paar Mal hintereinander bei uns angeschaut und sich dabei einen runtergeholt, und nun lag er uns in den Ohren, ob wir ihm nicht die Rechte »an dem Stück« organisieren könnten, er wolle »den Stoff nämlich dramatisieren«.

Da war sogar Kubelka überrascht, denn sein Patient hatte sich in letzter Zeit beinahe »ausschließlich mit katholischer Symbolik, Sexualität und Schuld« beschäftigt, wie er uns erklärte. Den Rest der Zeit besoff er sich im Café Anzengruber, drüben im vierten Bezirk, wo er Anschluss an die ganzen verlausten Kunstscheißer der Stadt finden wollte, die sich dort ansoffen und irgendwelche Titten anfassten, sobald sie besoffen genug waren. »Und dann, wenn sie nach Hause kommen«, so Kubelka, »posten sie Schwanzfotos von sich auf Facebook oder verschicken sie über Whazzup! an irgendwelche Nachwuchsschauspielerinnen, die dort mit ihnen am Tisch sitzen«, was, wie er auch sagte, mittlerweile ein »echtes Problem unter diesen Künstlern« geworden war.

Es schien uns daher keine gute Idee, dass ausgerechnet dieser deutsche Schwanzfotoposter »Jack schleckt 13!« auf die Bühne bringen wollte, und wir verstanden seine tieferen Beweggründe erst, als uns Guttmann ein paar Wochen später frühmorgens ins Präsidium bestellen sollte, um uns mit ein paar peinlichen Fragen zu löchern: »Sagt dir der Name Oxana Koloblyanka etwas?«, fragte er dann zum Beispiel Kubelka, nachdem wir Platz genommen hatten, und legte einen Brief auf den Tisch, den man in der Künstlergarderobe des Regisseurs gefunden hat, und Kubelka antwortete zerknirscht mit »Ja«. Beschrieb die Lady als »völlig untalentierte, aber extrem gut ausgestattete blonde Ukrainerin«, die sich ebenfalls verstärkt in diesem Café Anzengruber herumgetrieben hätte, um Anschluss an die heimische Kunstszene zu finden. »Ihr Posteingang war wohl voll mit Schwanzfotos von Künstlern, denn jeder dort am Stammtisch wollte sie haben, auch mein Klient«, wie Kubelka gestand. Die ständige Zurückweisung durch diese Oxana wäre sogar häufiges Thema ihrer Therapiesitzungen gewesen.

»Kann es also sein«, fragte Guttmann, »dass dein Scheiß-Patient nicht darüber hinweggekommen ist?«

Und las uns den Brief in Teilen vor: »Liebe Oxana, ich bin durchaus nicht der unbedeutende deutsche Kleinregisseur und Versager, als den du mich bezeichnet hast ... bla bla bla ... Wird die Nachwelt ganz sicher von mir Notiz genommen haben, wenn ich demnächst von dieser Welt gegangen sein werde ... bla bla bla. Und so weiter.« Und dann: »Dein Patient hatte wohl nicht die Eier dazu, sich das Hirn selbst wegzublasen?« Kubelka druckste ein wenig herum und sagte dann, dass man gar nicht Patient sagen darf, sondern Klient sagen muss. Und dass er von Gesetzes wegen eigentlich überhaupt nicht über seine Klienten reden dürfe, aber gut, wenn Guttmann schon so direkt fragen würde, dann antworte er auf diese Frage halt mit: »Ja! Allerdings glaube ich, dass es ihm neben den Eiern auch an der nötigen Waffe fehlte, mit der er sich hätte umbringen können.«

Guttmann sagte: »Dann legte er es wohl darauf an, dass den Job jemand anders für ihn erledigte!«

Bis dahin vergingen aber noch ein paar Tage und Wochen, und die verbrachte der Regieheini bei uns im Pornhouse und »studierte das Werk«, machte sich Notizen und schiss sich dabei jedes Mal fast in die Hosen vor Aufregung, wenn er »Jack schleckt 13!« sah, weil er innerlich so verbogen war und mit dieser ganzen Schleckerei nicht wirklich zurechtkam. Einmal am Klo meinte er zu mir, dass er »das

Thema mit den Augen der Postmoderne betrachten« würde, und ich fragte: »Welches Thema meinst du jetzt genau? Meinst du das Thema Schlecken?«

»Strenge katholische Erziehung!«, hatte Kubelka bei ihm diagnostiziert, und »nicht bewältigte kindliche Kränkungen«. Ich hätte vielleicht noch alles verhindern können, wenn ich ihm einfach eine ordentliche Abreibung verpasst hätte. Aber dann saßen wir halt alle in meinem Datsun 280ZX und fuhren zu dieser Premiere, weil Willi das Schwein, der mit Jack Schleck, der damals noch Johann Wüst hieß, aus Kindertagen befreundet war. Also kannte er auch dessen einzigen Sohn Günther aus einer ersten, unglücklichen Ehe, während der Jack noch den gewöhnlichen Geschlechtsverkehr praktizierte, was ihm aber nicht die geringste Freude bereitete, wie er Willi später einmal erzählte. Und wenn man sich Günther mit seinem reduzierten IQ ansieht, dann muss man einräumen, dass er die richtige Entscheidung getroffen hat, als er sich in der Folge ausschließlich auf die Freuden des Cunnilingus verlegte und uns als Jack Schleck Klassiker der Filmgeschichte wie »Jack schleckt auf«, »Jack schleckt zurück« oder »Jack schleckt sich durch« schenkte. Oder eben »Jack schleckt 13!«. Bis er schließlich am Zungenkrebs starb und als Leiche wieder nach Ottakring zurückkehrte, von wo aus er aufgebrochen war, die Welt zu erobern.

Günther, der trotz reduzierten IQs Nachlassverwalter seines Vaters war, verstand zunächst gar nicht so recht, worum es eigentlich ging, als ich ihm erklärte, dass man das

Erbe seines Vaters mit Kunst beschmutzen wolle. Kunst war ihm fremd, denn er lebte äußerst prekär im siebzehnten Bezirk in Gürtelnähe auf Zimmer-Küche-Kabinett, nachdem das Erbe seines Vaters nicht viel einbrachte. In der Gemeindebauwohnung seiner Mutter, die er nach ihrem Tod weiter bewohnen durfte. Freilich hatte seit ihrem Tod dort niemand mehr geputzt. Willi zog die Vertragsverhandlungen stellvertretend an sich und einigte sich mit dem Direktor darauf, dass Günther eine Abschlagszahlung in Höhe von fünfzig Euro für die Rechte erhalten sollte, plus pro Vorstellung noch einmal zehn Euro. Was für Leute wie Günther richtig viel Geld war! Den Passus »Die Adaptierung des Werkes obliegt der künstlerischen Freiheit des Regisseurs« hätte Willi in diesem unübersichtlichen Vertragswerk freilich auf jeden Fall streichen müssen!

Wir hatten uns richtig in Schale geworfen, um unseren ersten Theaterabend würdig zu begehen: Ich trug mein Hawaiihemd im dominierenden Farbton Grün, dazu die weißen Bermudas, dazu die blauen Adiletten. Und alle anderen waren ähnlich gekleidet, nur halt in anderen dominierenden Farbtönen. Unsere Haare hatten wir vorschriftsmäßig nach hinten frisiert, und der Flachmann steckte in einer der beiden Brusttaschen, die ein Hawaiihemd vorschriftsmäßig haben musste. Dazu reichlich Moschus.

Weil wir aufgeregt waren, rauchten wir noch einen ordentlichen Ofen, bevor wir die Stufen zu diesem Theater inmitten von Gemeindewohnungen hinaufhüpften. Und dann sahen wir links und rechts vom Eingang schon die in Rot und Schwarz gehaltenen Plakate, die eine gewaltige Zunge zeigten, was uns sehr gut gefiel. Auf der Zunge oben drauf saß aber eine Dornenkrone, was uns schon weniger gut gefiel. Und am allerwenigsten gefiel uns schließlich der Titel der ganzen Veranstaltung:

»JESUS SCHLECKT 12!
Bearbeitet für die Bühne von Claus Leykam«.

Wir schauten uns alle fassungslos an, bis einer dann fragte, was allen ins Gesicht geschrieben stand: »Jesus? Zwölf?« Verdammt! Hieß der Meister nicht Jack? Und waren es nicht dreizehn, die er schleckte?

Einer Veränderung von Titel und Inhalt hätten Günther (und Willi! Und ich!) nie zustimmen dürfen, denn beides würde den Charakter »des Werkes« vollkommen verfremden, wie wir bald mit eigenen Augen zu sehen bekommen sollten. Bei nur zwölf geschleckten Mädels konnte man als ahnungsloser Theaterbesucher nämlich schnell den irreführenden Eindruck gewinnen, dass Jack nicht die Kraft und Ausdauer für dreizehn gehabt hätte, was jedoch völliger Blödsinn war!

Und dann war da noch die eine große Frage: Warum sollte plötzlich dieser Jesus schlecken, der ja bisher nicht dafür bekannt war, dass er so besonders gut schleckte?

Günther brauchte dringend alle unsere Arme, mit denen wir ihn stützten, als wir ihn an den ganzen aufgebrachten Katholiken und Rechtsextremen, an Frauenrechtlerinnen und anderen wütenden Demonstranten vorbei ins Foyer hinein begleiteten, so sehr setzte ihm zu, wie man das Erbe seines Vaters in den Dreck zog. Ansonsten musste man sagen: Ganz schön was los hier! Und vielleicht wirklich der Skandal, den Leykam, so Kubelka, im Vorfeld ihm gegenüber auf der Couch liegend herbeigesehnt hatte. Hätte man da schon absehen können, wie es ausgehen würde?

Ich weiß es nicht.

Im Zuschauerraum wies uns eine fettärschige Platzanweiserin immerhin Plätze in der ersten Reihe zu, sodass wir die schlecht durchbluteten Beine ausstrecken konnten, aber Herrgott! Diese verdammten Holzstühle waren so hart, dass wir uns alle Windeln wünschten, in denen wir darauf hätten Platz nehmen können. Das Schlimmste aber war: Man durfte hier tatsächlich nicht rauchen!

Als der Vorhang endlich in die Höhe ging, stand da ein Chor auf der Bühne mit tatsächlich nur zwölf leckeren, jungen Mädchen, alle Typ Denise, Jeniffer oder Manuela, in lange, weiße Gewänder gehüllt, und dann fingen sie an zu reden: »Öffnet das Weibe seine Spalte, zeigt es uns die Falte, so nimmt selbst er Besitze von ihr, in voller Gier, der Herr, unser Hirte. Sehet selbst!«

Dann gingen die Mädels ab, und ein zweiter Vorhang hinter ihnen ging hoch, und ich schwöre: Da lagen dann die gleichen leckeren, jungen Mädchen, die gerade vorhin noch geredet hatten, nackt auf der Bühne herum, durchnummeriert von eins bis zwölf mit tellergroßen Klebern an ihren Schenkeln, wie beim olympischen Hürdenlauf der Damen. Und ein Typ namens Jesus bewegte sich in Fetzen gehüllt und auf Knien robbend zwischen den zwölf Mädchen herum, was man dann auch im Detail auf einem der hundert Bildschirme mitverfolgen konnte, die da überall aufgehängt waren.

»Tolles Regiekonzept!«, flüsterte Kubelka, aber ich fuhr ihn an: »Psssst!« Denn ich schaute gerade in diesem Programmheft nach, wer denn genau diesen Jesus spielte. Und ah, ja! Es war dieser verdammte Regisseur selbst!

Kam er dann endlich mal bei einer der zwölf zwischen ihren Beinen an (was immer ewig dauerte, weil er absolut keinen Plan zu haben schien!), schnüffelte er an ihr herum wie ein Hund, während er an einer Hundeleine (die vom Himmel herabhing?) von Gott (?), seinem Vater (?), dem Herrn (?), geführt wurde, der ihn mit Donnerstimme ermahnte, die Mädels ja nicht zu schlecken.

So jedenfalls erklärten sich die zwei (lesbischen?) Rothaarigen, die neben uns saßen, was sie da auf der Bühne zu sehen bekamen, und sie fanden das alles »irgendwie durchaus stimmig bis hierher«. »Das Pferd mal verkehrt herum aufgezäumt«, sagte die eine. »Endlich mal Jesus als Sünder, und nicht immer nur wir!«

»Tssss Tsss Tss«, hörten wir dann hinter uns jemanden flüstern: »Ich sehe hierin eher eine Parabel auf Europa. Es ist gar nicht Jesus selbst, sondern Jesus in der Gestalt eines Flüchtlings, der in den Schoß von Mutter Europa hineinzukommen versucht.«

»Und seit wann genau sind es zwölf Länder, aus denen sich Mutter Europa zusammensetzt?«, fauchte die eine (lesbische!) Rothaarige zurück, bevor sich noch jemand von links hinter mir meldete: »Ich finde eher, das Stück zeigt die Überflussgesellschaft, die uns zu hündischen Sklaven unserer schieren Gier macht!«

Ich hatte genug von dem Scheiß und schrie: »Und wo genau siehst du hier die Überflussgesellschaft, wenn er nur noch zwölf statt dreizehn schlecken darf?«

Nun saßen wir also bei Guttmann im Präsidium, denn ich hatte da so einen Deal mit ihm laufen, dass er mir hin und wieder etwas besorgte (ein beschlagnahmtes Fluchtfahrzeug; eine Verlängerung meiner Privatdetektivlizenz; Schnaps und Zigaretten aus beschlagnahmten Fluchtfahrzeugen) und ich ihm im Gegenzug bei seinen Ermittlungen zur Seite stand, er sagte: »Zu den Fakten: Regisseur Leykam wurde gestern Punkt 22.34 Uhr mitten auf der Bühne von sechs Kugeln getroffen, die von irgendwo im Zuschauerraum dieses Theaters abgefeuert wurden. Aufgrund der enormen Dunkelheit in so einem Zuschauerraum während einer Vorstellung ließ sich zwar ungefähr rekonstruieren, dass die Schüsse aus dem Bereich der Reihen sechzehn bis achtzehn sowie der Plätze zwanzig bis dreißig abgegeben worden sind. Aber da es kurz davor zu tumultähnlichen Szenen wegen einiger Zuschauer in der ersten Reihe gekommen war, richtete sich die Aufmerksamkeit aller Zuschauer auf die Störenfriede, welche aus dem Saal geführt wurden, unmittelbar bevor die Schüsse fielen. Und niemand hat den Mörder/die Mörder, aufgrund des provokanten Charakters des Stücks darf ich auch die Mörderin/die Mörderinnen nicht ausschließen, gesehen …«

Es war nicht einfacher geworden für Ermittler, seit sie ihre Zwischenberichte in dieser Der/Die-MördeRIn-Sprache abliefern mussten. Guttmann sagte: »Also weiter im Text: Regisseur Leykam brauchte für dieses Stück ursprünglich dreizehn leckere Mädels, damit sie eine Figur namens Jack eine nach der anderen schlecken sollte …«

»Wobei man sagen muss«, warf ich ein, »das hört sich vielleicht verlockender an, als es dann tatsächlich ist, wenn da dreihundert Leute im Publikum sitzen und dir dabei zusehen, wie du …«

»Jaja, schon gut«, sagte Guttmann, der auch vor dreihundert Leuten gerne schlecken würde, wenn er denn mal zum Schlecken käme. »Um Geld zu sparen, erzählte mir sein Dramaturg, wurden diese dreizehn leckeren Mädchen in diesem Gemeindebau gecastet, die liefen dort überall herum in ihren grünen, gelben, weißen, schwarzen oder türkisen Leggins, wie der Dramaturg begeistert erzählte, sie pendeln dort zwischen Nagelstudio hier und Kellerräumen dort, in denen sie sich ficken lassen für ein bisschen Geld, das ihnen den Gang ins Nagelstudio ermöglicht, so der Typ wörtlich! Und weiter sagte er: Wenn du hier zu einer Jeniffer sagst, dann hast du wirklich sehr gute Chancen, dass sie tatsächlich so heißt!«

»Sagt wer?« »Jeniffer Santner.« »Wer ist das?« »Eines der dreizehn im Gemeindebau gecasteten Mädchen und am Ende jenes, das von Leykam mitten während der Proben aus dem Ensemble geworfen worden war ... »Du meine Güte!«, sagte Kubelka. »Und weil sie darüber gekränkt war, hat sie ihn ermordet?« »Du hast wohl überhaupt keine Ahnung von der menschlichen Psyche, was?«, sagte Guttmann. »Diese Jeniffer war im Gegenteil froh, dass sie bei diesem Affentheater nicht mehr mitmachen musste, ihr Posteingang war voll mit Schwanzfotos, und der aller anderen Mädchen auch, wie sie sagte. Die Freunde der Mädchen, und manchmal waren es mehrere Freunde, waren schon ganz schön eifersüchtig, und die Väter waren ganz schön böse auf diesen Leykam, sofern es sich um anwesende Väter handelte, es schien geradezu so, als legte es dieser Regisseur darauf an, dass alle böse auf ihn waren! Diese Jeniffer Santner aber hat den Hauptschulabschluss nachgeholt und kann lesen, sie schaut sehr viel ›Gute Zeiten, schlechte Zeiten‹ und weiß daher einiges über die Abgründe der menschlichen Natur. Sie hat sofort erkannt, dass sie, so sagte sie wörtlich, wohl nur eine Schachfigur in einem ganz, ganz miesen Spiel war.« »Das sagte sie?« »Das sagte sie wörtlich! Und zwar in einem miesen Spiel, das der Direktor spielte!« »Wie das?«

»Wegen der angespannten Finanzlage musste der Regisseur die Rolle des Jack mit sich selbst besetzen, aber diese Jeniffer sagt, er wäre nicht nur vollkommen überfordert gewesen mit dieser Rolle ...« »Er neigte zum Outrieren!«, warf Kubelka ein. »Ja, ja, schon gut«, sagte Guttmann. »Das hat diese Jeniffer auch gesagt, dass der zum Outrieren neigt. Aber als er plötzlich daherkam und ihr sagte, dass er sie nicht verwenden könne, weil er nur zwölf Mädchen schlecken könne anstatt dreizehn, da wusste sie, dass das immer sein Plan war.« Ich sagte: »Im Ernst?« »Ja!«, sagte Guttmann. »Er suchte nur einen Vorwand, um auf die Zahl zwölf zu kommen, denn mal ehrlich: So viel schlechter als die anderen konnte sie nicht gewesen sein! Von der Zahl zwölf ist der Weg aber nicht mehr weit zur Figur Jesus, und diese Jeniffer sagt, dass das genau seine Absicht war, sein Ziel, denn während der Proben fielen immer wieder die Worte ›Provokation‹, ›Skandal‹ und ›Das muss richtig krachen!‹. Und immer wieder sagte er: ›Lonui, semoi!‹«, was immer das heißen mag. Ich kann kein Italienisch!« »Das ist Französisch«, korrigierte ihn Kubelka. »Und heißt: ›Die Langeweile, das bin ich‹.« »Mhm!«, sagte Guttmann. »Dann war er wohl zutiefst gelangweilt?« »So kann man es sagen«, sagte Kubelka.

»Dann war also alles nur inszeniert, wie man so schön sagt?«, fragte ich endlich. »Hin auf einen Riesenskandal?« Guttmann deutete auf einen Stapel Papiere, der neben ihm auf dem Schreibtisch lag, und sagte: »Das hier sind alles Drohungen, die im Vorfeld gegen ihn eingegangen sind. Faxe! E-Mails! Social-Media-Anschüttungen! Anrufe! Shitstorms! Wobei man sagen muss: Bis Weihnachten ist die Bude ausverkauft! Also von daher ...« Wir sagten alle: »Respekt.« »Es sind religiöse Gruppierungen darunter, die er persönlich angeschrieben hat, feministische Kampftrupps, denen er eine frauenverachtende Schleckorgie angekündigt hat, nationalistisch-rechtsextreme Kurzschwänzige, denen er wiederum die Herabwürdigung von Jesus Christus in Aussicht gestellt hat. Verdammt! Als hätte er sie alle eingeladen, ihn über den Haufen zu schießen! Als hätte er geradezu darum gebettelt! Kubelka! Was sagst du?«

Der schaute verschämt zu Boden und zog es vor, nichts mehr zu sagen. So böse, wie ich ihn anschaute, wusste er auch ohne viele Worte, dass er sich in Zukunft dreimal überlegen wird müssen, ob er solche Typen mit ins Pornokino nimmt. Es genügte, dass ich ihn ermahnte: »Leute, die ständig ›l'ennui, c'est moi!‹ sagen, passen einfach nicht zu uns, ist das klar?« Er nickte und sagte: »Alles klar.«

Als wir dann am frühen Morgen, nachdem wir das Präsidium verlassen hatten, die Gosse zum Frühstück aufschlugen, hieß es darin im Kulturteil unter der Schlagzeile

»THEATERSKANDAL ENDET IM BLUTBAD«: »Bis zum Abbruch der Inszenierung war das Stück ein wenig dahingeplätschert, der Regisseur hätte sich vielleicht mehr mit der Textvorlage beschäftigen sollen.« Kubelka und ich schauten uns an, und dann fragten wir beide gleichzeitig: »Welche verdammte Textvorlage denn?«

Günther Zäuner

Ruf an! Sofort!

Wenn es Zeit wird, Federn zu lassen ...

»Rrruf aan! Sooofort! Rrruf aan! Sooofort!«

»Irgendwann drah i dir des Würgl[1] oh!«, schimpft Hermine Dworacek lauthals in Richtung zweites Stockwerk zu dem offenen Küchenfenster hinauf, während sie ihren prallen Müllsack in den Koloniakübel stopft. »Des is jo zum narrisch wern!« Wütend knallt sie den Deckel zu. »Dei Glück, dass mei Murli nimma lebt! Der hätt di auf Putzfetzn z'rissn!«

Der in die Jahre gekommene, einst prächtige und inzwischen sehr zerzauste Ara sitzt auf einer Stange, die im Fensterstock eingeklemmt ist. Der Papagei wiegt seinen Kopf hin und her, verfolgt sehr aufmerksam den Wutausbruch seiner Intimfeindin. Fliegen ist leider nicht mehr, dafür ist Laura viel zu flügellahm. Außerdem weiß der Vogel genau, hier oben ist er sicher.

Natürlich fasst die alte Dworacek Lauras Krächzen als weitere Provokation auf und der Papagei zieht sämtliche Register, um das verhutzelte Weiblein zur Weißglut zu treiben. Laura dreht sich um, hebt ein wenig die Schwanz-

[1] Hals, Gurgel

federn und lässt einen netten Gruß auf das darunterliegende Fensterblech fallen, was Dworacek noch mehr in Rage bringt, denn es ist ihres.

»Des mocht mir der blede Poperl[2] zfleiß[3]!«, flucht sie, dass es im gesamten Hof zu hören ist, »des Mistviech waaß genau, wia es mi ärgern kaunn! Mindestens fünfmal am Tag muass i des wegputzen!«

»Rrruf aan! Sooofort! Rrruf aan! Sooofort!«, tönt es herunter und es klingt tatsächlich mehr als höhnisch.

»Geh Hermi, wos regst du di denn so auf«, gesellt sich eine Frau ungefähr gleichen Alters und bepackt mit zwei schweren Einkaufstaschen hinzu, »du host doch eh so an hohen Blutdruck. Der damische Vogel versteht di do net.«

Im Gegensatz zur zierlichen Dworacek ist Sophie Trappinger füllig und stämmig. Hinter ihrem Rücken tuscheln die Leute im Bau und meinen, sie sei mehr breit als hoch.

»Und wie mi des grauperte Gfraßt[4] versteht!«, widerspricht Hermine Dworacek energisch, »grad vorhin hot er mir wieda mei Fensterblech versaut! I kumm jo gor nimma mit'n Putzen nach! Des Luada soll in seiner Voliere bleiben, do hört ma's wenigstens net!«

»Rrruf aan! Sooofort!«

Wie zum Hohn schallt es in dem Vierkanthof und dementsprechend verstärkt hallt die Papageienbotschaft.

[2] Papagei

[3] Zu Fleiß machen = ärgern, necken

[4] Zerzauster Nichtsnutz

»Na bitte«, steigert sich die Alte noch mehr hinein, »willst no immer behaupten, Sopherl, das mi diese Laura net versteht? De is net deppert, sondern hinterhältig. Trällert net der angschütte[5] Schmalspur-Caruso, plustert si des Federviech auf. Warum müssen Poperl a so oid wern? Mei Burli, der Kanari, hat imma so schön gsungan, bevor eahm der Murli gfressen hot.«

Nahezu exakt aufs Stichwort erklingt ein eher mittelmäßiger Tenor.

»*... da geh ich ins Maxim. Dort bin ich sehr intim. Ich duze alle Damen, ruf sie beim Kosenamen ...*«, ein wie ein frisch lackiertes Hutschpferd breit grinsender José Pavadomingo tritt aus dem Haustor, strahlt, als wolle er die gesamte Welt umarmen, »Verehrung, meine Damen an diesem wunderbaren Tag! Handibussi! Ich bin in Eile, ich muss zur Probe!«

»Haben S' endlich wieder einmal ein Engagement bekommen?«, fragt Sophie Trappinger scheinheilig, »na, das freut uns aber wirklich.«

»Ja!«, schmettert der feiste Glatzkopf Mitte fünfzig, »das wird jetzt bestimmt mein internationaler Durchbruch. Aber Sie, meine liebenswürdigen Damen, bekommen jederzeit von mir Freikarten, selbstverständlich Parkett erste Reihe, und so viel Autogramme, wie Sie nur möchten. Verzeihen Sie, aber ich muss die Schnellbahn erreichen.«

Nonchalant schlingt er sich seinen weißen Seidenschal um den Hals und eilt mit »Don Giovanni« auf den

[5] Blöd

Lippen hinaus auf die Siemensstraße. *»Reich mir die Hand, mein Leben; komm auf mein Schloss mit mir ...«*

Dazu die akustische Unterstützung aus dem Küchenfenster im zweiten Stock.

»Rrruf aaan! Sooofort! Rrruf aaan!«

»Tram weida, Depperter«, meint Sophie Trappinger gelassen, »im Maxim warat er gern. Oba so muass er eben weida Leberkas und Burnhäutln[6] vom Pepi-Hacker[7] fressen. Wia oft der schon durchbrochn is? Wenn's a Olympiade in Selbstüberschätzung gebn tät, hätt der schon a Kastl voller Goldmedaillen.«

»Irgendwo in Schaswappersdorf wern S' eahm drei Sätz sogn lossn«, pflichtet ihr Dworacek bei, »mehr merkt si der do eh nimma an Text. José Pavadomingo! Auf das muass ma amoi kumma ois Peperl Sebestacek!«

»Des san hoit seine großen Idole, der Carreras, der Domingo und der Pavarotti.«

»Dem an kaunn's jo schon wurscht sein, oba hoffentlich erfahren das nie die zwa Übrigen«, meint Trappinger, »mein Gott, wos haum wir do schon an Plermbeln[8] in dem Bau erlebt!«

»Auf an mehr oder weniger kummt's a nimma aun«, sagt Dworacek und wird melancholisch, »jetzt san wir de zwa letzten Mohikanerinnen, Sopherl.«

»Wos maanst denn damit?«

[6] Burenwurst (Wiener Wurstspezialität)
[7] Pferdefleischhauer
[8] Trottel

»Is wurscht, vergiss es.«

»Wos worn wir doch für eine leiwaunde Siedlung«, wird nun auch Sophie Trappinger sentimental, »jetzt is die Ernestine a schon seit ana Wochn unter der Erd.«

Vor einer Woche trugen sie die erste ihres verschworenen Trios am Stammersdorfer Friedhof zu Grabe. Hermi, Sopherl und Ernestine waren knapp nach der Eröffnung der Gemeindebauanlage Siemensstraße 21–55 eingezogen. Sie haben so viele kommen und gehen sehen. Nur mehr der Tod kann die beiden Urmieterinnen aus ihren Wohnungen delogieren.

Nach dem Krieg waren die drei mit ihren Familien unter den Ausgebombten, hatten daher Anspruch auf diese günstigen Gemeindebauwohnungen.

Der Bau dieser Anlage, gleichsam ein Dorf in Floridsdorf und bis heute ein in sich geschlossener Kosmos, fiel in die Amtszeit von Bürgermeister Franz Jonas, dem späteren Bundespräsidenten. Die Wohnungsnot war groß. Daher wurde ab 1952 das Großprojekt »Sozialer Städtebau« in Angriff genommen. Die Wankeläcker – brachliegende landwirtschaftliche Nutzflächen – dienten als Baugrund. In Dreiecksform entstanden die Gemeindebauten zwischen Siemensstraße, Ruthner- und Justgasse mit 245 Stiegen. Die Anlage des Architekten Franz Schuster ist klar strukturiert, angelegt in Reihenhäusern und zweigeschoßigen Zeilenbauten. Zahlreiche Grünflächen, mittlerweile alter Baumbestand und eine hervorragende Infrastruktur machen dieses Grätzel[9] so lebenswert. Seit 2001 stehen diese Häuser wegen ihrer Bedeutung für die städtische Bautätigkeit in der Nachkriegszeit unter Denkmalschutz.

Jede dieser Wohnungen könnte ihre eigene Geschichte erzählen. Über Sturm und Drang, Liebe und Trauer, Komödie und Tragödie.

Fad ist es hier nie gewesen, irgendetwas war und ist immer los.

Sicherlich wird Laura in die Annalen dieser Siedlung eingehen, und wer weiß, vielleicht ist sich der Vogel dessen auch bewusst?

Die Ehemänner von Hermi und Sopherl sind längst tot, auch Ernestine war schon viele Jahre Witwe. Ja und die Kinder, die Enkel, die leben ihr eigenes Leben. Somit ist ihnen nicht viel mehr geblieben als die Erinnerungen, der tägliche Tratsch und neuerdings dieser Papagei, der für willkommene Abwechslung sorgt. Doch zugeben, dass sie endlich wieder ein aktuelles Thema haben und nicht immer nur in der Vergangenheit schwelgen müssen, niemals!

»Rrruf aaan! Ins Maxim! Sooofort! Rrrreich mirrr die Haaand ...«

»Jetzt hot der blede Vogel schon wieda sein Schnabel offen!«, giftet sich Hermine Dworacek erneut, »Zuageh tuat's do wia im Guglhupf[10]!«

[9] Viertel

[10] Eigtl. Wiener bzw. österreichische Mehlspeise; steht aber wegen seiner Form auch für Narrenturm/Irrenanstalt.

»Na, bled is de Laura net«, schüttelt Sopherl energisch den Kopf, »bewundernswert, wie dieses Tier ois wos aufschnappt, klar und so deutlich wiedergeben kann.«

»Nimmst eahm hoit und stellst ihn dir aufs Nachtkastl«, schnauzt Hermi sie an und empfindet es gleichsam als Verrat, als ein In-den-Rücken-Fallen, »i geh jetzt auffe. I ram jetzt der Neuen des Wüde oba[11].«

Das Vorhaben hinaufzugehen, um der Papageienbesitzerin die Leviten zu lesen, erübrigt sich, da Sonja Pfisterer eben aus dem Haus tritt. Wie immer wie aus dem Schachterl, ziemlich aufgetakelt. Für Hermi und Sopherl etwas zu übertrieben und keineswegs dem doch fortgeschrittenen Alter angepasst. Erst vor wenigen Wochen ist sie eingezogen. Bisher wurde sie nie, wie die beiden exzellenten Spioninnen feststellen konnten, in männlicher Begleitung gesichtet.

»Können Sie Ihrn bleden Poperl net den Schnabel stopfen?«, wird Pfisterer sofort von Hermi angefahren, »Nicht zum Aushalten is des! Wir warn immer ein ruhiger Bau, bis ihr zwa do aufkreuzt seids.«

»Zuerst einmal guten Tag. Haben Sie etwas gegen Haustiere? Das Halten ist in dieser Anlage erlaubt.«

»Hob i net«, erwidert Hermi, »so laung s' de Pappn hoitn.«

»Meine Laura ist eben sehr kommunikativ«, bleibt die neue Mieterin unbeeindruckt und wirkt äußerst affektiert.

[11] Das Wilde ab-/herunterräumen = zur Rechenschaft ziehen

»Wos is sie? Deppert und goschert is sie.«

»I muass jetzt kochn gehen«, zieht sich Sopherl elegant aus der Affäre und schnappt sich ihre Taschen, »Wiederschaun!«

»Baaabaaa! Rrruf aaan! Soofort!«

»Jetzt hören Sie's selbst«, grantelt Hermi weiter.

»Ja, ich höre es. Und das andere Vogelgezwitscher im Hof stört Sie nicht?«

»Na, weu des is schön. Oba Ihna Poperl plärrt nur. Außerdem is mei Fensterblech immer voll mit dem sein Dreck.«

»Leider gibt es für Papageien noch keine Pampers«, lächelt Pfisterer süffisant, »ich muss jetzt wirklich. Ich will meine Zeit nicht weiterhin mit einer alten Hexe vertrödeln.« Sie winkt hinauf zu Laura. »Bussi, Schatzi! Bis später! Und ignorieren!«

Und schon ist sie abgerauscht.

»Baabaaa! Rrruf aaan! Soofort!«

»Das ist doch die Höhe«, steigert sich Hermi weiter hinein, »sogt de Trutschn[12] oide Hex zu mir! I werd mi bei *Wiener Wohnen* beschweren! Hausmasta haumma jo schon laung kann mehr. Diese Kanaille muass ausse! Und wenn es des Letzte is, wos i moch!«

Wütend schlurft sie zurück in ihre Wohnung. Im Stiegenhaus murmelt sie etwas von bleder Funsn[13] und meint

[12] Dumme Frau

[13] Eingebildete, dumme Frau

Sopherl, die sie so schmählich im Stich gelassen hat. Zum dritten Mal an diesem Vormittag säubert sie ihr Fensterblech. Interessiert von oben beobachtet von Laura, die leise vor sich hin krächzt. Kaum ist die Alte fertig, kommt der obligatorische Dreher, das Anheben der Schwanzfedern und schon gibt Laura dem Drängen ihres Papageienkörpers nach.

Hermi will dieses vertrottelte *Ruf an, sofort* nicht aus dem Kopf. Wegen dem Biest da oben schluckt sie bereits täglich drei Blutdrucktabletten statt der verschriebenen zwei.

Vielleicht hat Sopherl eine plausible Erklärung? Ihr Weg führt sie schnurstracks über den Gang zu ihrer Nachbarin. Zwar gehen sich beide regelmäßig schwer auf die Nerven, dann streiten sie und reden oft tagelang nichts miteinander, doch schließlich raufen sie sich wieder zusammen.

»Was kochst denn heute?«, fragt Hermi.

»Nix Besonderes, nur Restlessen. Von gestern is mir etwas übrig geblieben und zum Wegwerfen is es zu schad.«

»Stell dir vor, er hat's schon wieder getan.«

»Wer hat was gmacht?«

»Na, der blede Poperl, mitten auf mein Fensterblech. Wenn i a Gwehr hätt, tät i eahm von sein Sprießel obeschiassen. Na ja, wos soll der Vogel a bei der lernen? Wie die heute wieder aufgmascherlt war! Woher hat die bloß die Marie[14]? Die Fetzen san bestimmt net billig. De meiste Zeit

[14] Geld

is de daham, und wenn s' weggeht, daunn zu die unmöglichsten Zeitn, und ham kummt sie öfters irgendwaunn in der Nacht.«

»Vielleicht geht's am Strich«, wirft Sopherl ein und rührt weiter in ihrem Topf.

»Geh, so überwuzelt wia de is!«, entgegnet Hermi, keineswegs davon überzeugt, »und schiach[15] wia der Zins is obendrein.«

»Sie wird schon ihre Qualitäten ham.«

»I frag mi, warum diese Laura dauernd dieses *Ruf an, sofort* plärrt?«

»Vielleicht telefoniert de Pfisterer so vü?«

Hermine Dworacek merkt, dass auf Sopherl in dieser Angelegenheit kein Verlass ist, dass es ihr einfach wurscht ist. Schließlich wohnt sie nicht direkt unter diesem Papagei und braucht nicht mehrmals am Tag dessen Hinterlassenschaften wegzuputzen.

»I muass jetzt wieder rüber«, verabschiedet sich Hermi.

Für sie ist es beschlossene Sache, das Geheimnis der neuen Mieterin zu lüften. Während sie lustlos in ihrem Mittagessen herumstochert, weil sie diese Geschichte zu sehr beschäftigt, blättert sie gedankenverloren in der Zeitung und stößt dabei auf die einschlägigen Inseratenseiten. Jetzt fällt bei ihr der Groschen. Das ist es! Sie lässt ihren Kaiserschmarren kalt werden, steigt die Treppen zu Pfis-

[15] Hässlich

terers Wohnung hoch, horcht an der Tür. Anscheinend ist die Neue noch nicht heimgekommen, dafür klingelt mehrmals das Telefon. Laura hält auch ihren Schnabel, krächzt nur ab und zu. Dem Papagei fehlt das Publikum, das er ärgern kann. Darum reagiert er sich am Fensterblech ab, was aber Hermine Dworacek nicht wissen kann. Noch nicht.

Stufen wieder runter und Sturm läuten bei Sopherl, die ziemlich unwirsch reagiert, als ihr Hermi mit der Zeitung vor der Nase herumwedelt. Die Nachbarin mag es gar nicht, wenn sie in ihrem Mittagsschläfchen gestört wird.

»I waaß jetzt, wos mit der Pfisterer los ist«, aufgeregt und völlig außer Atem steht Hermi im Vorzimmer, »do schau her! Die macht Telefonsex! Und damit verdient sich der Trampel ihr Gerschtl[16]!«

»Wos erzählst du da?«

Sopherl kann ihrer Freundin nicht ganz folgen.

»Und wos soll des sein?«

»I hab einmal einen Bericht im Fernsehen drüber gsehn. Da rufen die Mannsbilder bei einer Mehrwertnummer an, wo die Minutn einen Haufen Geld kostet, und dann reden s' mit so einer Tussi über Sex und so weiter. Na, du waaßt schon ...«.

»Und des bringt's?«, bleibt Sopherl skeptisch, »des is doch fad. Nur drüber reden.«

»I wor grod oben, hob glauscht und dauernd hat der Pfisterer ihr Telefon gläutet.«

[16] Geld

»Jo und? Des is net strafbar und no laung kein Beweis. Und wegn dem Bledsinn weckst mi auf.«

»I geh eh schon wieda«, brummt Hermi säuerlich, »dir fehlt's eben an kriminalistischem Gspür«, verschwindet grußlos und »blede Funsn« verkneift sie sich diesmal.

Nun ist der »Zarewitsch« angesagt. *»Hast du dort oben vergessen auf mich?«*, tönt es im Stiegenhaus. Hermine Dworacek braucht nur eins und eins zusammenzuzählen.

»Oje! Ist wohl nix mit dem Engagement?«, fragt sie mit geheucheltem Bedauern José Pavadomingo, der ziemlich geknickt seine Post aus dem Hausbriefkasten holt.

»Banausen«, sagt der verhinderte Startenor betrübt, »Dilettanten, die meine Jahrhundertstimme nicht erkennen.«

»Machen S' Ihnen nix draus«, tröstet ihn die Dworacek falsch und verschlagen, »Ihre Zeit kommt sicher noch. Außerdem is mir Ihr Gsangl viel lieber als des Geplärre von dem Poperl.«

José Pavadomingos Blick spricht Bände. Seine Stimme als Gsangl zu bezeichnen und mit dem Gekreische eines Vogels zu vergleichen grenzt nahezu an Majestätsbeleidigung.

Wütend knallt er die Türe hinter sich zu. Die Post legt er auf den Küchentisch. Danach wickelt er sich den Schal vom Hals. Der nächste Tiefschlag lauert bereits in einem der Kuverts. Peperl Sebestacek muss sich setzen und dreimal auf seine Handyrechnung schauen, bevor er kapiert, dass dieser Betrag seinen mehr als bescheidenen finanziellen Rahmen sprengt. Achthundertfünfundsiebzig Euro! Woher soll er die bloß nehmen? Wieder einmal wird er den Canossagang zur Bank antreten, wird er um Kredit betteln müssen.

Der alleinstehende Mann kann auf eine bewegte Vergangenheit zurückblicken, verbrachte in Summe auch mehrere Jahre im Häfen[17]. Nie etwas Großes: Diebstähle, Betrügereien, Urkundenfälschungen. Jedenfalls ist in seinem Vorstrafenregister nichts an gewalttätigen Straftaten oder bewaffneten Überfällen zu finden. Davon weiß niemand etwas in dem Gemeindebau. Sein einziges Kapital ist seine Stimme, auf die er, aber auch nur er, große Stücke hält, und die Liebe zur klassischen Musik. Aber gegen die in seinen Augen allmächtige Kulturmafia ist er chancenlos. Das Leben meinte es nicht gut mit ihm, vieles ging schief und machte ihn zu dem, der er ist. Ein mittelloser Mann, der allerdings nie seine Träume aufgeben wird. Mehr ist ihm auch nicht geblieben.

Achthundertfünfundsiebzig Euro! Wie soll er das als Mindestrentner bezahlen? Es reicht doch bereits jetzt mehr schlecht als recht zum Leben. Diese verfluchte Sexhotline! Früher hatte er mit Frauen kein Problem, doch das ist lange her. Als Habenichts lassen sie ihn alle links liegen. Frauen seiner Altersklasse sind meist abgesichert, denken nicht daran, einen wie ihn, noch dazu, wo er nicht besonders attraktiv ist, auszuhalten und durchzufüttern.

[17] Gefängnis

Doch diese Frau am anderen Ende der Telefonleitung hört ihm zu, bewundert ihn, wenn er ihr von seinen niemals stattgefundenen Engagements und eingebildeten Triumphen, an die er selbst schon glaubt, erzählt. Sie will mit ihm ins Bett, schildert ihm detailreich, was sie alles mit ihm anstellen möchte, und dennoch kommt es nie zu einem Treffen. Immer wieder hat sie neue Ausreden parat, vertröstet ihn, lässt ihn zappeln, macht ihm neue Hoffnungen, und er fällt stets auf diese Masche rein, während seine Telefonkosten explodieren.

Natürlich überlegt er öfters, ob nicht alles nur eine miese Abzocke sei, doch er verdrängt diesen Gedanken. Zu sehr ist er bereits den heißen Verlockungen dieser Frau und ihrer rauchigen Stimme verfallen. Und wieder greift er zum Telefon.

Eine neuerliche Linke[18], um rasch an Geld zu kommen, will er nicht riskieren. Bei seinem anhaltenden Pech würde er bestimmt über kurz oder lang erwischt und bei seiner Speisekarte[19] ergäbe das ein paar weitere Jahre hinter Gittern. Dann kann er sich Castings und Auditions abschminken.

Natürlich geht ihm Laura auf die Nerven, aber er hält sich aus den Streitereien raus. Auch über dieses *Ruf an, sofort* machte er sich seine Gedanken, und eine Zeitlang dachte er, dass die Neue vielleicht seine Telefonsex-An-

[18] Straftat
[19] Vorstrafenregister

gebetete ist. Doch nachdem er mehrmals mit ihr ein paar Worte im Gang gewechselt hatte, kam er zu dem Schluss, dass sie es nicht sein könne. Die Stimme passt nicht.

Irgendwie muss er einen Weg finden, schnell zu Geld zu kommen. Ausleihen ist keine Option. Seine wenigen Freunde stammen alle aus vergangenen Gefängnisaufenthalten und sind ebenso flach[20] wie er. Außerdem wäre es nur ein Aufschieben, irgendwann müsste er seine Schulden begleichen.

Die Tage vergehen, nichts Auffälliges geschieht. Außer dass Laura wie üblich in den Hof hinunterkrächzt und ihre Sprüche vom Stapel lässt, sich darüber wiederum die Dworacek maßlos aufregt, während es ihre Nachbarin phlegmatisch hinnimmt und das verkannte Gesangsgenie Arien und Operettenweisen schmettert.

Wie üblich trägt Hermine Dworacek ihren Müll hinunter und blickt dabei zu Lauras Stammplatz am Küchenfenster hinauf, doch diesmal ist die Stange leer! Kein Papagei zu sehen. Komisch, denkt sich Hermi, und ihr fällt ein, dass seit zwei Tagen auch ihr Fensterblech völlig sauber geblieben ist.

»Hat sie's endlich begriffen«, murmelt sie, »und des blede Viech in sein Käfig gsperrt. Is a scho Zeit wurn.«

Ebenso üblich kommt Sopherl in diesen Vormittagsstunden mit ihren Taschen vom Einkaufen zurück.

[20] Pleite

»Fällt dir nix auf?«, fragt Hermi sofort.

»Wos soll mir auffalln?«

»Na bei der Pfisterer is a selige Ruh.«

»Vielleicht schlaft der Poperl?«

»Bledsinn! Do stimmt wos net«, ist Hermi überzeugt, »und gsehn hab i den Trampel heut a no net.«

»Wird schon nix sein«, meint Sopherl lakonisch und lässt ihre Nachbarin mit einem »I geh jetzt kochn« einfach stehen.

»So eine blede Funsn«, mokiert sich Hermi, während sie zu Pfisterers Wohnungstüre hochsteigt. Sie läutet Sturm, aber nichts rührt sich. Dann fällt ihr ein, dass ihr Pavadomingo ebenfalls schon länger nicht über den Weg gelaufen ist. Entschlossen wählt sie den Notruf.

Eine Viertelstunde später spielt es »Tatort« live in der Siemensstraße. Doch auch die Polizisten bleiben erfolglos, niemand öffnet. Kurzerhand bricht die zu Hilfe gerufene Feuerwehr die Tür auf und es offenbart sich ein schreckliches Bild.

Sonja Pfisterer liegt erdrosselt auf der Couch, um ihren Hals ein weißer Seidenschal. Die Wohnung ist durchwühlt, alles deutet auf Raubmord hin. Traurig und geknickt sitzt Laura auf der Stange in ihrer Voliere, krächzt leise und beobachtet dabei interessiert das Geschehen.

Inzwischen sind die Kriminalbeamten eingetroffen und nehmen die Ermittlungen auf.

Hermine Dworacek wird der Zutritt verweigert, obwohl sie doch so viel zu sagen hätte. Sopherl lässt das

Kochen sein und gesellt sich ebenfalls zu den Schaulustigen.

Nachdem durchgesickert ist, dass Pfisterer ermordet wurde und die Tatwaffe ein weißer Seidenschal ist, gibt es für Hermi kein Halten mehr. Der Mörder kann nur Peperl Sebestacek alias José Pavadomingo sein. Schließlich ist der doch immer mit so einem Schal unterwegs. Und die Pfisterer betrieb in ihrer Wohnung eine Sexhotline. Jetzt brodelt die Gerüchteküche unter den Mietern.

Da der Schmalspur-Caruso nicht anzutreffen ist, wird er als Hauptverdächtiger zur Fahndung ausgeschrieben. Lange muss nicht nach ihm gesucht werden. In einer kleinen Pension in Podersdorf am Neusiedler See erkennt ihn die Wirtin aufgrund des Fahndungsfotos im Fernsehen.

Sebestacek gibt zu, dass er in Pfisterers Wohnung war. Da die Türe, als er vorbeikam, nur angelehnt war, wollte er Nachschau halten. Doch da war die Frau bereits tot.

Ja, die Wohnung hatte er durchstöbert. Den Papagei lockte er zurück in den Käfig, aus Angst, der Vogel könnte ihn vielleicht verraten und vom Küchenfenster etwas ausposaunen. Wer weiß schon, wie so ein Papageienhirn tickt?

Er fand etwas Schmuck, den er im Pfandl[21] versetzte, und tausendfünfhundert Euro in einer Lade. Damit konn-

[21] Wiener Bezeichnung für Pfandleihe; auch Dorotheum (von „Tante Dorothee"; bei ihr kann man sich immer etwas ausborgen)

te er seine Telefonrechnung bezahlen und mit dem restlichen Geld wollte er sich ein paar schöne Tage machen.

Die Untersuchung der DNA-Spuren ergibt, dass Josef Sebestacek als Mordverdächtiger ausscheidet. Auch betrieb Sonja Pfisterer keine Sexhotline, wie ihr besonders Hermine Dworacek unterstellte. Lauras *Ruf an, sofort* hatte einen völlig banalen Hintergrund. Der Papagei schnappte die Worte auf, weil Pfisterer ihrem Exmann, mit dem sie sich seit längerem in einem komplizierten Scheidungsverfahren befand und der sich vehement ihren Forderungen widersetzte, mehrmals Nachrichten auf dem Anrufbeantworter hinterließ, die stets mit *Ruf an, sofort* endeten. Der Ex schied ebenfalls als Täter aus. Sein Alibi war wasserdicht.

Peperl Sebestaceks neues Zuhause ist wieder einmal eine Zelle. Seine Sängerkarriere hat er dennoch nicht ad acta gelegt. Er wird bei diversen Anlässen in der Gefängniskirche eingesetzt.

Laura übersiedelt zu Sophie Trappinger, was Hermi schwer gegen den Strich geht. Sopherl wollte schon immer ein Haustier. Jetzt fühlt sie sich nicht mehr so einsam. Außerdem hat so ein Vogel den Vorteil, dass sie nicht mit ihm Gassi gehen muss.

Lange Zeit bleibt der Mord an Sonja Pfisterer ungeklärt und gerät beinahe in Vergessenheit. Bis eines Tages Hermine Dworacek ihre Nachbarin Sophie Trappinger unvermittelt während des gemeinsamen Nachmittagskaffees fragt, wo denn ihr Schal geblieben sei?

»Wos für a Schal?«

»Na der Weiße, der immer an deiner Garderobenwand im Vorzimmer g'hängt is?«

»Ah der«, antwortet Sopherl ziemlich irritiert, »der wor schon schleißig, drum hob i eahm in den Mist g'haut.«

»Ah so. Und wie kommst so z'recht?«

»Wie maanst des jetzt wieder, Hermi?«

»Mit deiner Rentn. So große Sprüng kaunnst a net machen. Wenn i so schau«, dabei sieht sie sich um, »neue Mikrowelle, neuer Flachbildfernseher, net schlecht. Hast im Lotto gwonnen?«

»I hab mi eben immer schon aufs Sparen verstanden«, sagt Sopherl und klingt gar nicht überzeugend.

»Hab i di am End auf a Idee gebracht mit so ana Telefonsexhotline?«

»Sag einmal, host du heit zu viel Tablettn gschluckt?«

Jetzt lässt Hermine Dworacek die Katze aus dem Sack.

»Schau, Sopherl, um de Pfisterer is ka Schad. I waaß, du host sie hamdraaht[22] ... Wolltst wahrscheinlich die Konkurrenz ausscholtn.«

»Bist jetzt total übergschnappt?«

»Na, des bin i net. Aber du bist a Mörderin. I versteh schon, dass für di de Pfisterer a lästige Konkurrentin wor.

[22] Heim drehen = umbringen

I hob di aus der Wohnung kumma gsehn. I hob an Pumperer in ihrer Wohnung g'hört, oisa bin i nachschaun gangen. Und in dem Moment bist du aufgelöst und zitternd aus ihrer Wohnung ausseg'huscht. In deiner Aufregung hast mi aber übersehen und a vergessen, die Tür zuzumachen. Des wiederum hat der Schmalspur-Caruso ausgenützt. Wia des ausgangen is, wiss ma inzwischen. Vor mir brauchst ka Angst ham, Sopherl, i vernader[23] di bestimmt net. Aber was hindert uns daran, deine Sexhotline zusammen zu betreiben? Wir erzählen den bleden Mannsbildern a paar geile Gschichterln, haum unsa Hetz[24] dabei und bessern unsere Renten auf. Denk nach. I muass jetzt no in den Keller, i brauch a paar Erdäpfel. Pfiat di, du Mörderin!«

Der Rempler kommt völlig unerwartet. Niemals hätte Hermine Dworacek ihrer Nachbarin eine solche Behändigkeit zugetraut. Hermi stürzt die Kellertreppe hinunter, erleidet dabei schwerste Kopfverletzungen und Knochenbrüche. Sopherl kehrt seelenruhig in ihre Wohnung zurück, wartet, um auf Nummer sicher zu gehen, eine Viertelstunde, bevor sie die Rettung verständigt. Die Rechnung geht auf: Der Arzt kann nur mehr Hermis Tod feststellen.

Nervös beobachtet Sophie Trappinger hinter dem Vorhang den Abtransport der Leiche ihrer ehemaligen Freundin. Plötzlich kommt wieder Leben in Laura, die bisher

23 Verraten

24 Spaß

brav in ihrer Voliere auf der Stange saß, nur ab und zu ein eher trauriges Krächzen von sich gab.

Instinktiv spürt das Tier, etwas ist aus dem Ruder gelaufen.

»Mörderin!«

Unvermittelt bricht es aus Laura heraus.

»Mörderin! Mörderin!«

Immer lauter und lauter. Der alte Papagei schreit sich die Seele aus dem Leib.

Sophie Trappinger gerät in Panik, Lauras Beschuldigung bleibt auf der Stiege nicht ungehört.

»Wos hot denn die Laura? Wos maant der Vogel mit *Mörderin?*«

Mehr und mehr Mieter versammeln sich am Gang vor Trappingers Wohnung und hören, wie drinnen Sopherl entnervt ihren neuen Mitbewohner ruhigzustellen versucht.

»Kusch! Hoit endlich dein Schnabel!«

Zwecklos, Laura krächzt im Stakkato »Mörderin, Mörderin!«

Der Vogel muss weg! Sopherl sieht nur mehr einen einzigen Ausweg. Sie stürzt hin zur Voliere, will Laura den Hals umdrehen. Doch die Aufregung ist zu viel für sie. Völlig unerwartet trifft sie das Schlagl[25] und rafft sie dahin. Laura blickt auf die am Boden liegende Frau, und als sie sich nicht mehr rührt, beruhigt sich auch der Papagei.

[25] Einen Schlaganfall erleiden

Sylvia Treudl

Die Stunde des Drachen

Lydia, oh Lydia, du pecktes Mädl ... *

Lydia fotografiert Noten. Die sie nicht lesen kann. Die für sie aber das große Konzert des Sommers bedeuten. Wenn sie im langschwänzigen Frack auf alten Telefondrähten sitzen. Die langsam verschwinden. Lydia fürchtet um die Schwalben. Um deren fragile Eleganz. Um den Duft der Linden, die dem Konzert den Saal geben.

Lydia fotografiert zunehmend weniger. Weil sie sich nicht mehr an die Stadtränder wagt. Wo es noch Notenlinien gibt. Für die Frackträgerinnen.

Lydia möchte unsichtbar sein. Was ihr nicht gelingt. Nichts hilft. Gegen ihre Angst. Wenn nur endlich der Sommer käme. Wenigstens das.

Greta zurrt ihren kurzen Pferdeschwanz zurecht, hat sich entschieden, fürs Ausklingen des Joggings den Donaukanal über die Friedensbrücke zu queren, am anderen Ufer noch eine Runde durch den Rosengarten zu drehen und dann Schluss für diesen Tag.

* Der Untertitel ist inspiriert von einem Lied der Wienerlied-Interpreten *Die Strottern* (Klemens Lendl und David Müller) – ein Lieblingssong der Autorin. »Peckerl« bzw. »peckt« bedeutet im Wienerischen Tattoo bzw. tätowiert.

Im Rosarium angekommen, gönnt sie sich ein paar Übungen für die angenehm müden Muskeln und spürt eine Ahnung von kommendem Fliederrausch, die Amseln wissen bereits Bescheid und tösen in der sanft einfallenden Dämmerung, die sich geradezu höflich hinter einem wundervollen Sonnenuntergang anstellt. An ihrem Gürtel beginnt Gretas Handy zu dudeln. Als sie es endlich losgenestelt hat, meldet der Piepston eine gespeicherte Nachricht. Die Tante. Greta lächelt. Später. Sie wird sich Zeit nehmen müssen. Denn die Tante sitzt gerade garantiert mit Gretas Mutter beim Rommé und beide wollen mit ihr tratschen. Greta stammt aus einer Familie von legendären Hausbesorgerinnen in den städtischen Wohnanlagen des Schöpfwerks. Und bei aller Liebe, die Greta zuteil wird, schwingt bei den Grandes Dames der Zunft ein leichter Vorwurf mit, weil sie nicht geblieben ist, einen Hausbesorgerinnenposten im neunten Bezirk angenommen hat. Wer die Wiege im Schöpfwerk stehen hatte, wandert nicht ab zu den Gspritzten, den Innenstädtern, Gemeindebau hin oder her. Noch dazu an eine Adresse, die kein Mensch richtig aussprechen kann: D'Orsay-Gasse.

Gretas Kindheit zwischen Schöpfwerk und angrenzender Schrebergartensiedlung war mitbestimmt von guter Nachbarschaft wie gnadenloser Feindschaft. Wenn sie auf Besuch kommt, hört sie sich von vielen Seiten an, was sich alles verändert hat seither, und die Alten sind mehrheitlich zwischen Verklärung des Damals und ängstlicher

Verbitterung übers Aktuelle angesiedelt, eine Bitterkeit, der häufig ein rassistischer, feindlicher Unterton beigemengt ist. »Fremd« ist man hier bald einmal – nicht nur in den Augen der Alten. Dazu reicht eine Bezirksgrenze, eine in nichtlinearer Erbfolge gepachtete Grünparzelle, vom vermehrten Zuzug der Nichtösterreicher in die begehrten Gemeindebauwohnungen ganz zu schweigen.

Im Neunten, der nun schon zwei Jahrzehnte Gretas Wohn- und Arbeitsbezirk ist, gibt es keine benachbarten Schrebergärten. Sonst ist alles durchaus vergleichbar. Die Grenzen zwischen Stallgeruch und »den anderen« sind vielleicht noch enger gezogen: Zwischen Gretas Wohnanlage, bestehend aus den kompakt zusammengewachsenen Adressen D'Orsay 3–5 und Müllnergasse 20, und dem gegenüberliegenden Gemeindebau, D'Orsay-Gasse Nr. 6, existiert keinerlei Verbindung, kein sozialer Kontakt – die beiden Bauten könnten in weit voneinander entfernten Bezirken liegen. Greta, die in ihren Jahren als Hausbesorgerin viel über soziales Konglomerat, über Menschen und ihr Agieren erfahren hat, ist mittlerweile weit davon entfernt, solche Strukturen zu bewerten. Sie bemüht sich, in »ihrem« Bau den sozialen Frieden zu unterstützen. Das ist im Moment noch schwieriger als sonst.

Greta hat den Donaukanal über den Siemens-Nixdorf-Steg erneut überquert und trabt nun in die Seegasse, biegt in die D'Orsay-Gasse ein. Aus gutem Grund, obwohl ihre Wohnung in der Müllnergasse 20 liegt. Natürlich steht die

Eingangstür zum Treppenhaus D'Orsay 3–5 wieder sperrangelweit offen, obwohl die Bauarbeiter längst Feierabend gemacht haben. Anklagend gähnen Greta die Doppelflügel entgegen, die seit beinahe zwei Jahren eingerüstete, denkmalgeschützte Fassade scheint unter Metallgestänge und Plastikplanen ärgerlich die Stirn zu runzeln. Der altehrwürdige Bau aus den später Neunzehnzwanzigern scheint Greta zu Recht unzufrieden.

Für sie macht er den Eindruck eines Komapatienten in der Intensivstation; betreut von Personal, dem der zügige Genesungsfortschritt egal ist, die Station schlampig verhängt, damit das lange Leiden nicht so offenkundig zutage tritt, am finanziellen Tropf einer Verwaltung hängend, die quälend langsam neues Leben in die verehrungswürdigen Mauerknochen pumpt und für diverse kränkelnde Stellen garantiert die völlig falsche Medikation wählt, die sich vor Beginn der großen Operation nicht um die inneren Organe, die Gasleitungen, nicht um die angegriffenen elektrischen Nervenbahnen gekümmert hat, der Kranke am falschen Bein geschient nach dem Bruch, der offizielle Sprachgebrauch heißt Generalsanierung, für Greta ein Eingriff, der zwar längst überfällig und wünschenswert war, aber ohne dass eine seriöse Anamnese erstellt wurde ...

Seufzend schließt Greta die Tür, registriert dabei die Dreckspuren auf den schönen alten Bodenfliesen des Stiegenhauses und weiß, dass ihr Feierabend noch nicht gekommen ist.

Als sie flott um die Ecke biegt und einen routinemäßigen Blick auf ihr geliebtes feuerwehrrotes Mini-Cooper-Cabrio wirft, das brav gegenüber ihrem Hauseingang parkt, macht sie im schwindenden Licht eine Bewegung aus, die ihr zu nahe an ihrem Auto vorkommt. Aufmerksame Anspannung. Vorsicht. Ein schmaler Schatten huscht hinter dem Heck des Mini hervor, quert die Straße und verschwindet im Eingang der Müllnergasse 20; natürlich hat auch hier sich keiner die Mühe gemacht, die Tür ins Schloss zu ziehen. Greta hat ein ungutes Gefühl und sprintet los. Was sie beinahe in Kollision mit einer Gestalt bringt, die wie aus dem Nichts aufgetaucht ist, Anstalten macht, ebenfalls in den Hauseingang zu rennen, plötzlich scharf bremst, umdreht und im Galopp abhaut.

Den Sekundenbruchteil der Begegnung mit dem vermutlich jungen Mann wird Greta erst später dekodieren. Ganz klar erinnert sie sein zahnpastaweißes Baseballkäppi, das in vermeintlicher Lässigkeit mit dem Schirm nach hinten getragen wird und eine verspiegelte Piloten-Sonnenbrille, in der sich ein Rest Abendlicht fängt. Greta, mit Neffen im Pubertätsalter geschlagen, kennt die Stil-Codes der affektierten Blödheit.

Aber für all diese Überlegungen hat sie im Moment keine Zeit, denn sie ist sich ziemlich sicher, dass hier etwas nicht stimmt, der huschende Schatten nicht zu ihren Mietern zählt. Und da sie ohnehin vorhat, noch eine Runde mit Kübel und Wischer einzulegen, kann sie auch gleich einen Blick in eventuell unverschlossene Kellerabteile und auf die Dachböden werfen. Greta zählt wirklich nicht zu den Ängstlichen. Als sie im ehemaligen Sandkeller, der ihre Putzutensilien beherbergt, nach der Gerätschaft fürs Grobe greift, erweist sich, dass sie nicht zu suchen braucht. Völlig verstört kauert eine sehr junge Frau in der hintersten Ecke und versucht sich hinter einem Rucksack zu verstecken.

Greta attestiert Schockstarre, befürchtet das Schlimmste, erkennt aber, dass das Mädl vollständig bekleidet und offenbar körperlich unversehrt ist. Sonst ist gar nichts in Ordnung mit ihr. Greta begreift, dass sie weder auf Fragen noch auf gutes Zureden eine Reaktion zu erwarten hat, also zieht sie das Häufchen Elend vom Boden und bugsiert es unter der mantramäßig vorgegurrten Lüge »Alles wird gut« in ihre Wohnung. Das Putzen muss warten.

Es dauert bis zum zweiten Glas Wodka, das sie dem seltsamen Geschöpf einflößt, um wenigstens zu erfahren, dass es sich um Lydia handelt, die nun misstrauisch auf der Kante des Ohrenfauteuils wittert wie eine traumatisierte Straßenkatze, und bei jedem Geräusch, das vom Stiegenhaus hereindringt, zusammenfährt.

Da Greta auch eine gerettete Katze nicht aussetzen würde, bleibt ihr in diesem Fall fürs Erste kaum eine Wahl. Sie verordnet eine heiße Dusche und richtet die

Couch als Bettstatt ein. Als Lydia mit ein bisschen mehr Farbe im Gesicht und in ein Badetuch gewickelt wieder erscheint, bestaunt Greta eine ausgesprochen kunstvolle Tätowierung auf der milchigen Haut ihres Gastes. Ein smaragdgrüner Drache züngelt köpfchengebend über die linke Schulter, die Tatzen verschwinden unter dem Rand des Badetuchs, der Körper des Fabelwesens scheint sich quer über Lydias Rücken zu schmiegen und wenn Greta das richtig interpretiert, ringelt sich der Schwanz um das rechte Bein, bis er in einem Dreizack noch eine Volte um den Fußknöchel schlägt.

Lydia bemerkt Gretas Interesse und erstmals kommt da ein scheues Lächeln. Greta schenkt Schnaps nach und nun gibt es keinen Pardon mehr. Wenn sie schon einen Nachtgast hat, will sie wissen, warum. Mühsam, bruchstückhaft und verworren setzt sich die Geschichte schließlich halbwegs zusammen. Greta sortiert und kommt zum unerfreulichen Ergebnis, dass Lydia einen Stalker hat. Was sie nicht hat, ist eine abgeschlossene Berufsausbildung oder eine feste Wohnadresse.

Im Telegrammstil rekapituliert Greta: Lydia, aus einem Kaff in der Südsteiermark stammend, nach dem plötzlichen Tod der alleinerziehenden Mutter im vergangenen Herbst mit einer winzigen Erbschaft zu Silvester nach Wien aufgebrochen, Drogistinnenlehre abgebrochen, möchte Fotografin werden, weiß aber nicht, wie, in fragwürdige Kreise geraten, bei mehr oder weniger Unbekannten herumgewohnt, die spärliche Kohle schnell verbraten, keine

Verwandten, keine anderen sozial tragfähigen Bindungen, pleite und panisch wegen eines Typen, den sie sich in ihren rumpelnden drei Monaten in der Bundeshauptstadt wo und wie auch immer eingetreten hat; über ihr U-Boot-Dasein in diversen WGs eine vage Empfehlung auf eine weitere kurzfristige Unterkunft im Neunten erhalten, die Adresse nicht gefunden, dafür hat der Verfolger sie aufgespürt. Und hätte sie beinahe ganz erwischt, wäre Lydia durch Gretas Auftauchen nicht entkommen.

Greta verzichtet auf Details. Sie kann sich lebhaft vorstellen, wie der Stalker zu seinen Informationen kommt. Denn wenn der kleine Drache auch nur einen abgewetzten Rucksack in Besitz zu haben scheint, das unverzichtbare Überlebensgepäck der Generation Facebook ist dabei. Als Lydia nach dem Duschen erfolglos nach einem halbwegs frischen T-Shirt kramt, breiten sich die Besitztümer auf Gretas Fischgrätparkett aus: Smartphone, Tablet, Designerkopfhörer, iPod, Markenjeans, von denen ungewiss bleibt, ob die Löcher über den Knien teuer bezahlt oder selbst verfertigt wurden, etwas Wäsche, eine auf Briefkuvertgröße faltbare Jack-Wolfskin-Outdoorjacke, nagelneue knöchelhohe Giuseppe-Zanotti-Sneakers, deren regulärer Listenpreis jenseits der Obszönität liegt – und erstaunlicherweise eine altmodische, solide und hochpreisige Spiegelreflexkamera.

Greta nimmt sich vor, am kommenden Morgen ein paar weitere Fragen zu stellen; eine davon wird Lydias Aktivitäten in den diversen sozialen Netzwerken betreffen.

Für den Moment scheint es angebracht, ihren Gast ins Bett zu schicken. Greta schließt betont geräuschvoll Terrassentür und gekippte Fenster, legt rasselnd die Kette an der Eingangstür vor. Bevor sie sich in ihr Schlafzimmer zurückzieht, sorgt sie für ein kleines Nachtlicht neben der Wohnzimmercouch. Mehr kann sie im Moment für Lydia und das Haustier auf ihrer Haut nicht tun.

Sich selbst schenkt Greta nochmal einen Kurzen ein, lümmelt sich auf ihr Bett und lässt die Gedanken kommen – alle, unzensiert, wie im vermutlich nicht mehr politisch korrekten Kinderlied: *Lasst die Räuber durchmarschieren / durch die goldne Brücke* ... Erfahrungsgemäß erspart ihr das Albträume.

Lydia auf der Couch. Duftende Bettwäsche. Könnte dem Drachen gefallen. Aber draußen: Unruhe. Unbekanntes Terrain. Schatten in den Zimmerecken. Unter Gretas Türspalt noch feiner Lichtstaub. Wenn sie tief schläft? Wenn etwas passiert? Man muss immer dreimal kontrollieren, ob die Tür wirklich abgeschlossen ist. Doppelt versperrt. Die Fenster zu. Fest zu. Bis sieben zählen. Auf die kleine Septime vertrauen. Dann kommt die Angst langsamer.

Als Greta einen Drachen mit verspiegelter Sonnenbrille, eine trotzig abgeschüttelte Mini-Panik, ihre Brieftasche samt Ausweisen und Kreditkarten betreffend, alles auf dem Schränkchen im Vorzimmer, ein imaginiertes Gespräch mit ihrer besten Freundin Sarah, die auch in Gretas Gedankenspiel die Augen dramatisch verdreht und »angschütte Sozialromantikerin« knurrt, abgearbeitet hat, ortet sie einsetzende Kopfschmerzen.

Zweifelnd schaut sie in ihr Glas. Spricht den Büffelgraswodka vom Verdacht frei. Nicht aber den heftigen Föhnsturm, der zu wüten begonnen hat, da kann sie ihrer Wetterfühligkeit vertrauen.

... die Brücke ist gebrochen / wir wolln sie wieder machen ...

Es kracht und bricht tatsächlich, ein schlecht fixierter Balken donnert, die Gerüststangen touchierend, an der Fassade entlang, dröhnt auf der Gasse gegen den Bauschuttcontainer, lose Enden von Schwerlastbändern peitschen und dengeln einen hysterischen Ton ans Gerüst, die Seile in den Klobenrädern der Materialaufzüge quietschen die zweite Stimme, eine Plane reißt sich los und knattert wie das Hauptsegel in einer Horrorfahrt auf irrer See gegen Gretas Schlafzimmerfenster.

... aus lauter Gold und Edelstein / der Nächste soll gefangen sein der Himmel ist offen, die Hölle ist zu / ein Engerl (ein Teuferl) bist du!

Mit einem derben Fluch ist Greta aus dem Bett, die Musikschleife im Kopf ist grade fehl am Platz, die Informationen des Kinderlieds eine Zumutung: momentan ist hier die Hölle offen, und sie hat in ihrem Wohnzimmer eine Besucherin, die dieses Inferno garantiert nicht selig verschläft. Während draußen noch irgendein Trumm vom Gerüst herunterkracht, steht Lydia, die nun endgültig wie ein zu Tode geängstigtes Kind wirkt, in Gretas Schlafzimmer. Die brikettschwarz gefärbte Stachelfrisur, eine Art von spätem Punkzitat, hebt ihre extreme Blässe hervor und selbst der Drache, der aus dem weiten Ausschnitt des geliehenen T-Shirts hervorblitzt, schaut erschrocken drein.

Dass es mit dem Schönheitsschlaf dieser Nacht nichts werden dürfte, steht für Greta fest. Selten hat sie den Morgen so sehr herbeigesehnt.

Nachdem sie sich um fünf Uhr früh überzeugt hat, dass Lydia endlich doch eingeschlafen ist, hinterlässt sie einen Zettel mit ihrer Handynummer und zieht leise die Wohnungstür hinter sich zu. Bleibt einen Moment in der Ruhe des schlaftrunkenen Stiegenhauses stehen.

Sie mag ihre Arbeit. Sie mag ihre Mieter. Sie kennt ihre Problembären, die Arbeitslosigkeit oder persönliche Probleme beim Branntweiner ums Eck verhandeln und dann hie und da beim grölenden Heimkommen ein scharfes Wort brauchen, wenn's im Guten nicht geht. Sie weiß, warum die keifenden Streitereien in der Waschküche manches Mal zu eskalieren drohen und warum die Frauen zeitweise mit ihren Nerven am Ende sind. Sie kennt die Dauerschleife der immergleichen Beschwerden in den Sommermonaten, wenn alle bei geöffneten Fenstern leben und nicht nur familiäre Diskussionen und Kinderlärm, sondern Musik sehr unterschiedlicher Geschmäcker und Kulturen an den Wänden des Innenhofs hochbranden. Sie erinnert sich an ein paar eher harmlose Polizeieinsätze. An hektische Anrufe bei der Notarztzentrale und die traurige Hilflosigkeit, wenn dann doch die Sargträger kommen mussten. Es ist ihr Gemeindebau. Es ist eine Welt, die nicht abgeschottet vom Draußen ist, aber trotzdem nach inneren Spielregeln funktioniert – beileibe nicht friktionsfrei, aber als Abbild eines sozialen Gesamtzusammenhangs.

Bevor die ersten Handwerker kommen, ist Greta bereits fertig mit der Beseitigung des schlimmsten Drecks, der am Vortag in den Stiegenhäusern und im Hof hinterlassen wurde.

Nun ist es Zeit für einen Kaffee und ein weiteres, ernstes Gespräch mit dem Drachenmädchen.

Nach einer Woche, in der sich Lydia verbissen darüber ausschweigt, wie sie an ihren Verfolger geraten ist, und sich praktisch nicht von Gretas Couch wegbewegt hat, ist diese etwas mürbe von der Einquartierung. Trotzdem bringt sie es nicht übers Herz, dieses seltsame Kind einfach wegzuschicken. Aber es muss eine Lösung her, ein Anfang gemacht werden, Lydia irgendwie auf den Weg zu bringen, ihre Angst einzudämmen und Greta ihre Privatsphäre zurückzugeben.

Die Zwischenlösung lautet Viererstiege. Dort wohnt Vitali, einer von Gretas Lieblingsmietern. Der gebürtige Ukrainer, der schon seit Ewigkeiten hier lebt, ein Schrank von einem Mann und eine liebenswürdige Seele, der zuhause stets im quergestreiften Ruderleiberl und einer ausgebeulten Jogginghose anzutreffen ist, sieht aus wie eine Mischung aus Schwerarbeiter und Schausteller. Originellerweise ist er beides, momentan vazierend auf Tournee, und hat nach einem knappen Telefonat nichts dagegen, dass kurzfristig ein Freundin von Greta an ihrer statt seine Palme gießt, die Fische füttert und die Wohnung lüftet. Dafür darf sie bleiben, bis er wieder da ist.

Lydia auf der Couch. Rettungsfloß. Der Drache reibt den Kopf gegen ihren Hals. Streicheln. Nur ruhig. Keine Sorge. Sagt Lydia dem Drachen. Während ihr der Schweiß ausbricht. Ja, es war unüberlegt. So viel Kohle hat sie nie besessen. Aber er hat einfach weitergemacht. Die nächste Nadel. Es hat wehgetan. Er hat sich in einen Rausch tätowiert. Sie hat ihn gelassen. Dann war das Werk fertig. Es ist perfekt. Das Geld hat nicht einmal im Ansatz gereicht. Lydia liebt den Drachen. Sein Schöpfer hat gedroht, ihn in Streifen von ihrem Fleisch zu schneiden. Wenn sie nicht zahlt. Oder ein anderes Gegengeschäft. Bei seinem Blick ist sie geflohen. Nein. Das nicht. Sie will zu den Schwalben. Sicherheit. Notenlinien. Kein Konzert. Stattdessen der Triller, der eine SMS meldet: ich weiß wo du bist.

Der Tag von Lydias mittelfristiger Übersiedelung ist gekommen. Als die Bauarbeiter gegangen sind, ergibt sich Greta ihrer täglichen Sisyphos-Aufgabe, kehrt, wischt, sammelt Müll ein, rennt unzählige Male die Stiegen rauf und wieder runter, leert Schmutzwasser aus, schleppt Kübel mit frischer Seifenlauge, müht sich damit ab, Zementschlieren von den Bodenfliesen der Einserstiege zu entfernen, über die untertags ein Schlauch fürs Betonieren bis in den Hof gelegt worden ist. Sie schließt ein paar Gangfenster, für die Nacht ist erneut Föhnsturm angesagt, es könnte auch heftig regnen.

Es dämmert bereits und sie ärgert sich, dass die Gitterabsperrung um das riesige Loch, welches über Wochen in der Hofecke, dort, wo Dreier- und die Viererstiege zusammenwachsen, ausgehoben wurde, wieder einmal nicht ordentlich geschlossen ist. Bevor sie die Verriegelung einrasten lässt, wirft sie einen neugierigen Blick in die Baugrube. Auf gut zwei Meter Höhe wurden Schalsteine an den Grubenwänden hochgezogen und das Fundament ist mit Beton ausgegossen, der noch ziemlich feucht wirkt. In der Folge soll hier ein Mauerturm bis in den vierten Stock in die Höhe wachsen, in den ein Personenlift eingebaut wird. Ein Unterfangen, das seit vielen Monaten bei den Hausbewohnern für heftige Diskussionen sorgt. Vor allem bei jenen, denen das Ungetüm direkt vor die Fenster gestellt wird.

Greta dreht sich einmal im Kreis, bevor sie ihr Arbeitsgerät einsammelt. Auch hofseitig sind alle Fassaden eingerüstet, wo sich früher eine Grünfläche befunden hat, türmen sich Baumaterial und Schutt. Die Sanierung hat jenen Punkt erreicht, wo das Halbfertige dem Chaos des noch zu Erledigenden gegenübersteht und Greta manches Mal glauben lässt, dass dieser Zustand niemals enden wird.

Vor allem die Einrüstung bereitet Greta Unbehagen, sie weiß, dass ihre Mieter sich nicht wohlfühlen mit diesen Laufstegen direkt vor Fenstern und Balkonen. Etwas Unwägbares, ein Ausgeliefertsein geht von ihnen aus, dazu kommt, dass über den Dachboden zwischen Stiege drei und vier eine Verbindung besteht, die man ungesehen nutzen kann, dass es in den Kellern verborgene Schlupfwinkel, Abteile, seltsame Schächte gibt, die nicht einmal den ältesten Bewohnern bekannt sind, dass die Trockenböden nie abgeschlossen sind; und dass aufgrund von Nachlässigkeit der ganze Wohnverband mit seinen Zugängen von zwei Gassen aus manchmal nachts ein regelrechtes Durchhaus darstellt, das wegen der aktuellen Bausituation unangenehm unübersichtlich ist.

Greta hat ein deutlich schlechtes Gewissen, als sie Lydia abends in die Wohnung auf der Vierer bringt. Trotzdem steht sie zu ihrem Entschluss. Vielleicht kann sie das Mädel motivieren, eine Art Lebensplanung anzugehen. Dazu gehört auch das eigenverantwortliche Wohnen. Als sie, bepackt mit Bettwäsche, einem Wasserkocher, ein wenig Geschirr und sonstigem Kleinkram den Innenhof queren, bleibt Greta stehen. Lydia, die stumm hinter ihr hertrottet, ihren Rucksack und eine Tasche mit Lebensmitteln schleppt, wagt einen Moment Hoffnung. Sie hat ihren Widerstand nicht geäußert, als Greta sie über das mittelfristige Procedere ihrer Wohnsituation informiert hat, aber alles an Lydia war deutlich auf Ablehnung eingestellt. Es fehlte nur, dass der Drache seinen Kamm auf ihrer Schulter aufgestellt hätte. Greta möchte schreien. Diese verzweifelten Augen, dieses Geduckte. Greta ist zerrissen von Mitleid und Zorn. Such dir einen Job, möchte sie brüllen, kümmer dich um deine Ausbildung, wähl dir andere Freunde, krieg den Arsch hoch und dein Leben auf die Reihe. Das schlechte Gewissen trommelt hämisch.

Stattdessen weist Greta in die Runde, auf die beleuchteten Fenster. Jene, die hinter den Plastikplanen glimmen, nehmen eine zerfließende Milchglasoptik an. Wie ein Adventkalender, sagt Greta versöhnlich, bei dem noch nicht alle Fenster offen sind, aber dort, wo Licht ist, da ist jemand zuhause, und hofft, damit den schwarzen Auslassungen in der Lichterkette der einzelnen Stiegen den Schrecken der Leere, des Verlassenen zu nehmen. Denn wer von den Bewohnern kann, flüchtet vor Baulärm und Dreck.

Lydia auf einem schmalen Bett. Sauberer Raum. Spärlich möbliert. Übersichtlich. Gut.

Über der kleinen Küchenzeile weiße Fliesen. Mit Abziehbildern von Vögeln beklebt. Eine Schwalbe. Lydia holt ihre Kamera. Macht ein Bild. Zieht den Vorhang vors Fenster. Schiebt ihn wie-

der ein Stück zur Seite. Keine Plane am Gerüstabschnitt vor ihr. Adventkalenderfensterscheiben. Von unten gerade nach oben zählen. Drei. Dann nach links. Zwei. Dann nach unten. Zwei. Gibt sieben. Wenn dort Licht brennt. Ist alles gut. Der Drache bewegt sich unruhig. Er mag die Baugrube unterm Fenster nicht.

Das neuerliche Sturmtief wird im Lauf der Nacht alle Befürchtungen übertreffen. Im Verbund mit Starkregen wird sich ein Unwetter über der Stadt zu bedrohlichen Ausmaßen auswachsen. Folgetonhörner und Blaulicht werden durch die Sintflut schlingern. Die Gerüstkonstruktionen werden sich wie wildgewordene Skelette, die sich zu einem Baustellentotentanz losreißen wollen, gebärden. Vom Dachstuhl, Stiege zwei, der beinahe fertig neu eingedeckt ist, wird der Sturm eine provisorische Verplankung abgerissen haben, Wasser wird sturzbachartig eintreten. Die Notdienste werden das volle Programm abspulen müssen; Greta auch. All das wird später geschehen. In der Stunde des Wolfs. Nach der Stunde des Drachen.

Lydia am Fenster. Die Septime dünnt aus. Der Adventkalender schließt. Aus. Macht die Augen zu. Erst eins dann zwei dann drei dann vier dann steht das Dunkel vor der Tür. Stärker wird der Wind. Regen rauscht. Der Drache schlägt mit dem Schwanzende. Das Handy meldet eine eingegangene SMS. Das Gerüst vor dem Fenster meldet eine Bewegung. Die kommt nicht vom rüttelnden Wind. Bretter ächzen unter Schritten. Der Drache spürt die feine Schwingung. Trotz Wind und Regen.

Der Drache hebt den Kopf. Von Lydias Schlüsselbein. Er weiß, wer gekommen ist.

Als der Wind aufzufrischen begann, der Regen stärker wurde, hat der Bau sich wegzuducken versucht. Aber das Unwetter ist in seine offenen Wunden gefahren. Die Mieter haben sich erst noch abgelenkt mit ihren abendlichen Unterhaltungen, sind dann in den Schlaf geflüchtet. Niemand hat geschaut, in dieser Nacht. Nur nach innen, in dieser Nacht.

Das tobende Wetter hat sie schließlich doch alle aus den Betten geschüttelt, aber da war alles andere längst vorbei.

Lydia nimmt ihre Kamera. Setzt den Blitz auf. Der Drache schnaubt. Der Wind bringt die Wut. Der Regen schwemmt die Angst weg. Die Bretter am Gerüst tragen direkt vor Lydias Fenster.

Ein Gewicht. Sein Gewicht. Ein Schlag gegen das Fenster. Glas klirrt. Sie reißt den Vorhang weg. Ein splittrig gezacktes Loch. Seine Hand durchs geborstene Glas. Will das Fenster von innen entriegeln. Schneidet sich. Tattoo aus Regen und Blut. Ja, zieh dir die eigene Haut ab. Fluchen. Drohen. Von draußen. Lydia reißt das Fenster auf. Drückt den Auslöser. Der Blitz fährt ihm über die Augen ins Hirn. Rückwärtstaumeln. Die Sicherungsstrebe am Gerüst ist nicht sehr hoch. Lydia stößt ihn. Heftig. Kippen. Aufschlagen. Kaum hörbar. Der Beton in der Baugrube ist noch nicht vollständig ausgehärtet. Einsinken wird der Tätowierer nicht. Aufstehen auch nicht. Nicht mehr.

Der Drache sitzt hoch aufgerichtet auf Lydias Schulter. Sie packt. Und geht. Der Regen nimmt sie mit. Unauffällig. Der Wind wird sie zu den Schwalben tragen. Bald.

Anmerkungen
Gewidmet ist dieser Text der besten Hausbesorgerin ever; zuständig für D'Orsay 3–5 und Müllnergasse 20.
Die Person im Text (»Greta«) ist eine literarische Kunstfigur, die mit der Realperson nicht ident ist.
Sämtliche Einlassungen im Text, die sich (auch) auf Realsituationen im Zuge der bei der Entstehung des Textes im Gange befindlichen Generalsanierung des Wohnverbandes D'Orsay-Gasse/Müllnergasse beziehen, gehen zu Lasten der Autorin.

Reinhard Kleindl

Justin Sedlacek, Meisterdetektiv

Sein größter Fall

»Ich weiß, wer ihn ermordet hat«, erklärte Justin. »Aber ich werd's dir nicht sagen. Weißt auch warum?«

Mohammed brauchte nicht zu antworten. Er wusste, Justin würde sich die Antwort gleich selbst geben.

»Detektive glauben nicht an Vermutungen. Sie suchen Beweise.«

Mohammed seufzte leise.

»Aber wir wissen doch gar nicht, ob er tot ist«, sagte er.

»Alter, sicher ist er tot«, widersprach Justin. »Wo soll er denn sonst hin sein?«

Mohammed fand, dass sie dafür keinen Beweis hatten, doch er wollte Justin nicht widersprechen. Eine Freundschaft mit Justin funktionierte am besten, wenn man ihm seinen Glauben ließ, das hatte Mohammed inzwischen gelernt.

Justin war als aufgewecktes Kind mit ausgeprägtem Selbstbewusstsein allen am Rennbahnweg ein Begriff. Seine Lehrerin Meier-Lienhart nannte ihn »verhaltenskreativ mit Verdacht auf ADHS«, Frau Kramer aus dem dritten Stock nannte ihn ein »elendes Gfrast«.

Mohammed fand, dass es nicht so schlimm war. Er hatte nicht viele Freunde, und mit Justin konnte man immer etwas erleben.

Deshalb hatte Mohammed auch die Kamera seines Vaters ausgeborgt, sie wollten die Blutspuren fotografieren. Das gab bestimmt Ärger, denn sein Vater hatte ihm verboten, die Kamera zu nehmen. Aber bei dieser Sache konnten sie die Erwachsenen nicht brauchen. »Bring sie wieder zurück, ja?«, hatte seine Mutter gesagt, als er aus der Wohnung geschlichen war. Woher sie gewusst hatte, dass sich die Kamera in seinem Rucksack befand, war ihm ein Rätsel gewesen. Seiner Mutter konnte er nichts verheimlichen.

Mohammed hatte die Blutspuren heute Morgen entdeckt, als er etwas für seinen Vater aus dem Geschäft holte. Mitten auf dem Gehweg, nur drei kleine Spritzer, kreisrund und eher dunkelbraun als rot. Mohammed hatte regelmäßig Nasenbluten und er wusste, wie getrocknetes Blut aussah. Sie mussten der Sache nachgehen. Dass er sich dafür die Kamera seines Vaters borgte, war ein Wagnis, das er gern einging. Und überhaupt: Es waren Ferien. Viele andere Kinder waren weggefahren, Justin und Mohammed dagegen waren am Rennbahnweg zurückgeblieben. Weil ihre Väter immer viel zu tun hatten und sie deshalb die meiste Zeit hier verbrachten. Der Rennbahnweg war ihr Gefängnis, dachte Mohammed manchmal, aber er sprach es nicht aus. So schlimm war es gar nicht. Er verstand nicht, warum die Erwachsenen manchmal jammerten. Vor allem Justins Vater. Er schimpfte über die vielen Ausländer, warum nicht »unsere« Leute die Wohnungen bekämen. Man könne sich hier nicht mehr sicher fühlen, vor allem, seit die Wachstube weg sei. Mohammed konnte sich dunkel an die Polizisten erinnern, die hier ihren Dienst versehen hatten, direkt in einem der Wohnbauten.

Mohammed verstand nicht, wen Herr Sedlacek mit »unsere Leute« meinte. Mohammed hatte seinen Vater gefragt und der hatte gemeint, Sedlacek sei auch ein ausländischer Name. Also stammte auch die Familie von Justin nicht aus Österreich. Das wunderte Mohammed, er hätte schwören können, dass Sedlacek ein typisch wienerischer Name war. Jedenfalls hatte Herr Sedlacek gemeint, dass jetzt Schluss sei, dass er nicht mehr die Partei wähle, die seinem Vater damals die Wohnung besorgt hatte. Die Dankbarkeit habe irgendwann ein Ende. Nun wähle er die andere Partei. Was die beiden Parteien sonst unterschied, verstand Mohammed nicht. Er hatte seinen Vater danach gefragt, doch der hatte gereizt reagiert, also hatte er nicht weiter nachgebohrt. Frau Kramer sagte immer, die Politiker seien ohnehin alle korrupt, man könne keinen von denen wählen, und Mohammed fragte sich, warum dann überhaupt noch jemand wählen ging und wie ein Staat funktionieren konnte, wenn alle Politiker korrupt waren.

Jedenfalls hatte Justin es sich zur Aufgabe gemacht, selbst für die Sicherheit zu sorgen, seit die Polizei weg war. Er hatte eine Serie im Fernsehen angeschaut, wo Detektive ermittelten, die nicht zur Polizei gehörten. So einen Detektiv brauchte der Rennbahnweg, fand Justin. Er stellte Mohammed in Aussicht, ihn zu seinem Partner zu machen, nach einer angemessenen Probezeit. Diese Probezeit zog sich nun schon eine ganze Weile hin, doch Mohammed war das gleich. Die Ermittlungen mit Justin halfen gegen die Langeweile, das war das Wichtigste.

Die Erwachsenen durften von all dem natürlich nichts wissen.

So folgten sie den Blutspuren, einer Reihe von Tropfen, die sich über die Gehwege und Grasflächen hinzog. Mohammed hatte die Kamera noch nicht ausgepackt. Seine Hoffnungen, wirklich etwas zu finden, hielten sich in Grenzen, aber er hütete sich, Justin davon zu erzählen.

Auf den Wegen waren die Flecken leicht zu finden, sie zeichneten sich auf dem Beton gut ab, doch auf den Grasflächen war es fast unmöglich, sie auszumachen. Der Spur zu folgen dauerte länger, als sie gedacht hatten. Das lag nicht zuletzt daran, dass Justin alle Tropfen selbst finden wollte. Als Mohammed ungeduldig wurde und schnell drei der Blutstropfen hintereinander aufspürte, drohte die Stimmung zu kippen und Mohammed überließ es Justin, die nächste Spur zu finden. Er stellte sich direkt neben den nächsten Tropfen hin und Justin schlich verstohlen um ihn herum, bis er ihn entdeckte. Danach führte er einen solchen Freudentanz auf, dass sich schon die Leute nach ihnen umdrehten. Mohammed ließ alles über sich ergehen.

Zwanzig Minuten und vier Tropfen später fanden sie die Leiche.

Mohammed bemühte sich, Bilder aus allen Perspektiven zu machen, ohne sich von dem Anblick aus der Ruhe bringen zu lassen, braunes Blut, das in zotteligem, hellbraunem Fell klebte. Justin war zurückgeblieben, Mohammed hatte ihn noch nie so erschrocken gesehen.

»Sollten wir nicht –«, begann er.

Mohammed ignorierte ihn. Es stimmte also wirklich, dachte er. Er mochte Frau Kramer nicht, sie grüßte weder seinen Vater noch seine Mutter, obwohl sie direkt untereinander wohnten, und von Justin wusste er, dass sie schlecht über ihn und seine Familie redete. Doch das hatte sie nicht verdient.

Es hieß, Frau Kramer sei früher verheiratet gewesen. Mohammed konnte sich dunkel an einen dicken, griesgrämigen Mann erinnern, der dann irgendwann nicht mehr da gewesen war. In den letzten Jahren war da nur noch der Hund gewesen. Seit Tagen hatte er sie kaum gesehen, sie hatte sich in ihrer Wohnung eingesperrt. Nur einmal hatte sie die Flugblätter erneuert, mit denen sie um Hinweise bat. »Vermisst: Rex. Hohe Belohnung.«

»Wir müssen das unseren Eltern sagen«, sagte Justin, der immer noch wie angewurzelt dastand, gute zehn Meter vom Kadaver entfernt, der hinter einem Gebüsch an der Falcogasse lag, am Rand der Anlage. Mohammed hatte gehört, dass Falco ein Musiker gewesen sei, der hier am Rennbahnweg wohnte. Mohammed kannte ihn nicht, aber er musste ziemlich berühmt gewesen sein, wenn man sogar eine Gasse nach ihm benannte. Er hatte bestimmt eine Menge Leute gekannt. Herr Sedlacek sagte immer, in Österreich konnte man nichts werden, wenn man niemanden kannte.

»Hörst du nicht zu? Wir müssen zu meinem Papa gehen.«

»Warum sollen wir jemandem davon erzählen?«, fragte Mohammed. »Vorher müssen wir doch den Täter finden.«

»Wie sollen wir das machen?«, fragte Justin in einem weinerlichen Ton, den man bei ihm nur ganz selten hörte.

»Ich dachte, du weißt, wer der Täter ist?«, fragte Mohammed.

»Weiß ich auch«, gab Justin trotzig zurück.

»Und du kannst es beweisen?«

Justin presste die Lippen zusammen. »Ich meine nur, es ist gefährlich, so jemanden zu verfolgen. Wir müssen sehr bedacht vorgehen.«

Diese Formulierung hatte Mohammed noch nie gehört. Justin hatte sie vermutlich aus irgendeiner Fernsehserie.

Mohammed schaltete das Display der Kamera ein, um zu kontrollieren, ob die Bilder scharf waren, dann wandte er sich ab. »Komm, gehen wir.«

Justin schien erleichtert.

Wenig später saßen sie in Justins Zimmer und luden die Bilder auf dessen Tablet. Sein Ekel war inzwischen Faszination gewichen. Nun, da der Kadaver weit genug weg war, fühlte er sich sicher.

»Du hättest mehr Bilder machen müssen«, sagte Justin. »Von der Wunde, man kann fast gar nichts sehen.«

Mohammed musste ihm in diesem Fall recht geben. Die Bilder waren zu ungenau, um die Todesursache festzustellen. Die Wunde war klein, aber ob es sich um eine Stich- oder gar eine Schusswunde handelte, konnte man nicht sagen.

»Stimmt«, sagte Mohammed. »Wir müssen da noch einmal hin.«

Justin erstarrte.

»Vielleicht können wir ihn umdrehen«, fuhr Mohammed fort, »dann sehen wir, ob es eine Austrittsöffnung gibt. Vielleicht war es wirklich ein Schuss.«

»So schlecht finde ich die Bilder gar nicht«, erklärte Justin schnell. »Jetzt noch einmal hinzugehen ist zu gefährlich. Der Täter weiß inzwischen sicher, dass wir ermitteln.«

»Blödsinn«, sagte Mohammed, den die Ausflüchte inzwischen zu ermüden begannen. »Keiner hat uns gesehen.«

»Wenn wir uns nur verteidigen könnten. Detektive haben normalerweise immer eine Pistole mit.«

Mohammed nahm die Speicherkarte aus dem Tablet und legte sie zurück in die Kamera, wo er die Bilder zu löschen begann, damit sein Vater sie nicht fand.

»Mein Papa überlegt, dass er sich eine Pistole kauft«, fuhr Justin fort. »Er sagt, man muss sich verteidigen. Er schießt gern, da ist nichts dabei, sagt er. Die Mama will das nicht. Wenn wir eine Pistole hätten, könnten wir den Fall aufklären.«

Mohammed stand auf und packte die Kamera zurück in seinen Rucksack. »Mein Papa hat eine Pistole«, bemerkte er. Als er einen Blick aus dem Fenster warf, hielt er inne.

»He, schau doch.«

Justin stand auf und stellte sich neben Mohammed hin.

Draußen stand ein Polizeiauto.

»Sie müssen im Haus sein«, sagte Justin, nachdem sie mehrmals um den Streifenwagen geschlichen waren, der im Innenhof geparkt war.

Mohammed musste ihm recht geben, es gab keine andere Möglichkeit. Die Polizei war irgendwo in ihrem Haus. Nur wo? Und wie konnten sie es herausfinden? Da hatte Mohammed eine Idee. Im ersten Moment erschien es ihm abwegig, aber als er genauer darüber nachdachte, wurde ihm klar, dass es die einzige Erklärung war.

»Komm mit«, sagte er.

Er ging voraus und Justin folgte ihm geduckt. Sie sperrten die Haustür mit Mohammeds Schlüssel auf und schlichen durch den engen verfliesten Gang hinauf in den dritten Stock. Vor Frau Kramers Tür blieb Mohammed stehen.

Eindeutig, von drinnen waren Stimmen zu hören. Und Frau Kramer hatte nie Besuch.

Die Polizei war bei ihr.

»Der Hund«, erklärte Mohammed. »Sie suchen auch nach ihm. Aber wir sind ihnen einen Schritt voraus.«

Ein triumphierendes Grinsen trat in Justins Gesicht, als er verstand. Sie waren so sehr mit sich beschäftigt, dass sie zu spät bemerkten, wie die Tür aufging.

»Was ist denn da los?«, fragte der junge Beamte, der vor ihnen stand. Er wandte sich um. »Erwarten Sie Gäste?«

Aus der Wohnung waren Schritte zu hören, dann erschien Frau Kramer in der Tür. »Scherts euch zum Teufel, Gschrappen, depperte!«

Der Polizist lachte, zwinkerte den Burschen zu, dann kam auch sein Kollege aus der Wohnung.

»Danke so weit, Frau Kramer. Wenn Ihnen noch etwas einfällt, rufen Sie uns bitte an!«

Die Tür wurde geschlossen, dann wandte sich der Polizist an die beiden. »Na, habts kein Z'haus?«

Justin und Mohammed sahen sich an, dann rannten sie los. Sie blieben erst stehen, als sie das Gelände des Rennbahnwegs hinter sich gelassen hatten. Dort lehnten sie sich an eine Hauswand und verschnauften. Mohammed hatte plötzlich ein schlechtes Gewissen. Das ist nicht richtig, dachte er.

»Wir müssen es ihnen sagen«, erklärte er.

»Warum? Meinem Papa wolltest du es nicht sagen.«

Mohammed hatte seine Meinung geändert. Das hier war kein Spiel mehr. Die Polizei war eingeschaltet worden, die Sache war ernst. Jemand hatte Frau Kramers Hund getötet, den Hund, den sie so liebte. Sie mussten die Polizei unterstützen.

»Ich geh jetzt zurück und erzähle ihnen alles«, sagte Mohammed.

»Warte«, rief Justin, doch Mohammed ging los, ohne sich umzudrehen.

Die Polizisten ließen gerade den Motor ihres Wagens an, als Mohammed an die Scheibe klopfte.

»Was ist denn?«, fragte der junge Polizist, nachdem er das Fenster heruntergelassen hatte.

»Ich muss Ihnen was zeigen. Es ist wichtig.«

Der Motor wurde abgestellt und der Polizist stieg aus. »Warte, ich bin gleich wieder da«, sagte er zu seinem Kollegen.

Mohammed ging los, der Polizist folgte ihm. Justin beobachtete alles aus sicherer Entfernung.

»Na, was willst du mir zeigen?«, fragte der Beamte.

»Sie werden es gleich sehen.«

»Da bin ich ja gespannt«, sagte er.

Als sie die Wiese neben der Falcogasse erreichten, erstarrte Mohammed.

»Also?«, fragte der Polizist.

»Er war gerade noch da, ich schwöre!«

»Wer?«

»Der Hund von Frau Kramer!«

Der Polizist schüttelte nur den Kopf, dann wandte er sich ab und ging zurück zu seinem Kollegen.

Mohammed sah sich um. Das war unmöglich! Jemand hatte die Leiche verschwinden lassen. Es musste gerade erst passiert sein, so lange waren sie ja noch nicht weg. Da entdeckte er den kleinen Müllwagen, der im Rennbahnweg immer die Mistkübel ausleerte. Ein Mann in einem Arbeitsoverall hatte einen schwarzen Müllsack geschultert und ging darauf zu. Mohammed glaubte, die Umrisse eines Hundekörpers zu erkennen.

»Warten Sie, stehenbleiben!«, rief er und lief dem Mann hinterher. Doch er war zu langsam, der Mann warf den Sack auf die Ladefläche, stieg ein und fuhr los. Zuerst wollte Mohammed zurück zu den Polizisten laufen, doch ihm fiel ein, dass die längst losgefahren sein mussten, also blieb er mit hängenden Schultern stehen.

Die beiden Burschen saßen entmutigt in Justins Zimmer und starrten Löcher in die Luft. Sie waren so nah dran gewesen, ihren ersten Erfolg als Detektive zu feiern, der Polizei den richtigen Hinweis zu geben. Es sei keine Schande, der Polizei zu helfen, hatte Justin gemeint. Er klopfte Mohammed auf die Schulter. Doch Mohammed ließ sich nicht aufheitern. Er hatte versagt, das war nicht zu leugnen. Er hatte das größte Abenteuer des Sommers vermasselt, noch so eines würden sie nicht erleben, bevor die Schule wieder losging.

»Wer könnte Frau Kramers Hund umbringen wollen?«, fragte er in den Raum hinein. Es war eine rhetorische Frage, sie wussten beide, dass die Behauptung von Justin, den Täter zu kennen, jeder Grundlage entbehrte.

»Er wird halt zu laut gewesen sein«, meinte Justin. »Du weißt ja, wie er immer gebellt hat.«

»Nicht immer.« Mohammed dachte nach. »Nur am Donnerstag.«

Justin wurde hellwach. »Du hast recht, Donnerstagabend. Meine Mama schaut da immer diese Serie. Sie dreht den Ton ganz laut auf, weil der Hund so viel bellt.«

»Heute ist Donnerstag«, bemerkte Mohammed.

»Alter, du hast recht«, sagte Justin.

Er dachte nach. »Du weißt, was das heißt, oder?«, sagte er aufgeregt. »Der, den er angebellt hat, das muss sein Mörder sein!«

Mohammed nickte. Das erschien logisch.

»Ich sag dir, was wir machen«, erklärte Justin. »Wir verstecken uns mit der Kamera vor dem Haus und fotografieren jeden, der vorbeigeht!«

»Das geht nicht«, gab Mohammed zurück, »du weißt doch, dass mein Vater Donnerstag immer Gäste hat. Außerdem muss ich die Kamera zurückbringen. Wenn mein

Vater merkt, dass sie fehlt, krieg ich Stress, dass kannst du dir gar nicht vorstellen.«

»Der merkt sicher nichts, wenn er Gäste hat.«

Mohammed war nicht überzeugt. Justin versuchte noch gute zehn Minuten lang, ihn zu überreden, doch dann packte Mohammed tatsächlich die Kamera ein und ließ Justin entmutigt zurück.

Abends, kurz vor neun, klopfte es an der Tür.

»Bist du bereit?«, fragte Mohammed.

Justin verstand zuerst nicht. Dann sah er, dass Mohammed die Kamera immer noch umgehängt hatte, und sprang auf. »Und wie!«

Beim Hinausgehen stieß Mohammed Justin mit dem Ellbogen in die Seite. »Schau.« Er deutete auf seine ausgebeulte Tasche. Als Justin ihn verständnislos ansah, griff Mohammed hinein und holte einen schweren Revolver mit kurzem Lauf heraus.

»Zu unserer Sicherheit«, sagte er.

Eine Stunde lang passierte gar nichts. Justins Euphorie war inzwischen verebbt, er begann sich zu langweilen. Daran konnte auch der Revolver nichts ändern, den Mohammed in den ersten zwanzig Minuten drei Mal aus der Tasche holen musste, weil Justin ihn berühren wollte. Es war Nacht geworden und Justin wünschte sich, eine Jacke mitgenommen zu haben.

»Kein Mensch. Ich verstehe es nicht. Erwartet dein Papa nicht Gäste?«

»Die kommen immer erst später.«

Da schien Justin eine Idee zu haben. Seine Augen wurden groß. »Kann es denn sein, dass einer von den Gästen ...«

Mohammed dachte nach. Dann zuckte er mit den Schultern. »Kann sein.«

»Du kennst die nicht?«

Mohammed schüttelte den Kopf.

»Es ist egal«, sagte Justin. »Wir fotografieren sie alle. Dann geben wir die Fotos einfach der Polizei.«

Der Gedanke schien ihm zu gefallen. Sie warteten weiter.

Nach einer halben Stunde tauchte eine Gestalt auf und läutete an der Tür. Mohammed machte Fotos.

»Einer von den Gästen?«, flüsterte Justin.

Mohammed nickte.

Noch ein Gast tauchte auf, Mohammed machte Fotos. Er wartete, bis die Ankommenden im Licht des Hauseingangs standen. Die Kamera hatte er auf einem Ast aufgelegt, dann verwackelten die Bilder nicht so.

»He, wer ist das denn?«

Mohammed versuchte zu erkennen, wen Justin meinte. Alles war ruhig, da war niemand.

»Na da!«, sagte Justin und zeigte mit dem Finger in die Dunkelheit. Da sah auch Mohammed die Gestalt. Der Umriss eines Menschen, schwer zu sehen. Neben einem Baum stand jemand und bewegte sich nicht.

Das ist er, dachte Mohammed.

Er wusste nicht, woher diese plötzliche Ahnung kam, aber er war sich auf einmal ganz sicher. Die Gestalt trug eine Kapuze und schien die beiden Burschen nicht bemerkt zu haben. Sie war dem Eingang zugewandt und schien ebenfalls die Ankommenden zu beobachten.

»Komm, wir müssen näher hin«, sagte Justin.

»Warte!«, zischte Mohammed, doch sein Freund war bereits aus dem Versteck geschlichen.

Mohammed verfluchte Justin im Stillen, während er überlegte, ob er ihm folgen sollte. Er bereute plötzlich, den Revolver in der Tasche zu haben. Das Ding kam ihm schwer und nutzlos vor. Herausholen konnte er ihn sowieso nicht. Was, wenn der Mörder des Hundes ihn sah? Niemand konnte sagen, was dann passieren würde. Justin ging hinter einem anderen Gebüsch in Deckung und winkte Mohammed.

Fluchend verließ auch Mohammed das Versteck und lief auf das Gebüsch zu.

Dabei musste er ein falsches Geräusch gemacht haben, denn die Gestalt bewegte sich auf einmal. Mohammed warf sich blitzschnell zu Boden und blieb dort regungslos liegen.

Alles war still. Auch von Justin war kein Mucks zu hören. Doch Mohammed glaubte, den Blick des Mannes auf seinem Hinterkopf zu spüren. Er hatte sich zu ihnen umgedreht. Er musste sie bemerkt haben.

Doch nichts passierte. Nach einer gefühlten Ewigkeit wagte Mohammed sich aufzurichten.

Die Gestalt war verschwunden.

Mohammed robbte zu Justin.

»Alter, du hast ihn verscheucht!«, sagte Justin.

»Was? Du hast ihn verscheucht! Wir hätten nie aus dem Versteck herauskommen sollen!«

»Das ist deine Schuld!«

»Nein, deine!«

Als beiden die Argumente ausgingen, entwickelte sich das Wortgefecht zu einer Rangelei. Mohammed packte etwas härter zu als sonst, er war wirklich wütend auf Justin.

Von wegen Detektiv. Er, Mohammed, war der Detektiv, Justin behinderte ihn doch nur. Und nun hatte er auch noch den Mörder verscheucht. Sie würden ihn nie erwischen.

Justin war kein Freund. Sie hatten nur eine Zeitlang miteinander gespielt, das war alles. Eine Freundschaft mit Justin zahlte sich nicht aus, es hatte keinen Sinn, sein Freund zu sein. Justin war einfach nur ein Feigling. Alleine war er ein viel besserer Detektiv, das verstand Mohammed nun.

Er war so beschäftigt damit, Justin in den Schwitzkasten zu bekommen, dass er das Knacken nicht hörte. Bevor er reagieren konnte, wurde er gepackt und hochgehoben. Mehr als einen kurzen Schrei der Verwunderung brachte er nicht heraus, dann lief jemand mit ihm durch den Innenhof, Mohammeds Wange rieb an einem rauen Stoff, der nach Plastik roch. Alles ging so schnell, dass er sich nicht wehrte. Er spürte, wie der Träger der Kamera von seinem Arm rutschte. Mit einem Klirren schlug sie auf dem Boden auf, doch der Mann, der ihn trug, wurde nicht langsamer. Erst als sie den nächsten Innenhof erreichten, blieb er stehen. Mohammed erkannte schwarze, geschnürte Stiefel. Er versuchte sich zu befreien, doch der Mann war zu stark.

Plötzlich hörte er hinter sich einen lauten Knall, der zwischen den Häuserfronten verhallte, dann noch einen. Jemand rief etwas, das Mohammed nicht verstand. Vor ihm wurde eine Autotür geöffnet und man steckte ihn auf die Rückbank. Auf einmal saß Justin neben ihm. Selbst im gedämpften Licht der Straßenlaterne sah Mohammed, wie bleich sein Freund war. Er blickte aus dem Fenster, wo er schemenhaft Gestalten erkannte, Männer in Kampfanzügen mit Helmen auf dem Kopf, wie Soldaten. Da entdeckte er ein Gesicht, das ihm bekannt vorkam. Zuerst konnte er es nicht zuordnen, es dauerte eine Weile, bis er den Polizisten aus Kramers Wohnung erkannte. Im Kampfanzug sah er ganz fremd aus. Das Lächeln von vorhin war verschwunden.

Warum sie hierhergebracht wurden, war Mohammed nach wie vor ein Rätsel. Aber er verstand, dass er nun in den Händen der Polizei war. Und dass es hier nicht um den Hund ging, sondern um etwas völlig anderes.

Mohammed dachte an die Kamera, und ihm war schlecht. Das würde Stress geben. So richtigen Stress. Die

Pistole schien der Polizist noch nicht bemerkt zu haben. Er musste sie unbedingt unauffällig zurück in die Wohnung bringen, sonst war er so gut wie tot.

So saß Mohammed im Auto und horchte in die Nacht hinaus, doch er hörte nichts mehr, keine Schüsse, keine Rufe. Es war geradezu gespenstisch still. Bis Sirenen ertönten. Die Hauswände wurden in buntes, flackerndes Licht getaucht.

»Es ist vorbei«, sagte der Polizist draußen plötzlich zu seinem Kollegen. »Scheiße. Warum schießen die überhaupt?«

»Sollen wir rübergehen?«

»Was machen wir mit den Jungs? Wir können sie hier nicht sitzenlassen.«

»Nehmen wir sie mit.«

Mohammed hatte ein mulmiges Gefühl, als sie sich den geparkten Einsatzfahrzeugen näherten. Polizeiautos, Rettungsautos. Er sah die kaputte Kamera auf dem Boden liegen, doch niemand machte Anstalten, sie aufzuheben. Ein Kollege kam auf die beiden Polizisten zu. Er trug ebenfalls einen Helm und eine schusssichere Weste.

»Und? Habt ihr ihn?«, fragte der Polizist, der Mohammed festhielt. Der andere schüttelte den Kopf.

»Immer noch nicht? Scheiße. Warum schießt ihr dann? Vielleicht war er gar nicht da.«

»Er war die letzten drei Wochen immer hier, jeden Donnerstag.«

»Wer hat das gesagt? Die Alte? Deren Hund er angeblich erschossen hat? So ein Schwachsinn.«

»Der Chef hat gesagt, wir sollen reingehen. Du weißt, wie gefährlich Salan ist. Er war fünf Jahre beim IS. Wir müssen ihn finden.«

»Justin?«

Schemenhaft sahen sie einen Mann auf sich zukommen. Justin riss sich von seinem Begleiter los.

»Wo warst du denn?«, sagte der Mann, den Mohammed als Herrn Sedlacek erkannte. Er nahm seinen Sohn in die Arme.

Mohammed sah sich um. Seinen Vater entdeckte er nirgends. Stattdessen wurde eine Trage aus dem Haus gebracht. Darauf lag jemand, zugedeckt und mit einer Sauerstoffmaske vor dem Gesicht. Ein Rettungssanitäter hielt einen Infusionsbeutel in die Höhe.

»Wird er es schaffen?«, fragte einer der Polizisten.

»Sieht nicht gut aus.«

»Ich verstehe es nicht. Wenn Salan gar nicht da war, warum hat er sich dann gewehrt?«

»Das ist so ein kulturelles Ding bei denen. Gastfreundschaft geht über alles. Nie gehört? Hat irgendwas mit der Religion zu tun. Da waren mehrere Männer in seiner Wohnung. Er hat sich vor sie gestellt.«

»Aber er war nicht bewaffnet?«

»Nein, offensichtlich nicht. Dabei hatte er eine Pistole, ganz legal. Wir haben sie noch nicht gefunden.«

»Das gibt richtig Ärger.«

Plötzlich waren Schreie zu hören. Eine Frau wurde ins Freie geführt. Sie weinte und schlug um sich, ein Polizist hielt sie umklammert und zerrte sie zu einem der Streifenwagen. Niemand hielt Mohammed fest. Er trat einen Schritt nach vorn. »Mama?«

Ein Polizist neben dem Rettungsauto entdeckte Mohammed und lief auf ihn zu.

»Der Kleine, bringt ihn weg, er soll das nicht sehen!«

Justin sah die Frau ebenfalls. Gebannt starrte er sie und den Verletzten auf der Bahre an, die gerade ins Rettungsauto geschoben wurde.

Der Polizist erreichte Mohammed und nahm ihn an der Hand, um ihn wegzuführen, doch plötzlich war Justin bei ihnen und hielt Mohammed zurück. Er legte ihm die Hand auf die Schulter. Herr Sedlacek und der Polizist sahen zu, ohne sie zu unterbrechen. Justin umarmte Mohammed. Als er fertig war, ging er zurück zu seinem Vater.

»Komm, gehen wir rein«, sagte Herr Sedlacek.

Franz Zeller

Zerfall

Der Tiger auf dem Küchentisch

Der Tod seiner Frau hatte ihn doch mehr aus der Bahn geworfen, als er sich eingestehen wollte. Da fuhren sie endlich einmal im Sommer ans Meer und dann das. Ein gebratener Fisch mit Salzkartoffeln, eine Meerbrasse »a la casa«, garniert mit ein paar Muscheln, und zwei Tage später war Emmy in Jesolo tot neben ihm im Bett gelegen. Zwar hatte sie vorher Bauchschmerzen gehabt und auch einmal über Sehstörungen geklagt, die Unpässlichkeiten aber auf einen kleinen Sonnenstich zurückgeführt. Oder ihn, Alfred, nur beruhigen wollen. Schließlich war es ihr erster Urlaub am Meer gewesen, und so wie er Emmy kannte, hatte sie wohl auch geflunkert, um ihm nicht mit Sorgen den Urlaub zu verderben. Wer dachte schon an eine Fischvergiftung. Noch immer lagen irgendwo zehntausend Lire in einer Schublade. Er hatte es nicht übers Herz gebracht, das Geld in Schilling zurückzuwechseln.

Drei Jahre war das nun her. Just in dem Jahr, als Kreisky zum zweiten Mal die Absolute gewann.

Immer wenn es Richtung Juli ging, spürte Alfred erneut diese Unruhe, die ihn fürchten ließ, alles würde nun zerfallen und sein Leben auseinanderbrechen wie eine tönerne Puppe, seine geliebte Konsum-Filiale eingeschlossen. Das Instrument dieses Zerbrechens lag in einer Schublade des Küchentisches, ein Maurerfäustel, das sich selbst jetzt noch staubig und blutig anfühlte, obwohl er es mehrfach in Seifenlauge geschrubbt hatte.

Natürlich hatte er auch Emmy in der Konsum-Familie kennengelernt. Ende der Fünfzigerjahre war das gewesen, während einer Schulung im Konsumbildungsheim auf der Hohen Warte. Damals stand er noch ganz am Beginn seiner Laufbahn, ein einfacher Verkäufer in einer Filiale im dritten Bezirk, lange bevor er an der Breitenfurter Straße Filialleiter wurde. Mitte zwanzig war er damals, kaum älter als Emmy, die sich bei den Frauen in der Konsumgenossenschaft engagierte und etwa am Muttertag die Spitäler in Wien abklapperte, um den Neugeborenen gestrickte Patscherl zu schenken. Danach sechzehn Jahre so etwas wie Glück.

Ein Schrei von draußen holte ihn aus seinen Gedanken, es klang nach Berti. Aber der musste mittlerweile längst in der Schule sein. Mit einem entschiedenen tiefen Atemzug stand er vom Küchentisch auf und verließ die Wohnung. Kurz darauf begegnete ihm der überdimensionale Hausmeister Slavik auf der Sechserstiege. Er grüßte den miefig riechenden Mann nur widerwillig, aber doch, weil es sich gehörte. Mit gesenktem Kopf ging er über die schmalen Betonwege hinunter zur Breitenfurter Straße. Über die großen Buchstaben des Geschäfts sah er noch einmal nachdenklich zurück auf den Johann-Radfux-Hof. So sah das moderne Wien aus: keine roten Ziegelsteinbauten mehr wie im Rabenhof, sondern effiziente Kästen, unverspielte Fertigteilblöcke, die vielen Arbeiterinnen und Arbeitern rasch Unterkunft gaben. Klar, dass hier auch eine Konsumfiliale nicht fehlen durfte. Sie gehörte zu den Gemeindebauten wie die Arbeiter zu Wien und Emmy zu ihm.

»Guten Morgen, Herr Köhler«, grüßten ihn der Lehrling und Frau Slavik fast unisono. Die schlanke Frau war gerade einmal vierzig und hatte schon graue Strähnen zwischen ihren dunklen Locken. Mit einem raschen Blick versuchte er zu erkennen, ob ihr Gesicht wieder Rötungen oder blaue Flecken zeigte. Dann nickte er den beiden zu und versuchte zu lächeln.

Wenn sie gewusst hätten, wie wenig Respekt er mittlerweile eigentlich verdiente. Aber trotzdem war es gut gewesen, was er getan hatte.

Aufrecht und flott ging er durch die Regalreihen. Als Leiter hatte man keine Schwächen. Man war nicht müde, und man stand für das gemeinsame genossenschaftliche Projekt ein. Das Preisschild beim Cirkel-Kaffee hing schief. Neununddreißig Schilling neunzig für ein Viertelkilo. Das war noch immer ein Vorzeigepreis. Trotzdem schwächelten die Hausmarken. Seit ein paar Jahren hatten die Leute wieder Geld und kauften lieber das, was sie im Fernsehen sahen, von Coca Cola bis Persil. Der coop-Rum blieb liegen, während die Marke Stroh den Leuten aus irgendeinem Grund viel besser in den Ohren klang. War Solidarität eine Frage des Einkommens, musste alles auseinanderfallen, nur weil die Arbeiterschaft plötzlich zu einem bescheidenen Wohlstand kam?

Seit sie Geld hatten, kauften sich die Leute Autos. Und erledigten ihre Einkäufe auf dem Weg zwischen Wohnung und Arbeit oder fuhren am Wochenende nach Vösendorf und in die anderen großen Märkte. Vierzigtausend Artikel hatte allein der Konsumgroßmarkt in Vösendorf in seinen Regalen, da konnte er mit seinen dreitausend nicht mithalten.

Mit einem Kopfschütteln rückte Alfred das Preisschild gerade. Vor kurzem hatten sie ein einheitliches Logo zum Konsum-Schriftzug dazubekommen. Auf allen Läden prangte jetzt das Unendlichkeitszeichen. Aber was war schon unendlich?

Bei zwei Leben hatte er die Endlichkeit, vorsichtig gesprochen, beschleunigt.

Irgendwie hatte es bei ihm und Emmy mit Kindern nicht geklappt. Eine Weile hatten sie sich deswegen gegrämt, dann hatten sie es akzeptiert. Aus diesem Grund wohl war ihm Berti von der Elferstiege ans Herz gewachsen. Er kam immer mit einem Zettel einkaufen, obwohl sie längst auf Selbstbedienung umgestellt hatten.

Berti war ein für sein Alter sehr kleiner Junge. Mit acht Jahren maß er kaum mehr als einen Meter zwanzig, seine Arme und Beine waren dünn. Nicht, weil er zu wenig zu essen bekommen hätte. Er war einfach schmal und wirkte verletzlich. Die langen Wimpern gaben seinen großen, tiefliegenden Augen etwas leicht Melancholisches.

Wirklich zu leben begann Berti am Fußballplatz. Nach Emmys Tod ging Alfred in Atzgersdorf immer wieder einmal auf eine brache Wiese und kickte mit dem Buben, darüber hinaus trainierte er mit einer Knabenmannschaft. Berti erzählte nie viel von daheim, aber wenn er einen Ball am Fuß hatte, verwandelte er sich in ein fröhliches Kind, dem plötzlich die ganze Welt gehörte. Dann stieß er auch Freudenschreie aus, wenn er Alfred ein Gurkerl schob oder ihn mit einer Körpertäuschung überdribbelte.

Bei seinen Besuchen im Geschäft war er ein ganz anderes Kind. Irgendwie gedrückt. Still. Ein Mensch, der keinen Lärm in dieser Welt machen wollte. Er händigte Alfred normalerweise stumm die Einkaufsliste aus. Der half ihm, die Sachen zusammenzutragen. Die Familie kaufte vor allem Konsum-Hausmarken, nur ab und zu landeten Kostbarkeiten wie der gelb-rote Alma-Schinkenschmelzkäse mit den drei in Goldfolie verpackten Ecken im Einkaufskorb. Berti hatte das Geld meist fast bis auf den Schilling genau mit.

Anschreiben hätte es selbst für Berti nicht gegeben. Alfred konnte seine Prinzipien nicht verraten. Der Konsum stand für Barzahlung und dafür, dass man nicht mehr ausgab, als man einnahm. Bertis Vater arbeitete als Mechaniker bei Opel »Beyschlaf«, wie die Leute vom Johann-Radfux-Hof den Autohändler immer verballhornten. Hin und wieder steckte ihm Alfred ein Dreh-und-Trink zu, das er natürlich ordnungsgemäß bezahlte.

Und dann kam der Juni des Jahres 1976, es war Samstag. Elf Monate waren seit Emmys Tod vergangen. Fast genau zwei Jahre war das her. Alfred war unruhig. Schon in der Früh hatte er sich den linken Unterarm aufgekratzt, ohne es zu merken. Als er bereits im Hof unten stand, kehrte er noch einmal um, weil er das Gefühl hatte, den Herd nicht ausgeschaltet zu haben. Aber er hatte sich getäuscht.

Berti stand bereits kurz nach acht in der Filiale. Wieder drückte er Alfred wortlos seine Einkaufsliste in die Hand. Alfred tat sich schwer beim Lesen, es war nicht die Handschrift, die er kannte. Vor allem die Zahlen waren so undeutlich geschrieben, dass er nicht wusste, wie viel Zucker oder Mehl er Berti einpacken sollte.

»Was soll das heißen, Berti?«, fragte er leise und hielt dem schmächtigen Buben die Liste hin.

Der warf nur einen kurzen Blick darauf und zuckte mit den Schultern.

»Hat dir deine Mutter die Liste nicht erklärt?«

Berti schüttelte wieder nur den Kopf. Seine dünnen Arme hingen an ihm, als hätten sie sich völlig losgelöst.

»Was ist los, Berti?«

Der Junge sah wieder an Alfred vorbei.

»Onkel Herrmann hat die Liste geschrieben. Ihn müssen Sie fragen, Herr Alfred.«

Dann rannen ihm ein paar Tränen über die Wange. Sein Gesicht bebte, aber er unterdrückte das Schluchzen und weinte lautlos, während sich sein schmaler Brustkorb heftig hob und senkte. Alfred konnte ihn kaum ansehen dabei, er glaubte sich selbst beim Weinen zu beobachten. Kurz strich er dem Buben über die Schulter und packte dann weiter Einkäufe in den Korb. Er brauchte die Zeit zum Überlegen.

Wenig später zog er den Buben in Richtung der Kelly's Chips, die Berti so mochte, blieb aber kurz davor stehen. »Magst du mir nicht sagen, was los ist, Berti?«, versuchte er es noch einmal.

Der schlaksige Junge schüttelte den Kopf, begann aber gleichzeitig in wirren Stichworten zu erzählen, als sollten die Wörter in ihm drinbleiben und wollten sich gleichzeitig befreien.

Alfred hörte ihm nur ruhig zu, bis ihn Berti erschöpft und wund ansah. Sein Kopf wackelte leicht dabei, als müsste er sich von nun an ewig über diese Welt wundern, in die er geboren worden war.

»Und hast du deinem Vater erzählt, was der Onkel Herrmann immer mit dir macht, Berti?«

Der Bub nickte. »Einmal.«

»Und?«

»Ich habe nur eine mordstrumm Watschn bekommen. Und dass ich das ja nie mehr sagen soll. Und niemandem erzählen darf. Aber heute Nacht ist es wieder passiert. Ich musste bei Onkel Herrmann übernachten, weil meine Eltern auf einer Hochzeit in Graz sind.«

Berti sah jetzt an Alfred vorbei.

»Darf ich Sie um etwas bitten, Herr Alfred?«

»Freilich, Berti.«

»Dürfte ich meine Hände waschen und den Mund ausspülen? Ich hab das eh schon ein paar Mal gemacht, aber das Gefühl geht nicht weg.«

Alfred deutete nur stumm auf eine Tür und hatte dabei einen Kloß im Hals.

Als Berti vom Waschraum zurückkam und seinen grünen Hunderter an der Kasse abgegeben hatte, griff er nach dem Korb.

»Nein«, sagte Alfred, »den trage ich dir heim. Der ist zu schwer für dich.«

»Ist doch nicht schwerer als sonst«, antwortete Berti.

»Außerdem muss ich deinen Onkel fragen, ob ich etwas nachliefern muss. Seine Zahlen am Zettel waren ja nicht zu lesen. Ich sag ihm, dass er in Zukunft deutlicher schreiben soll. Du zeigst mir den Weg.«

Berti ging zögerlich auf das lange achtstöckige Gebäude an der Breitenfurter Straße zu, es war weitaus höher als die anderen Häuser im Johann-Radfux-Hof. Wenig später öffnete ihnen ein unscheinbarer Mann Mitte dreißig. Alfred kannte ihn vom Sehen, er wirkte wie ein kleiner Angestellter, rasiert, ein Durchschnittstyp, den man gleich wieder vergaß, wenn man nicht ständig mit ihm zu tun hatte.

»Ich hoffe, der Einkauf passt. Ich konnte die Zahlen nicht lesen. Sonst bringe ich Ihnen die fehlende Menge nach, Herr ...«

»Simlinger«, ergänzte Bertis Onkel.

Also war er der Bruder von Bertis Vater, da er den gleichen Namen trug.

Alfred drückte Berti den Einkaufskorb in die Hand. »Bitte trag ihn in die Küche«, sagte er und tätschelte ihm leicht auf den Hinterkopf, wie um ihn anzuschieben.

Als Berti außer Hörweite war, sprach er ganz ruhig weiter und versuchte gleichzeitig alle Autorität in seine Stimme zu legen, die ihm aufgrund seiner Position und seines höheren Alters möglich war. »Lassen Sie den Buben in Ruhe, Herr Simlinger. Der gehört mir. Ich verstehe da keinen Spaß. Aber ich besorge Ihnen Ersatz.«

Herrmann Simlinger sah den Filialleiter in seinem Arbeitsmantel kurz erschrocken an. Er atmete hörbar aus, während seine Augen noch einmal einen Augenblick irritiert flackerten. Dann schien er in Alfred seinesgleichen zu erkennen.

»Ich weiß nicht, was Sie meinen.«

»Sie greifen Berti nicht mehr an. Und spätestens morgen Abend habe ich Ersatz für Sie, ungefähr dasselbe Alter. Versprochen.«

Alfred streckte dem Mann die Hand hin. Der nickte und schlug ein.

Danach folgten fast sechsunddreißig Stunden Hölle. Alfred bekam das Bild des weinenden Buben und wie er ihn bei Herrmann Simlinger zurücklassen hatte müssen nicht mehr aus seinem Kopf. Er brauchte schnell eine Lösung. Gegen Geschäftsschluss kaufte er eine Packung

Linde-Kaffee. Berti sammelte die Plastiktiere, die im Malzkaffee versteckt waren. Daheim riss Alfred die Packung sofort auf und wühlte nach der verborgenen Figur. Es war ein Tiger, den er aus dem blau-weißen Päckchen zog. Er war noch mit Kaffeeresten bedeckt, trotzdem stellte Alfred den Tiger in die Mitte des Küchentisches und blickte ihn immer wieder an, als hielte das Tier eine Lösung bereit. Danach brühte er sich eine Tasse auf. Der Linde-Kaffee würde ihn wenigstens nicht vom Schlafen abhalten.

Um halb acht abends starrte er die drei Männer mit Brillen an, die wie aufgrund einer geheimen Verabredung in den Papieren vor sich wühlten. Hinter ihrem Rücken baute sich aus vier Strichen eine »1« auf, bis endlich der Schriftzug »Zeit im Bild« sichtbar wurde und die Männer aufblickten. Er nahm nur entfernt wahr, dass von einem Volksaufstand in Polen geredet wurde. Den Fernseher hatte er 1972 mit Emmy gekauft, ein großer brauner Würfel mit einer Reihe von Rädern unter der Bildröhre. Aber selbst die Gedanken an Emmy halfen ihm nicht. Später lief der quirlige Hans Rosenthal über die Fernsehbühne, dahinter entstand nach und nach aus Fragmenten ein Bild, das die Spieler so früh wie möglich erraten mussten, schließlich skizzierte Schnellzeichner Oskar einen Publikumspreis. Der Kaffee war mittlerweile kalt, nur der Tiger sah Alfred an.

Um vier Uhr früh wurde er am Tisch wach. Er legte sich ins Bett und versuchte wieder einzuschlafen. Aber mittlerweile spielte »Die kleine Kneipe« von Peter

Alexander in seinem Kopf. Und das bedeutete, er würde wach bleiben. Trotzdem musste er in der Früh noch einmal eingeschlafen sein, weil er durch das Läuten an der Wohnungstür hochschreckte.

Draußen stand der Pribil. Er wohnte auf derselben Stiege und trug einen blauen Werkzeugkoffer in der Hand. Alfred kannte ihn von den Atzgersdorfer Sozialisten.

»Du hast gesagt, ich soll heute vorbeischauen und den Hahn abdichten, Fredl.«

»Hab schlecht geschlafen«, entschuldigte sich Alfred und bat Pribil herein. Ohne nachzudenken trank er den kalten Malzkaffee weiter, während er seinem Genossen dabei zusah, wie er Hanf um ein Gewinde wickelte und eine Dichtung austauschte.

Nach einer Viertelstunde war Pribil mit der Arbeit fertig und warf seine Rohrzange in den offenen Werkzeugkasten. »Ich geh mir nur schnell die Hände waschen.«

»Du weißt ja, wo das Bad ist«, sagte Alfred und blieb sitzen. Wieder sah er auf den Plastiktiger in der Tischmitte. Dann folgte er dessen Blick. Der Tiger starrte in den Werkzeugkasten. Dort lag in einem staubigen Fach neben einem Stemmeisen ein schon stark abgenütztes Maurerfäustel. Zweimal sah Alfred zwischen dem Tier und dem schweren Hammer hin und her. Schließlich nahm er das Fäustel leise aus der Kiste und versteckte es in der Tischschublade.

Sonntagmittags riss er einen leeren Zettel aus dem Heft, in dem Emmy immer die Einnahmen und Ausgaben aufgezeichnet hatte. Sie würde ihm verzeihen. Dann holte er die alte Olympia-Schreibmaschine hervor und spannte das Papier ein. Mit einem peitschenden Geräusch schlugen die Lettern auf die Walze.

Wie besprochen: um 21 Uhr beim Tümpel an der Schlossparkgasse. Gib dem Knaben fünf Schilling oder kauf ihm ein Brickerl. Das reicht.

Den Zettel schob er wenig später unter Simlingers Tür durch. Dann wartete er. Das Ave Maria im nachmittäglichen Wunschkonzert ging spurlos an ihm vorbei, es war eine Geräuschkulisse, die ihm das Alleinsein erträglicher machte.

Er brach schon kurz vor acht Uhr abends zum Wald neben der Schlossparkgasse auf. Dort strich er unruhig hin und her, spazierte bis zum Schloss Erlaa und wieder zurück, um sich bei der Einmündung der Gasse zu verbergen, wo Simlinger aller Voraussicht nach entlangkommen musste, wenn er nicht kalte Füße bekommen hatte. Der schwere Hammer zog die rechte Tasche seiner Jacke weit hinunter. Der Himmel zwischen den Baumkronen leuchtete noch immer bläulich-hell, aber im Wald war es endlich dunkel geworden.

Als knapp nach neun noch immer nichts von dem Mann zu sehen war, beschloss er zurückzugehen und an dessen Wohnungstür zu klopfen. Da sah er ihn von der Schlossparkgasse auf den Weg abbiegen. Er tastete nach dem Stiel des Maurerfäustels und hatte Mühe, den Hammer aus seiner Jacke zu bekommen.

Danach musste alles sehr schnell gegangen sein. Alfred kam erst wieder zu sich, als er Simlinger zerschmettert vor sich liegen sah. Er musste viele Male auf ihn eingeschlagen haben, auch noch, als der Mann schon am Boden lag. Es dauerte zwei Stunden, bis er ihn verscharrt hatte. Natürlich hatte er nicht an das *Danach* gedacht und sich weder überlegt, wie noch wo er den Toten ohne viele Spuren loswerden konnte. Erst gegen Mitternacht wagte er sich an einer dunklen Stelle aus dem Wald.

Der Tote wurde erst Tage später von einem Spaziergänger mit Hund entdeckt. Da zeigte er schon deutliche Spuren von Tierfraß. Darüber hinaus hatte ein heftiger Regen Alfreds Fußabdrücke beseitigt. Als die Polizei auch zwei Wochen später nicht bei ihm läutete, erschien es ihm immer wahrscheinlicher, dass er unentdeckt davonkommen würde.

Vor einem Jahr, im Juni 1977, hatte ihn wieder dieselbe Unruhe befallen. Schon längere Zeit hatte er den jungen Weißgerber beobachtet, ein langhaariger Nichtsnutz, der immer im Gemeindebau herumlungerte und offensichtlich nichts arbeitete. Dennoch schien er Geld zu haben. Alfred glaubte, dass er in der Filiale öfter etwas mitgehen ließ. Er erwischte ihn aber nie dabei. Im Juni letzten Jahres kam er dann drauf, wie Weißgerber sein Geld verdiente. Er dealte mit Hasch und verkaufte die Drogen auch schon an Sechzehnjährige im Gemeindebau. Das Teufelszeug machte die Menschen zu abgestumpften, nutzlosen Außenseitern der Gesellschaft.

Dieses Mal plante Alfred etwas weiter als im Jahr davor. Er lockte Weißgerber unter dem Vorwand, ihm auch Heroin zum Dealen verkaufen zu können, hinaus an die Donau, nahe dem »Friedhof der Namenlosen«. Dort ließ er die Leiche mit Steinen beschwert im Wasser verschwinden.

Und jetzt, ein Jahr später, wusste er, wer der Nächste sein würde. Eben ging Frau Slavik an ihm vorbei und schlichtete Kartons mit Twinny und Jolly neben der Kasse in die Tiefkühltruhe. Er hatte sich nicht getäuscht. Das Jochbein der zierlichen Frau war abermals blau. Der dicke Slavik hatte wohl wieder einen Rappel bekommen und seine schlechte Laune an der Frau ausgelassen.

Als hätte sie seine Gedanken gelesen, sah ihn Lise Slavik ganz kurz mit einem Lächeln an. Er würde sie vom Hausmeister Slavik befreien, daran bestand kein Zweifel. Aber mit dem Berg von einem Mann würde es nicht so einfach sein. Er würde ihn wohl dort liegen lassen müssen, wo er hinfiel.

Am Abend, während Chris Lohner das Programm ansagte, wusste er plötzlich, wie es gehen könnte. Einmal im Monat, immer am dritten Samstagabend, kehrte Slavik den Keller im Haus. Das war die einzige Gelegenheit, ihn mit Sicherheit ganz allein anzutreffen. Wenn er unten Staub aufwirbelte, wollte keiner in seiner Nähe sein.

Vier Tage später nahm Alfred das Maurerfäustel aus der Tischlade. Zur Sicherheit wischte er den schweren

Metallkopf und den Stiel mit einem Tuch ab. Sollte er es wider Erwarten verlieren, würden wenigstens keine Fingerabdrücke drauf sein. Vielleicht ging es ja nicht immer so glatt wie die zwei vorigen Male.

Gegen neunzehn Uhr zog er sich einen Lederhandschuh über und steckte seine Hand samt dem Hammer in ein Konsum-Sackerl. Es war ruhig im Stiegenhaus. Leise ging er ins Erdgeschoß hinunter. Dort hörte er schon das rhythmische Geräusch des Birkenreisigs, wie es über den Boden wischte.

Geräuschlos nahm er die paar Stufen ins Kellergeschoß. Hinter der Ecke sah er Slavik in seiner ganzen schwitzenden Fülle in die Arbeit vertieft. Als er ihm den Rücken zukehrte, zog er das Maurerfäustel aus der Tasche. Dann sprintete er, gedeckt vom Lärm des Besens, auf den Fleischberg Slavik zu und hob den Hammer.

In diesem Augenblick drehte sich Slavik um und schlug ihm den Hammer aus der Hand. Kurz starrte der Hausmeister verblüfft auf die Waffe am Boden, dann boxte er Alfred ansatzlos auf das Kinn. Ihm wurde schwarz vor den Augen.

Alfred fror, als er zu sich kam. Er lag auf einem weißen Fliesenboden, der ungewöhnlich kalt war. Erst nach und nach erkannte Alfred seine Umgebung. Das Vieh Slavik hatte ihn im Kühlraum der Filiale abgelegt. Glücklicherweise stand die Tür offen. Mit einem Ächzen erhob er sich. In diesem Augenblick erschien der Fleischberg in der Tür und das fahle Licht dahinter wurde noch fahler.

»Hast du dir so gedacht«, sagte Slavik. »Ich bin vielleicht nicht mehr der Schlankste, aber mein Boxersensorium funktioniert noch. Glaubst du, ich hab nicht gemerkt, wie du die Lise immer anstarrst? Ab jetzt aber nimmer, gelt? Sag mir nur eins: das Maurerfäustel, das hast du schon vorher benutzt, oder? Als man den Simlinger vor zwei Jahren übel zugerichtet gefunden hat, haben die Kieberer ja auf so einen Maurerhammer getippt.«

Alfred schwieg.

»Musst auch nix sagen, es ist mir jetzt sowieso wurscht. Ich muss eh nur zwei und zwei zusammenzählen. Du und der Berti, und dann der Simlinger mit seinen Neigungen. Ich kenn mich aus. Wenn du jetzt weg bist als Filialleiter, dann kauf ich auch wieder hier ein und nicht mehr beim Spar. Und jetzt geh ich heim und steck den Konsumschlüssel zurück in die Tasche von der Lise. Und ich werde nie hier gewesen sein.«

Das Letzte, was Alfred sah, als Slavik die mächtige Kühlraumtür schloss, war ein blaues Unendlichkeitszeichen, das von der Decke baumelte und sich im Luftzug plötzlich drehte. Dann rastete die Tür ein.

Erst nach einer Schrecksekunde lief Alfred zur Tür und tastete in der Dunkelheit nach einem Hebel. Aber er wusste, dass sie von innen nicht zu öffnen war. Trotzdem hämmerte er gegen die Tür, trat gegen das Metall, schließlich flehte er Slavik an.

Nichts rührte sich hinter der Metalltür.

Langsam spürte er, wie ihn die Kälte erschöpfte. Außerdem waren diese Kühlräume luftdicht. Es würde fast sechsunddreißig Stunden dauern, bis am Montag wieder jemand in die Filiale kam. Das würde er weder von der Kälte noch vom verfügbaren Sauerstoff her durchstehen.

Geraume Zeit schlug er mit seiner noch immer behandschuhten Hand gegen die Tür, schrie, bis er heiser war. Vergebens.

Erst kürzlich hatte er für Ende September einen Ausflug für Konsummitglieder gebucht, eine Schifffahrt nach Pressburg mit der »Stadt Passau« um hundertneunzig Schilling inklusive Mittagessen. Er hatte gehofft, auch Lise Slavik dazu überreden zu können. Schließlich würden sie an Bord zollfrei einkaufen können. Außerdem spielten »Los Tschecherantos« am Schiff. Aber mit dieser Ausfahrt würde es jetzt wohl nichts mehr werden.

Beatrix Kramlovsky

Im Tischtennisraum

An einem Nachmittag in Liesing

Ping pong.

Ping pong.

Die alte Navratil hörte noch gut genug, um sich darüber zu ärgern. Das war das Problem, wenn man hinten hinaus ebenerdig wohnte: man sah, wer auf die Autos pinkelte, man hörte, wer spät heimkam, und es hob einen aus, wenn die Halbwüchsigen unten im Gemeinschaftsraum Tischtennis spielten. Früher war das der Abstellplatz für die Kinderwagen gewesen. Dann hatten sie im Fahrradraum Platz dafür geschaffen. Kinder gab's sowieso weniger jetzt. Und dann hatten sie neue Schlösser angebracht, weil so viel gestohlen wurde.

Früher hatte sie unterirdisch fast die ganze Länge des Liesinger Platzes entlanggehen können, wurde beim Einkaufen nicht nass und konnte sehen, was die anderen Parteien, auch auf den anderen Stiegen, in ihren Kellern verstauten. Interessant war das gewesen. Dann verschwanden Sachen. Und dann hieß es, diese Durchgänge seien ein Sicherheitsrisiko. Für wen denn? Für die Bank auf der letzten Stiege? Die Leute von dort hatten sowieso wegen der Tresore keine Kellerabteile und mussten auf die

Nachbarstiege ausweichen. Blödsinn. Der Magistrat wollte bloß das Leben der Mieter schwieriger machen. Jetzt waren die Erstbesiedler fast alle alt. Und das Kroppzeug vom Balkan hatte sich auch eingelebt. Eine Schande, wie das Haus heruntergekommen war. Auch wenn sie die Fassade so fesch hergerichtet hatten. Aber es war nicht mehr wie früher. Alles wurde schlechter. Vor allem das Gsindel. Ihr konnte man nichts vormachen, dazu lebte sie schon zu lange auf dieser Welt.

Die alte Navratil trug die Vase mit den Plastikblumen in die Küche, stellte sie umständlich in die Abwasch, spülte sie ab, trocknete sie außen, schönes Zwiebelmuster, nachgemacht natürlich, schüttelte die Tulpen, steckte sie zurück in den schmalen Hals, schlurfte zurück zum Fensterbrett, stellte das Ding genau in die Mitte, richtete den Store. Drüben im Garten schien jemand unterwegs zu sein. Die Hecken waren in den letzten Jahren zu hoch und zu dicht gewachsen. Die Hilde Perschy vom vierten Stock hatte es da besser. Die konnte in alle Gärten sehen. Mit Frühsonne bis mittags.

Ping pong.

Ping pong.

Ferdl Sinzinger zog sich die fünf Stufen vom Lift bis ins zweite Stockwerk hoch. In der anderen Hand hielt er schon den Schlüssel bereit. Hineingesteckt, umgedreht, aufgemacht, in der Wohnung, endlich. Wieder hatte ihn niemand gesehen. Natürlich war ihm klar, dass sie ihn verdächtigten. Aber erwischt hatten sie ihn noch nie. Er schlurfte ins Schlafzimmer. Seit die Mimi so elendiglich verreckt war, zog er sich die Schuhe nicht mehr aus. Der meiste Dreck fiel sowieso im Stiegenhaus und im Lift ab. Man musste sich nicht um jedes Staubkorn kümmern. Schließlich hatte der Herrgott es entstehen lassen und würde wohl wissen, warum. Nur zum Wegwischen war es sicher nicht da.

Er setzte sich aufs Bett, schob die Hände tief in die Manteltaschen. Wie gut sich das anfühlte. Warm noch vom Trockner, weich und glatt. Wie Streicheln. Seine Augen waren halt nicht mehr so gut. Ob es beige war? Oder Champagner? Oder gar Pfirsich? Eins war dunkel, das hatte er sofort gesehen. Blau oder violett oder höllenschwarz? Vergnügt kicherte er, schluckte dann den Speichel. Aber dafür funktionierten seine Ohren noch tadellos, zumindest für sein Alter. Sonst hätte er vielleicht die Burschen im Tischtennisraum gar nicht gehört. Plumm, plumm, plumm. Und dazwischen die quietschende Tür und die grelle Stimme der Frau aus Nummer neun. Woher kam die schnell? Einen Superbusen hatte die. So weiche Kissen wie die Mimi früher. Genau. Aus Krakau. Kowalska Irena. Putzfrau. Eh klar. Aber bei einer Ärztin und bei einem Rechtsanwalt, richtig angemeldet mit Steuer und Krankenkassa und irgendwann einmal Pension. Eine Resche, immer adrett. Und die hatte mit den Burschen geschimpft. Vermutlich hatte wieder einer ins Stiegenhaus geschifft in der Nacht. Immer dieselben vier, die ihnen allen auf die

Nerven gingen. Also hatte er Zeit gehabt, in die Waschküche zu schlüpfen, wo der Trockner sich gerade abgeschaltet hatte. Glück musste der Mensch haben. Und er hatte immer Glück.

Er nahm die erste Hand aus der Tasche. Zwischen den schrundigen Fingern zerknüllt leuchtete der glatte Stoff, die feine Spitze. Kaum ließ er los, entfalteten sich die Höschen, glitten sanft aufs Bett. Größe vierundvierzig. Ein feiner Popsch, wie zwei Honigmelonen. Ferdl kicherte wieder. Wie die Mimi ganz früher. Die andere Hand öffnete sich. Oh, Pflaumenblau mit schwarzer Spitze! Für wen sich die Kowalska so anzog? Oder taten das die Frauen neuerdings für sich selber? Einfach so, aus Hetz? Oder war es die Mimi, die aus dem Jenseits für ihn sorgte? Ob Tote wirklich alles wussten? Alles? Er legte sich aufs Bett, rückte die Wäsche näher, schob seine Trainingshose hinunter.

Lya Ammar zupfte das Kopftuch ordentlich zurecht, bevor sie läutete. Die Mutter öffnete, den Besen in der Hand, und ging zurück in die Küche. Lya betrat den Gang, schlüpfte aus den Schuhen, schob die Sandalen ihrer kleinen Schwester gerade hin, nahm das Tuch ab, faltete es zusammen, legte es in die Lade, trug die Tasche mit den Einkäufen hinein zur Mutter, die den Boden kehrte.

Andauernd putzte die Mama. Einfach nervig. Und andauernd saß untertags irgendeine ihrer Bekannten am Küchentisch und ließ sich bewirten. Stundenlang. Manchmal ging Mama weg und besuchte auch jemanden, aber das war viel zu selten, fand Lya. Diesmal war die Kurdin von Stiege vier da. Die war wenigstens nett, keine falsche Schlange wie die Türkin, die Mama im Deutschkurs kennengelernt hatte und die ihr erklärte, was richtig und was falsch war. Wieso sich Mama von der so viel sagen ließ, verstand Lya sowieso nicht. Und Papa mit seinen Irakträumen! Der sprach auch nur Arabisch fließend. In ihrer Familie konnte niemand Englisch. Nur sie lernte es. Und das Deutsch der Eltern! Lya erinnerte sich mit Grausen an den Besuch bei der Gynäkologin, wo sie für ihre Mutter gedolmetscht hatte. All diese Weichteile im Bauch, die so schrecklich interessant waren und über die sie auf keinen Fall mit ihrer Mutter hatte reden wollen. Und dazu noch die Angst, in Mamas Bauch könnte etwas nicht in Ordnung sein. Oder gar ein neues Baby. Nein, nein, zwei kleine Geschwister reichten. Und dann, als klar war, dass Mama bloß alt wurde und in die Menopause kam, wollte sie mit Lya doch glatt über Frauensachen reden. Obwohl sie doch eh alles wusste. Wozu gab es Biologie! Da konnte sie ihrer Mutter noch was beibringen! Ja, so lief das hier im Westen. Papa war ganz baff, als ihm Mama später erzählte, dass in Wien Lehrer einem sagen, wie das mit dem Kinderkriegen ist. Was, Männer? Naja, je nachdem, wer halt unterrichtet. Bei Lya war es eben ein Mann gewesen. Wirklich alles? Alles, und über Krankheiten auch. Und das wurde man geprüft? Klar. Man redete über Sex? Als ob ihr das nie getan hättet, hatte Lya erwidert. Ja, schon, vor der

Hochzeit. Das sei Familiensache, für die Frauen sowieso. Und der Vater und der Mullah übernahmen das Wichtige bei den Bräutigamen. Aber eigentlich ... Nach zwei Tagen hatte Papa es praktisch gefunden. Vor allem, weil es bedeutete, dass er später um das Gespräch mit Halid herumkommen würde. Denn er konnte sich erinnern, wie peinlich es für ihn und für seinen Vater damals gewesen war. Und im Grunde auch nicht aufschlussreich. Halid war erst neun. Und Lya wusste, dass er den vier Trotteln nachstieg, ihnen zuhörte und ihnen manchmal, wenn sie es zuließen, die Bälle im Tischtennisraum aufheben durfte. Sie vermutete, Halid wusste schon eine Menge mehr, als sich Papa vorstellen konnte.

Papa war daheim einmal Busfahrer gewesen. Jetzt arbeitete er in einem Lagerhaus und stapelte Paletten. Papa war daheim einmal fromm gewesen. Jetzt wollte er nicht mehr so viel davon wissen. Aber er verlangte das Kopftuch für seine Frau und Lya. Ashtar war noch zu klein. Irgendwann, dachte Lya, würde er dahinterkommen, dass sie es in der Schule nicht mehr trug. Und er würde es überleben. Er war nicht so wie manche anderen muslimischen Eltern. Diese Türkin zum Beispiel, die Mama vollquatschte.

Lya ging ins Wohnzimmer. Draußen auf dem Balkon spielte Ashtar und Halid war mit seinem Handy beschäftigt. Als er seine große Schwester sah, kam er herein zu ihr und zeigte ihr ein Foto. Lya sah Halid und neben ihm einen der vier Trottel, die Faust geballt.

»Was treibst du dich mit diesem Loser herum?«, fuhr sie ihn an.

»Er ist kein Loser. Er mag mich.«

»Noch schlimmer. Der hat doch nur Gatsch im Hirn.«

Halid drückte das Foto weg und ging beleidigt. Lya breitete ihre Schulsachen aus. Was hatte der Trottel vor kurzem zu ihr auf der Straße gesagt? Etwas Genuscheltes. Etwas Unverschämtes. Ihr Bruder musste verrückt sein, so einem nachzulaufen.

Hilde Perschy besaß einen Pfefferspray und war ungemein stolz darauf. Sie besaß auch drei Handtaschen, eine schwarze, eine rote und eine, die ihr verstorbener Mann kackbraun genannt hatte.

Wenn sie wegging, war der letzte Handgriff in der Wohnung der nach dem Spray, den sie in die jeweils benutzte Tasche steckte. Wenn sie heimkam, wurde er wieder auf die winzige Etagere vor dem Vorzimmerspiegel gestellt. Es musste alles seine Ordnung haben. Hilde hielt viel darauf. In ihrem früheren Leben war sie Drogistin gewesen, später hatte sie ihrem Mann bei der Buchhaltung geholfen. Noch später, schon als Witwe, war sie Schriftführerin beim Pensionistenverein des Bezirks. Immer nützlich sein und keine Müdigkeit vorschützen, sagte sie gerne. Und manchmal, wenn sie drüben bei den Bushaltestellen stand und mit anderen Wartenden ins Gespräch kommen wollte, sagte sie: »Ich hab schon einen Mann unter die Erde gebracht.« Das funktionierte immer.

Hilde Perschy war eine winzige, drahtige Person und wusste, dass sie Beschützerinstinkte weckte. Manchmal nutzte sie das aus. Die Lehrerin vom Dachgeschoß war empfänglich und übernahm gern Besorgungen für sie. Auch die Irakerin im ersten Stock bemühte sich, brachte ihr manchmal Kuchen (schrecklich süß!) und frisches Obst. Alles in allem war ihr Leben angenehm. Nur das Fernsehprogramm ließ zu wünschen übrig und mit ihren Ohren stimmte etwas nicht mehr. Das Brüllen und Pingpong im Tischtennisraum war in letzter Zeit viel leiser, wenn sie in den Keller ging. Das konnte nicht an den vier Trotteln liegen.

Hilde Perschy saß gerade im Café auf der Seite zum Liesinger Platz. Sie dachte nach und las Zeitung und aß ein Butterkipferl zum Kaffee. Draußen schlurfte der grausliche Sinzinger vorbei, holte sich vermutlich seine tägliche Bierration. Die Parkplätze waren noch nicht alle besetzt. Drüben erhob sich über der Baustelle wieder eine Staubwolke. Angeblich sollten sie in einem Jahr fertig sein und dann würde das Zentrum lückenlos strahlen. Im Grunde, dachte Hilde Perschy, war sie auf die Butterseite gefallen: eine praktisch gelegene, billige Wohnung mit Morgensonne, Busse und Schnellbahn fast vor der Haustür, eine Städtische Bücherei gleich daneben, Ärzte rundherum, und mit der Pension kam sie auch gut aus. Und seit die Stiegen über die Keller nicht mehr miteinander verbunden waren, blieb das Kroppzeug auch unter sich. Denn auf ihrer Stiege waren bis auf den Sinzinger und die alte Tratschen vom

Erdgeschoß, die derische Navratil, alle nett und ordentlich. Sogar die Eltern vom narrischen Udo waren unauffällig. Für den blöden Buben konnten sie ja nichts; der und seine drei Freunde taten, als gehörte der Tischtennisraum ihnen. Andererseits: es spielte ja niemand anderer dort. Von wem wohl das benutzte Kondom war, das sie gestern im Stiegenhaus gefunden hatte? Sie hatte es mit ihrem Stock hinter den Blumenstock vorm Gangfenster geschossen. Pfui Deibel. Da fragte man sich schon, mit welchen Schweinen man unter einem Dach lebte. Die Lehrerin kam nicht infrage. Die hatte einen Mann. Die Kowalska hatte es mit der Sauberkeit, die würde so was nicht liegen lassen. Außerdem machte man das daheim, bequem im Bett, und nicht im Treppenhaus. Vierundzwanzig Parteien auf der Stiege, die Hälfte davon Ausländer; Kroaten, Polen, Serben, Türken, Iraker. Alles lauter Familien, hauptsächlich mit kleinen Kindern. Ach ja, die Chinesen im dritten Stock, schräg unter ihr. Nein, das Kondom war vermutlich von einem der vier Trottel. Das richtige Alter dafür hätten sie, hormonüberflutet und angeberisch.

Sie musste wirklich zum Ohrenarzt. Sie hörte ja nicht einmal mehr, wenn die Kellnerin mit ihr redete.

Reinhard Oberweidinger war gerade mit seiner Frau Brigitte vom Einkauf zurückgekommen. Unten vor dem Lift war die alte Frau Perschy gestanden, hatte mit der Polin vom dritten Stock geredet. Und als er flott die ersten Stufen genommen hatte (»Ich schaff des no, meine Damen!«)

hatte er gesehen, wie das Guckloch der Navratil schnell zugeklappt wurde. Immer dasselbe, hatte er gedacht, und dass er froh war, nicht ihr direkter Nachbar zu sein, sondern erst im zweiten Stock zu wohnen. Er stellte die Kisten mit dem Bier und dem Mineralwasser im Vorzimmer ab, da kam Brigitte auch schon aus dem Lift, räumte die Tiefkühlsachen ein, nahm die Gummibärli und ging zur Kinderzimmertür. Klopfte. Das hatte sich Udo zu seinem fünfzehnten Geburtstag erbeten. Reinhard fand es übertrieben. Niemand antwortete. Brigitte drückte die Schnalle hinunter, öffnete. Niemand war da. Reinhard hörte, wie sie zur Wohnungstür ging, aufmachte, kurz hinaushorchte. Nein, kein Pingpong, kein Lärm aus dem Keller. Sie kehrte zurück in die Küche.

»Und?«, fragte ihr Mann.

»Er ist nicht da.«

»Wird wieder mit den Deppen unterwegs sein. Ich versteh nicht, wieso der mit denen herumhängt.«

»Er sagt, der Olli ist völlig in Ordnung!«

»Aber blöd wie die Nacht.«

»Na, so ein Kapazunder ist der Udo auch nicht, da müssen wir schon ehrlich sein.«

Reinhard schaute sie nur an.

»Denk an den Nachzipf letzten Sommer.«

»Wenn er andere Freund hätt, tät er mehr lernen.«

»Ich glaub, in dem Alter lernen sie alle nichts. Oder wenigstens nicht freiwillig. Ich hör, was die andern Eltern jammern über ihre Buben: stinken vor sich hin, waschen sich nicht oder dufteln sich gewaltig ein, gehen nicht an die frische Luft, hocken vorm Computer, rauchen alles Mögliche, trinken zu viel.«

Reinhard machte es sich vor dem Fernseher bequem. Überall dasselbe. Jetzt war es schon sechs Uhr, Brigitte wurde zum Kochen anfangen, morgen früh mussten sie wieder zeitig hinaus, rackern im Bergwerk, und er war einfach zu müde, um sich um den blöden Buben zu kümmern. Ob es heute Pizza gab oder Gulasch? Er griff nach der Fernbedienung, während Brigitte in der Küche herumklapperte. Udo hatten sie ihn genannt, weil sie ihn nach dem Jürgens-Konzert gemacht hatten. So ein liebes Baby. Und so ein Depp jetzt. Waren das bloß die Hormone? Würde es sich wieder auswachsen? Wenn er bloß wüsste, ob er auch so gewesen war. Nein, sein Vater hätte ihm das nicht durchgehen lassen. Stundenlang im Keller oder sonst wo mit diesen Kerlen, von denen mindesten zwei nur ihren Namen schreiben konnten. Er seufzte und legte den Kopf nach hinten.

Ekrem Zlatar goss den mächtigen Salbeistrauch, der im Tontopf vor dem Gangfenster wucherte. In wenigen Tagen würden die Knospen aufspringen, dann würde wieder die Luft hier im Stiegenhaus an den Süden erinnern, an die Kräuterhecken seiner Kindheit. Er schwang vergnügt die leere Gießkanne und sprang über die letzten Stufen hinauf zu seiner offenen Wohnungstür. Von weit entfernt hörte er das gleichmäßige Hämmern und Bohren auf der Riesenbaustelle. Bald würden sie aufhören. Und bald würde er zu seiner Nachtschicht aufbrechen.

Er füllte die Kanne wieder, ging hinaus auf den Balkon. Von oben hörte er etwas fallen, dann das Lachen der Nachbarin. Die Lehrerin schien vieles lustig zu finden und lustige Freunde zu haben. Manchmal hörte er sie schon in der Früh am Telefon lachen, wenn er hier heraußen seinen Kaffee trank und sie sich bei offener Tür fertig für die Schule machte. Manchmal hörte er am Wochenende ihre Besuche und manchmal, wenn sie beide sich gleichzeitig über die Brüstung beugten und sich ihre Blicke trafen, lächelte sie und grüßte. Ismeta traf sie wohl öfters; einmal hatte Ismeta zu wenig Zucker daheim gehabt und die Lehrerin hatte ausgeholfen. Nicht alle im Haus waren so freundlich. Ismeta fühlte sich einsam, seit sie in Karenz war. Das Baby zahnte und ließ sie kaum schlafen. Es würde besser werden. Ach, diese Kräuter! Der Rosmarin war eine Pracht, hatte nicht zu viel Kraft in seine Blüten investiert, verzweigte sich großartig. Hinter dem Kran leuchtete die Burgruine von Perchtoldsdorf.

Auf dem Platz sah er den klapprigen Burschen aus dem zweiten Stock mit seinen Freunden näherkommen. Angeblich regten sich manche Leute im Haus auf, weil sie im Keller so laut Pingpong spielten, dass man es weithin hören konnte. Kinder! Ekrem lachte in sich hinein. Besser sie waren laut beim Spielen und man wusste, womit sie sich die Zeit vertrieben. Bevor er sich umdrehte, sah er schräg unter sich den Chinesen auf seinem Balkon weit vorgebeugt genüsslich hinunterspucken. Es würde auf dem Vordach landen, über der Geschäftszeile. Vielleicht hatte er versucht, eine Taube zu verjagen.

Von unten stieg ein Schwall Küchendunst hoch. Ekrem schnupperte. Ach, die Iraker. Das roch wenigstens besser als das Kraut der Polin. Jetzt musste er aber schleunigst weg, sonst würde er völlig verschwitzt in der Zentrale ankommen. Er küsste Ismeta, küsste das Baby, griff nach seiner Tasche und rannte los. Er nahm immer die Stufen, er musste fit bleiben, damit sie ja keinen Grund für eine Kündigung fänden. Unten im Erdgeschoß stieß er fast mit dem kleinen Iraker zusammen, der hinter einer Ecke vorschoss, nur Augen für die sich gerade schließende Kellertür hatte. Kinder!, dachte Ekrem nochmals und ein Lachen steckte in seiner Kehle.

Udo tobte. Sie hatten ihm den Schlüsselbund aus der Hosentasche gezogen, ihn hineingeschoben, hinter ihm zugesperrt. Er hämmerte gegen das Metall. Jemand ging vorbei. Reagierte nicht. Udo presste das Ohr an die Tür. Irgendwo brüllte wer. Komisch, es klang wie Weinen. Aber so hoch! Wie eine flennende Tussi. Konnte das einer von ihnen sein? Nie im Leben! Etwas plumpste. Kurz, sehr kurz ein menschlicher Laut. Wieder Schritte. Schleifend, aber flott.

Wenigstens gab es in jedem Abteil Licht und er musste nicht im Finstern warten, bis sie ihn herausließen. Die Regale waren voll mit Marmeladegläsern von der Oma und mit Weinflaschen vom Papa. Hinten standen die Skier und der alte Schlitten. Die verklebten Pappkartons sahen alle miteinander grindig aus.

Draußen hörte er wieder jemanden vorbeigehen. Er rief Haallloooh! Nichts. Irgendwo musste jetzt doch eine Tür auf- oder zuklappen. Nichts. Das war schon das zweite Mal, dass er ignoriert wurde. Olli würde ihm helfen, ganz sicher. Die Frage war bloß, wann Bogo und Kevin es erlaubten. Nein, das war nicht lustig. Manchmal konnten die zwei richtig gemein sein, Oberärsche. Jetzt würden die Eltern schon daheim sein. Langsam wurde er hungrig. Und sein Scheißhandy hatte hier unten keinen Empfang.

Dem hatte sie es gezeigt. Der würde sich das hinter die Löffel schreiben. Er war zwar der Ruhigste von allen, aber trotzdem ein Trottel.

Hilde Perschy stieg in den Lift. Wie leicht das mit dem Spray gewesen war. Und wie blöd der Bursch geschaut hatte. Dann hatte er sich die Augen gerieben. Ein Depp eben. Und zu heulen begonnen. Schade, dass sie die anderen nicht auch erwischt hatte. So schnell würden die nicht mehr herumlärmen und klebrigen Müll verteilen, unanständige Lackeln allesamt.

Halid rannte. Flog, so schnell er konnte, die Stufen hoch, so leise er konnte, läutete, betete, dass die Mama da war und ihn sofort einließ, betete, dass sie beschäftigt war und nicht mit ihm reden wollte. Tief unten hörte er, wie sich die Kellertür öffnete und jemand die Stufen hochkam. Hilf Gott, bitte, bitte, mach auf! Ya allah sa' edni!

Lya stand in der Tür. Er rannte an ihr vorbei und verschwand im Klo. Es war ihm völlig egal, was sie dachte, dass sie hören konnte, wie er sich erbrach. Immer und immer wieder.

Mittlerweile war Udo schon heiser und die Knöchel seiner Hände taten ihm weh. Ging denn kein Mensch in diesem Haus in den Keller? Oder kamen die alle nur runter, wenn sie Pingpong spielten und ihnen auf die Nerven fielen? Wieso kam Olli nicht vorbei? Der Abzwickte hielt doch sonst zu ihm. Außerdem musste er pinkeln. Bogo hatte einmal ins Stiegenhaus gepieselt, direkt hinter dem alten Sinzinger, der gar nicht mitbekam, wie ihm die Spritzer hinten auf die Hose klatschten. Aber der roch sowieso streng. Wie viel Marmeladegläser musste er leeressen, damit sein Pipi drin Platz hatte? Erdbeer, Erdbeer, Marille, Marille mit Likör, Apfelmus. Kein Eimer weit und breit. Zwei große Koffer. Wenn er direkt auf den winzigen Spalt unter der Tür zielte, würde das meiste hinaus auf den Gang fließen. Oder? Würde man ihn dann schneller finden? Wenn man von einer Lawine verschüttet wurde, sollte man sich ja auch anmachen, damit einen die Hunde früher rochen, hatten sie vom Turnlehrer erfahren. Bloß war da jetzt weit und breit kein Schnee. Und Hund auch keiner.

Langsam wurde es finster. Die Laternen leuchteten schon. Die alte Navratil schob den Store zur Seite. Tatsächlich, sie hatte sich nicht geirrt. Da draußen stand wer und rief. Uuuudo! Uuuudo!

Aha, die Eltern. Sie schob die Plastiktulpen zur Seite, öffnete umständlich das Fenster. »Is wos?«, schrie sie.

Die Oberweidingers wandten sich ihr zu. »Haben Sie was gesehen? Haben Sie unseren Udo gesehen?«

»Wia soi i? I schau jo ned imma. I hob a wos zum Tuan.«

»Es hätt ja sein können ...«

»Föhd a Ihna?«

»Er ist nicht heimgekommen.«

»Najo, die Buam. Oba heit hom s' net Bingbong gspüht. Wäu des hätt i g'heat.«

»Er ist überfällig. Und er ruft nicht an. Und wir können sein Handy nicht erreichen.«

»I hob eam ned gseng. Oba die aundan Trottln, oiso zwa von dena, die sand do gwesn, so umma sechse.«

»Wer? Der Olli? So ein Kleiner mit Brille?«

»Na. Die aundan. Der mit de Stüfln, der wos imma a schwoaze Jackn anhot. Und der mit die Klamman im Uhrwaschl, der so vü raucht und seine Tschick druckt a ma aufn Türrahmen und losst s' dann aufm Obstreifa liegn, der Wappla. Des *Glück daheim* hot scho lauta schwoaze Fleckn.«

»Aber wenn die ihn abholen wollten, hätten sie geläutet, und das hätten wir gehört«, sagte die Frau.

»Jetzt schauen wir noch in den Keller. Vielleicht ist er mit dem Olli dort«, sagte der Mann.

»I hob nix g'heat. Des warat a Wunda, waun die da untn waratn und es is so stüh«, sagte die Navratil und schloss ihr Fenster wieder mit feinem Knall.

»Du wirst mir jetzt endlich sagen, was da unten passiert ist.« Lya räumte Halids Zahnbürste und die Creme weg. Er war so bleich, gleich würde er wieder zu zittern anfangen. Sie zog ihn ins Kinderzimmer, auf ihr Bett, umarmte ihn.

»Soll ich die Mama holen? Oder den Papa?«

Er schüttelte den Kopf.

»Dann sag es mir. Ich helf dir. Ich bin doch deine große Schwester.«

Also sagte er es ihr. Danach war er einfach müde.

Und Lya erstarrte. Wen konnte sie um Hilfe bitten? Wer würde ihr glauben? Aber wenn sie nichts sagte und irgendjemand Halid gesehen hatte? Oder wenn er sich verplapperte? Es brauchte ihn nur jemand ansprechen. In diesem Haus redeten doch alle, selbst wenn sie nicht miteinander, nur hinterrücks palaverten.

»Mama, ich bin gleich wieder da!«, rief Lya in die Küche und hetzte schon die Stiegen hoch. Hoffentlich war die Lehrerin da. Die kannte sie. Die wusste, dass sie anständige Ausländer waren. Die würde ihr helfen.

Es war nicht zu fassen, dass sie ihn so lange hier drinnen ließen. Aber dann! Zuerst stundenlang kein Schwein und dann auf einmal die Massen. Alles schien zugleich zu passieren. Kaum hatte er auf den Lärm reagiert, hatten die Eltern schon aufgesperrt. Mama total verheult. Also so ein Baby war er nun ja auch nicht mehr. Und Papa dahinter. Und ein Polizist, der hereinschaute, irgendwas blaffte, die Tür zudrückte, sodass sie zu dritt in dem Verschlag blieben. Peinlich, wie es roch. Dabei hatte der alte Topf, den er gefunden hatte, sogar einen Deckel, der allerdings nicht ganz auflag. Den würde die Mama entsorgen müssen. Wieso schauten sie ihn so entgeistert an? Wegen dem bissl Pipi? Papa räusperte sich andauernd, stotterte von einer Tragödie und dass sein Umgang wirklich fragwürdig gewesen sei, und wie immer hätte es den Schwächsten erwischt. Ein Glück ja nur, dass das diesmal nicht er, Udo, gewesen sei. Und wie gut, bei allem Unglück, dass der kleine Iraker alles mitgekriegt hätte, weil sonst, sonst wäre es vielleicht noch zu fürchterlichen Anschuldigungen gekommen, obwohl, also der Perschy hätte er das nicht zugetraut, aber alte Weiber waren wohl nicht zu unterschätzen. Und die Mama schluchzte nur, ja, aber die war's ja gar nicht, die war's ja gar nicht.

Was denn nicht? Und wenn Halid ihm wieder nachgeschlichen war, wie so oft, wieso hatte er ihm dann nicht aus dem Keller geholfen, der kleine Depp? Der tat doch sonst alles Mögliche für ihn, nur damit er für voll genommen wurde. Und wieso war da draußen im Gang so viel Lärm und Gerenne? Das klang ja wie im Film. Massenbewegung und so. Und bitte, wieso ein Polyp? Und was war mit Olli? Konnte ihm das jetzt endlich wer verraten? Und durfte er dann endlich raus? Dass er von Kevin und Bogo die Nase voll hatte, würde er den Eltern aber nicht gleich auf die Nase binden, die warteten ja nur darauf. Die zwei hatten es sich endgültig mit ihm verscherzt, nix Pingpong mehr mit denen und überhaupt. Schwanzlose Oberärsche.

Und jetzt heulte die Mama endgültig und hatte kein Taschentuch und rotzte doch tatsächlich in ihren Westenärmel. Was stotterte sie da? Der Halid hätte gesehen, wie der Bogo und der Kevin den Olli gestoßen hätten? Als der schon deppert auf dem Boden lag, weil ihn der Pfefferspray von der Frau Perschy voll erwischt hatte. Der Olli hatte doch eh so schnell Schiss. Und echt, die Alte wusste, was ein Pfefferspray war? Und hatte so was? Und sorgte sich andauernd, dass die Jugend verrohte? Ja, hatten diese Mumien noch alle Hirnzellen beieinander? Und wieso hatten die Vollkoffer den lädierten Olli getreten? Der konnte doch nichts dafür, dass er so blöd war. Was? Der Kevin mit den Stiefeln? War der ausgeflippt? Und der Bogo hatte den Abzwickten als Sprungtuch benutzt? Voll in die Rippen? Hatte der Olli was extra Blödes gesagt? Der wusste doch nicht, dass er dumm war. Dass dem Kevin das Geimpfte so schnell aufgehen konnte. Aber wie konnte er denn mit den Stiefeln! Und dann einfach abhauen mit dem Bogo, der immer so tat, als wär die Welt sein Spielplatz. Dem Olli hätte man doch helfen können, aber ganz sicher. Oder nicht?

Und jetzt nahm ihn der Papa und drückte ihn. Udo dachte, dass das eigentlich fein war, weil er gar nicht mehr gut stehen konnte und am liebsten hätte er geheult, genauso wie die Mama. Ehrlich. Der arme Halid, wie schlecht musste dem erst sein, wenn er das alles gesehen hatte, den Olli am Boden, die zwei über ihm. Jeden Tritt. Päng und knirsch.

Und dann schien alles in seinem Kopf richtig anzukommen, in klaren Sätzen, eins nach dem anderen, wie in einem Bericht. Und er verstand. Verstand alles. Die Tür ging auf und der Polizist ließ sie raus und sagte zu ihm:

»Udo, jetzt müssen wir noch mit dir reden. Es wär fein, wenn's gleich sein könnte.«

Und Udo ging hinaus auf den Gang und hielt die Hand seines Vaters ganz fest und merkte, dass er nun doch weinte. Auf eine schrecklich traurige Weise war er nicht mehr derselbe wie noch am Nachmittag.

Thomas Schrems

Hütet euch vor dem Karierten

Zwölf Augen sind um zehn zu viel

Weit vornübergebeugt, als zerbräche er augenblicklich unter einer übermächtig-übermenschlichen Last, kauerte der Mann auf dem Schemel. Zur alleinigen Stütze diente ihm die Fahne, ein armlanger, stoffumwundener Stock, dessen oberes Ende er mit klammen Knöcheln umfasst hielt, darauf gebettet, schwer und träge wie ein ausgedienter Mühlstein, das Haupt.

Tiefdunkle Aderstränge fächerten die Schläfen des Mannes. Sein Atem war kaum auszumachen, ging flach und an Pulsschlägen arm wie der eines Blauwals. Auch hielt er die Augen fest geschlossen, und umringten ihn nicht Genossinnen und Genossen zuhauf, allzeit bereit, das Gegenteil zu bezeugen, weil ein jeder nur zu gut wusste, was folgte, man hätte meinen können, der Mann in ihrer Mitte wäre der ewigen Ruhe bedeutend näher als dem Leben – auf unbestimmt gefangen im wehrlosen Schlaf der Bewusstlosigkeit, totenähnlich womöglich oder bereits zur fleischlichen Säule erstarrt. Ein bizarres, himmelschreiendes Mahnmal der gemeinschaftlichen Folter, zu der man sich hier seit Jahr und Tag zusammenfand.

Montags. Mittwochs. Freitags. Woche für Woche.

Die tief gekerbte Stirn des Mannes war schweißüberströmt, glänzte, als wäre sie von nassem Speckstein. Wie überhaupt die Poren seiner naturgetönten Haut sämtlich aufgesprungen waren. Es sprudelte und perlte allerorten. Versprengte Heerscharen solitärer Tropfen fanden sich zu zittrigen Rinnsalen, Rinnsale liefen zu schmalen Kanälen, Kanäle einten sich zu steten Bächen und tränkten den Boden zu seinen Füßen unaufhaltsam.

Dem ungeschulten Blick musste das, was sich an diesem Freitagabend darbot, unabwendbar zum Sinnbild der Hinfälligkeit gereichen: ein in jungen Jahren ohne Zweifel gestählter Körper, nun jedoch, im Hintreten an die Schwelle des Alters, gleich allzu scharf auch an jene des Vergehens geraten. Ein Mann wie das sträflich vernachlässigte Gemäuer eines Stausees – vormals stolz, doch unter dem Rad der Zeit arg angeschlagen und zur abbruchreifen Ruine gewandelt, ein Bild poröser Vergänglichkeit, von aller Welt bezeugt in diesem einen unheilvollen Moment so knapp vor dem Bersten.

Indes, der Schein trog. Dieser Mann in den frühen Fünfzigern war voll bei Kräften, ja, er schwebte nachgerade im Zentrum seiner selbst.

Niemandem auf den Rängen, auch nicht denen, die sich für seine engsten Jünger hielten, war sein bürgerlicher Name bekannt, und so riefen sie ihn seit jeher *Der Karierte* – getreulicher Ausdruck dessen, was der Anschein vorgab. Namen taten an diesem Ort ohnedies nicht viel zur Sache. Was zählte, war allein die Hoffnung auf den Hochgenuss der Qual wie auch jenes über die Jahre nicht einmal gebrochene Versprechen an die Hoffnung – gespeist aus Perfektion, Technik, Taktik und Wahl der rechten Mittel zur rechten Zeit, zusammengeführt in der unübertroffenen Meisterschaft des Karierten.

Dem Vernehmen nach rührte der Beiname Karierter von den Gewohnheiten des (man munkelte: anatolischstämmigen) Mannes, die, so weit bekannt, als unverbrüchlich galten. Die eine Gewohnheit verhieß, dass er seiner Klientel die zehrende Pein, die sie von ihm erbat, in fast schon kleinbürgerlich-kleinkarierter, immer gleicher Qualität und ohne Ansehen von Alter, Rang, Person oder Geschlecht angedeihen ließ. Die andere, dass er ihnen ausnahmslos in Uniform gegenübertrat, perfekt adjustiert im schottischen Stil, die Farbe Rot zum Grundton, das Tuch mit Gummizug um die Hüfte gewunden.

Stets akkurat und stets sehr Karo.

Natürlich gab es eine Reihe Gleichgesinnter, die dem Karierten nacheiferten – mit zumeist bescheidenem Erfolg, wie Teilnehmerzahlen offenbarten. Ging jedoch der Karierte persönlich zu Werke, war die Platznot Programm. Nicht eine Seele der eingeschworenen Gemeindebau-Gesinnungsgemeinde Börner-/Gugitz-/Gustav-Pick-Gasse fehlte. Man folgte dem Meister wie die wahrhaft Gläubigen dem Ruf des Muezzins. Und so legten sie auch diesmal ihr Schicksal ehrfürchtig in die Hände dieses Mannes, bereit zur ersten von vier gnadenlos mörderischen Attacken.

Vollzogen mit Crash-Eis und Franzbranntwein.

Gut fünf Dutzend Augenpaare stierten auf das geneigte Haupt des Karierten, belagerten ihn mit begierigen Blicken, sein Dalehnen, sein Sinnieren, und ergaben sich letztlich der Blendkraft des grellen Leuchtens, das ihnen aus den Mitten des Hinterhauptes entgegenstrahlte. Welch Kontrast zum Pechschwarz des klatschnassen, kurzgeschorenen Haares! Wie ein Nebellicht auf hoher See durchfunkelte die Tonsur des Karierten den Raum, weniger jenen zugedacht, die fast auf Augenhöhe mit ihm saßen, als jenen auf den entlegensten Plätzen der Arena – dieser Handvoll immer noch Unverbesserlicher, die vermeinte, eine erhöhte Sitzposition allein erhebe sie über den Karierten.

Nicht über diesen Meister seiner Zunft.

Für gewöhnlich wagte niemand, den Karierten in seiner kontemplativen Haltung zu stören, wenn er Geist und Körper zur Einheit sammelte, ehe sein Schaffen losbrach. Wer es dennoch tat, dem war Buße gewiss. Denn nicht bloß im herkömmlichen Stil der Tortur leistete der Karierte Unübertreffliches. Auch die Vielzahl stetig neuer, den flüchtigen Launen der Mode unterworfener Absonderlichkeiten war ihm wohlvertraut – sei es die Folter nach Art der Holzhacker, sei es jene nach Art der Mineure, der Schneemänner, der Blumenpflücker, der Obstbauern, der Imker und vieler anderer mehr.

An diesem Freitagabend jedoch war etwas anders. Ein unheilvolles Knistern lag in der Luft, eine seltsame Stille, die gewaltsam durchbrochen werden wollte. Als bedurfte es der verpönten Störung, um nach außen in die Gänge zu bringen, was nach innen längst auf der Reise war. Hier, am ersten Schauplatz unserer kleinen Geschichte: der finnischen Sauna des Döblinger Bades, auf trockene fünfundneunzig Grad beheizt und für den Neunzehn-Uhr-Aufguss bis auf den letzten Quadratzentimeter Holz mit Handtüchern belegt.

Brot und Spiele im Amphitheater der Wiener Vorstadtkörperkultur.

Vinzent Kluger verzehrte sich nach eben diesem Moment. Diesem Moment der äußersten Anspannung. Wenn ein jeder sich sogar das befreiende Schnaufen versagte und es totenstill wurde ringsum, ehe der Karierte sich vom Schemel erhob, mit feierlicher Sanftmut die Wasserkelle zur Hand nahm und ins Mittel griff. Keiner verstand wie er, das Momentum zu schaffen; keiner, die Gesetze der Physik, dieses Spiel aus Überhitzung und Abkühlung schärfer an der menschlichen Physis auszureizen; keiner, die ätherischen Öle gewiefter aufzubringen; keiner, mit Propeller, Segel und all den anderen meist namenlosen Techniken des Wedelns die schaurige Lust ans Ende des freien Atmens zu treiben – bis scharf an die Grenze zur Bewusstlosigkeit. Bisweilen auch darüber hinaus.

Gerade das liebte Vinzent Kluger, Reporterurgestein des Boulevardblattes *Die Gute* und Gelegenheitsgast im Döblinger Bad. Wenn es die Großmäuler eins ums andere vor dem dritten, vierten Durchgang in Scharen zur Tür hinaustrieb und nur noch die Härtesten der Hartgesottenen verweilten und der Karierte mit diabolischem Blick in die zersprengten Reihen raunte:

»Damenspende gefällig?«

Und wenigstens einer in alter Tradition keuchte: »Ja, bitte, Samenspende!«

Und wenn nur noch dieser eine winzig kleine, wiewohl riesenhaft große Tod zu sterben war, ehe es torkelnd hinausging, dem unbeheizten Tauchbecken zu, in welchem winters die Eisnadeln an den kneipenden Leib herantanzten und aus welchem Kluger mehr als einmal sich mit letzter eigener oder auch fremder Kraft gerettet hatte, um in einen der überfrorenen Liegestühle zu sinken, die Haut von Kopf bis Fuß marmoriert, der ganze Mann hubschrauberschwindelig, prustend, mehr tot als lebendig und dichte Schwaden in den nächtlichen Himmel über Wien entsendend. Dampfend wie eine frisch gelöschte Brandleiche.

In eben dieser Stimmung selbstzerstörerischer Vorfreude schwang der Karierte die Werkzeuge der Tortur, schwelte Vinzent Kluger, als er voreilig dachte: Alles wie immer.

Genau da geschah es.

»Schloft a oder is a tot?«

Es war die raspelnde Stimme des breitschultrigen Hünen, der wie Kluger stets bis zuletzt auf der obersten Sprosse der Hühnerleiter saß und den sie Peckerl-Edi riefen, ein Fullbody, dessen körperüberspannende Tattoos sämtlich gesehen zu haben nur zwei Damen der Runde von sich standhaft behaupteten, weil sämtlich jenes sagenumwobene Bildnis eines einäugigen, blassgelbliches Feuer speienden Drachen miteinschloss, das ausnahmslos jenen erstand, vor die der Peckerl-Edi im vollen Ornat seiner Manneskraft hintrat. Schlief der Drache hingegen, glich er eher dem zerknautschten Antlitz eines gekringelten chinesischen Shar-Pei-Welpen. Mit viel Fantasie und noch mehr Wohlwollen.

Als der Peckerl-Edi nun also die Stimme erhob, durchlief ein Raunen die Reihen, welches jedoch augenblicklich verstummte, da der Karierte bedächtig den Kopf hob und das gleißende Funkeln seiner Augen die Kabine durchstreifte. Er taxierte den Störenfried, maß ihn spöttisch in dieser Mischung aus Erbarmen und Gier, wenn die Raubkatze dem frechen Spatz einen letzten Piepser zugestand, ehe die Pranke das Getier zu Brei schlug.

Schloft a oder is a tot?

Über der Glut tänzelnde Worte, so verwegen wie ein Selbstmord mit Anlauf.

»Ich bete für euch«, knurrte der Karierte.

»Hütet euch vor dem Karierten«, sagte der Peckerl-Edi nun und lachte gallig auf.

Es wurde eine schaurige Darbietung. Nicht einmal die Hälfte überstand die zweite Runde, nur sieben von fünfzig schafften es in die Nähe der Damenspende und überhaupt gerade mal zwei, der Peckerl-Edi und Vinzent Kluger, ins Finale. Dennoch überstrahlte eine besondere Form von

Verbundenheit diesen Machtbeleg des Karierten, eine diffuse, gemeinschaftliche Vorahnung, die gehabt zu haben später alle beteuern würden. Das schwelende Gefühl des Kollektivs, Zeuge von etwas Großem geworden zu sein, etwas, worüber noch lange Zeit diskutiert werden würde.

Was sie nicht ahnten, war, dass dieses Große nicht einmal am Rande mit den Aufgusskünsten des Karierten zu tun hatte.

Ob Winter, ob Sommer – das erste Gassi des Tages taten Frau Pribil und ihr Blacky mit Anbruch der blauen Stunde. Das war nicht immer so gewesen und mitnichten den womöglich geänderten Vorlieben ihres schon klapperigen Vierbeiners geschuldet. Ein halbes Jahrhundert lang lebte Frau Pribil nun bereits im zweiten von drei Stockwerken des Gemeindebaus aus den frühen Sechzigern – und mit ihr die siebte Generation von Blackys. Wenn auch nicht durchgängig mit schwarzem, sondern wie nun braunem Fell.

Seit der alten Buchgraber von nebenan jedoch der Mann durch Flucht ins Heim abhandengekommen war, kanalisierte sie ihre Streitsucht nach anderswo. Und so war es vorbei mit den alten Vorlieben beim Gassigehen. Vielmehr verhielt es sich plötzlich als Frage der Unliebsamkeiten. Sie würde, hatte die alte Buchgraber eines Tages aus heiterem Himmel zur Pribil gepoltert, Anzeige um

Anzeige erstatten und auch vor einem Gentest der Exkremente nicht zurückschrecken, *sollte des Hundskrippl, des elendige, no amoil in de Wiesn vua mein Fenster scheißen.*

Seitdem begannen Frau Pribil und Blacky den Tag bei Dunkelheit. Vorbei am Erdgeschoßfenster der alten Buchgraber auf der Sechzehnerstiege und hin zur nahen Sandkiste. Die lief ohnedies seit Jahren nur noch auf Notbetrieb, und wenn, dann schlugen bestenfalls die Tschuschngfrasta mit ihren Plastikschauferln und Plastikküberln aufeinander ein. Machte es da etwas, bezogen die Bangerten in ihre Schlachten das eine oder andere Naturprodukt mit ein?

Gar nichts macht das, dachte Frau Pribil, blickte kurz um sich und löste dem Rauhaardackel die Leine.

»Tua schee Gacksi måchn, Blacky«, sagte sie, darauf eingestellt, die wenigen Augenblicke zu warten, ehe sie das Scharren der Hundepfoten im Sand vernahm. Sehen konnte sie den Blacky nicht, wenn er sein Morgengeschäft verrichtete. Aber hören. Und sie wusste, dass er zuletzt immer etwas länger brauchte. Weil er es mit der Verdauung hatte, gerade so wie sie mit den Augen. Darum waren sie erst kürzlich unter dem Messer gelegen. Alle beide. Sie bei einem Herrn Professor. Und der Blacky natürlich auch.

Angespannt lauschend stand Frau Pribil da. Ungewöhnlich lange lauschend. Bis sie anstelle des Scharrens ein unvermutetes Winseln vernahm. Als hätte der Blacky auf seine alten Tage eine spontane Belebung seiner eingetrübten Sinne erfahren. Als wäre er womöglich auf etwas gestoßen, das ihn ...

Alles Rufen half nichts. Also erklomm Frau Pribil prustend den Rand der Sandkiste und taperte zögerlich in jene Richtung, aus der sie das Winseln hörte. Und kam jäh zu Sturz. Zu schreien begann sie aber nicht gleich, auch nicht, als sie merkte, worauf sie lag. Dass es sich um etwas Organisches handeln musste, etwas, das sehr viel größer, sehr viel härter war als beispielsweise ein Hundstrümmerl. Und auch größer als ein Kind. Ein Etwas von einer mannhaften, verdächtig nach Zwiebel riechenden Dimension, das sie nicht einzuordnen wusste.

In diesem Moment der maximalen Unsicherheit brach der Morgen über die wie graue Riesendoggen ruhenden Gemeindebauten herein. Ganz langsam begann Frau Pribil zu sehen. Zu betasten. Zu begreifen.

Und endlich auch zu schreien.

»Hakan Uzan heißt unser Mordopfer«, sagte Klaus Supan. »Der Hausmeister in einem Gemeindebau draußen im Neunzehnten. Irgendwas mit Burnout ... da hamma's ... Börnergasse.«

Vinzent Kluger warf dem jungen, beizeiten vorwitzigen Kollegen einen missliebigen Blick zu. »Und? Mâch du des. I bin heut no so fertig von der Sauna von gestern. Andererseits ... was hast denn da?«

Supan hielt Kluger triumphierend ein Foto unter die Nase. »Blitzservice der Generation vier punkt null. Aus dem Netz. Unser Opfer.«

Kluger besah sich das Bild des Toten. Erst flüchtig, dann genauer. Eine Aufnahme, die den Ermordeten beim Hammelbraten im Familienkreis zeigte. »Jössas!«, rief er auf einmal aus. »Der Karierte!«

Ohne dem jungen Reporter eine Erklärung abzuliefern, entriss er ihm das Bild. »I mach des vor Ort«, schnaubte er, »und du des mit der Pressestelle und so, ja? Des is was zutiefst Persönliches. Schau nur, ob du mir rasch irgendan Zeugen aufstellst!«

Einen Atemzug später war Vinzent Kluger draußen bei der Tür.

»Oiso, waun S' mi frågn, Herr Redakteur«, hauchte die alte Dame und goss ihrem Gast den zweiten Kaffee mit Schuss ein, »owa mi frågt ja kana, oiso waun S' mi frågn, des woar ana vo unsere Tschuschn. Oder Neger. Na ja, Neger san des ja kane richtigen. Wissen S' eh, die Halbbunten aus Nordafrika, de wos ma angeblich nimmer zruckschicken kennan. Jetzt krageln de a scho unsere braven Türken ab. De Chancen stengan hoch. Neunzig Prozent, tät i sagn.«

»Neunzig Prozent, Frau Pribil?«, fragte Kluger unangenehm berührt. »Wie können Sie da so sicher ...«

»Wäul neune von zehne bei uns im Bau kane Hiesigen, sondern Durtige san. Schaun S' auf de Türschülda. Nemeth. Ataman. Boudebouda. Navratil. Erdogan. Pospisil. Omofuma. Strobl. Faymann. Sczcur. A Gfrast nach dem andern. So anfåch is des, junger Mann.«

Ein zumindest an der Oberfläche bestechendes Argument, wie Kluger befand, dem er im Moment nichts entgegensetzen wollte. Schließlich hatte die alte Pribil den Toten gefunden und war eine Top-Zeugin, wie man sie nicht jeden Tag serviert bekam. Gesprächig. Authentisch. Wenn auch nicht sonderlich fotogen. Solche Exemplare waren rar, seit die Freizügigkeit der Polizei bei der Freigabe von Namen unter die Räder gekommen war. Mehr denn je kam es da auf die Kontaktpflege an. Keiner konnte dem alten Reporterhasen Kluger darin etwas vormachen. Aber auch die besten Informanten wurden zunehmend vorsichtiger. Schließlich sah manch einer sich schneller in einem Disziplinarverfahren, als ein Polizist bis drei zählen konnte.

»Angenommen«, fuhr Kluger fort, »Sie haben recht, Frau Pribil. Wer könnte da infrage kommen, ich meine, hatte der Herr Uzan ... hatte er ... einen Feind?«

»An Feind?«, kreischte Frau Pribil. »Dass i ned låch. Hundert. Tausend. De faule Bagasch. Er und sei Tochter. Die Frau is ja gstorben. Meiner Söl. Putzt ham de zwa im Stiagnhaus so guad wia nia, und wenn, is alles gschwummen.«

»Aber Frau Pribil, haben Sie nicht eben noch gesagt ... unsere braven Türken?«

»Des hob i gsågt? Da miaßn S' Ihna vahört ham.«

Kluger beschloss, es auf sich beruhen zu lassen.

»Wie war denn das, Frau Pribil«, hob er aufs Neue an, »wie Sie den Toten da gefunden haben und so.«

»A Waunsinn«, rief die Alte, »wosn sunst?! So an armen klanen Hundserl a Leich auf sei Lieblingsplatzerl legen. Eine erbärmliche Hundsgemeinheit ist das, eine erbärmliche. Schaun S' Ihna mein Blacky an, wia der gschreckt is. Der keicht immer no vua Aufregung. Am End muaß i no zum Psychologen mit eam.«

»Ja, schrecklich«, befand Kluger. »Und Kinder hätten den Toten ja auch --«

»Owa geh, was glaubn S', was de daham allewäul zum Sehn kriagn. Wos is da scho a Toda. Anderseits ... so zuagricht, wia der woa ... meine Herrn.«

»Zugerichtet? Die Polizei sagt nur: Tod durch mehrere Messerstiche. Und aller Barschaft beraubt.«

»Ha!«, rief Frau Pribil. »Mehrere Messerstiche! De Kiwara und de Woarheit. I bin vielleicht oid und derrisch, Herr Redakteur, owa deppert bin i ned. Und blind scho dreimoil ned.«

Die alte Pribil beugte sich zu Kluger, winkte ihn verschwörerisch heran, als sollte ihr Blacky nicht auch noch hören, was er Stunden zuvor hatte mitansehen müssen.

»Wia a Gschnetzeltes hat der Uzan ausgschaut«, hauchte die alte Pribil. »Owa des Schlimmste woar des ... des mit de Augn.«

»Die Augen?«

»Ja, de Augn.« Immer dünner geriet der Alten die Stimme, bis sie in ein beinahe tonloses Wispern verfiel.

»Wirklich?«, fragte Kluger nach einer Weile ungläubig.

»Na, waun I's Ihna sag.«

»Bemerkenswert«, sagte Kluger.

»Waun i ma's recht überleg«, sagte Frau Pribil zögerlich, »der Sechserkönig von der Vierzehnerstiagn ... der kenntat's ... eigentlich ... a gwesen sein.«

»Der Sechserkönig?«, fragte Kluger. »Ein Lottosieger im Gemeindebau?«

»Owa, hean S' auf! Nix Lotto!«, rief Frau Pribil.

Neuerlich fing sie Kluger heran, presste ihm Silbe um Silbe ins Ohr.

»Braunstein, sagen Sie?«

»Genau der. Drüben auf der Vierzehner. Da Turl. Des steht für Arthur, glaub i. Owa da im Bau sågn alle nur Turl zu eam. A verkrachte Existenz. Ganz untypisch fia an Juden, waun S' mi frågn. Owa mi frågt ja kana. Sei ganze Marie hat er durchbracht mit der depperten Spülerei. A Haus draußen in Neustift. Vier Kinder, de was mitn Taxi in die Schui gfoarn san. Friara. A Oide, de was eam des Weiße aus de Augn gnumma hat. A friara. Und jetzt Sozialbau. Na bumm, gö?!«

Tatsächlich war Kluger basserstaunt.

Tag um Tag zog ins Land, ohne dass der Mörder des Hausmeisters Uzan gefasst worden wäre. Ganz Döbling, dieser selten bizarre Wohnbauzwitter aus kühler Noblesse und städtisch sozialem Gewissen, fand sich im Würgegriff der Angst wieder. Die Angst vor einer neuerlichen Bluttat.

Die Berichte zum bestialischen Messermord wurden dünner. Längst war der Tross der Sensationspresse weitergezogen, auf zu neuen Schauplätzen des Grauens. Schließlich war geschrieben worden, was zu schreiben war. Dass es sechsundsechzig Stiche waren, mit denen man Hakan Uzan gemetzelt hatte. Dass der Mörder ihm anstelle der Augen zwei Würfel eingesetzt hatte – im Format XL, von Hand gedrechselt, Naturlook, gerade solche, wie Arthur Braunstein sie stets bei sich trug. Art der Würfel und Art des Drapierens standen für eine Botschaft – niemand vermochte jedoch zu sagen, für welche.

Klar war indes: Der Turl konnte es nicht gewesen sein. Von Frau und Kindern verlassen, war der spielsüchtige, vormals von eigenen Gnaden gekrönte König des Würfelpokers einen einsamen Wiener Tod gestorben. Geschätzte drei Monate vor dem gewaltsamen Ende von Hausmeister Uzan. Entdeckt wurde der Leichnam aber erst, als die Gerüchte um seine Autorenschaft nicht verstummen wollten und es bereits aus dem Briefschlitz roch, da die Polizei endlich nun auch den Turl zu befragen gedachte.

Drei Wochen nach dem Mord war Kluger erstmals wieder im Döblinger Bad zu Gast. Alle waren sie da. Der Schmäh lief wie eh und je, die altbekannten Witzchen reihum. Allen voran der Klassiker für Neueinsteigerinnen, die es zu fischen galt.

»Woher kommen die Krähen, Gnädigste?«

»Aus ... äh ... aus Russland?«

»Richtig. Und die Rotschwanzerl?«

Achselzucken.

»Vom Lippenstift, Gnädigste.«

Vom Karierten wurde an diesem Abend kaum noch gesprochen. Nur einmal, als die Gemeinde einen recht biederen, in den Höhen beschämend verhaltenen Aufguss über sich ergehen hatte lassen und man neuerlich die Kabine bevölkerte, hob ein Stimmchen aus der zweiten Reihe an.

»Ich mach jetzt die Augen zu«, seufzte die immergeile Gabi, »zähle bis drei, und wenn ich sie aufmach, is der Karierte wieder da.«

»Des is so wahrscheinlich wia a Sechserpasch mit Ansage«, hallte es von ganz oben wider.

Genau da zuckte Kluger zusammen, gewahrte, dass etwas Absonderliches mit ihm geschah, dass sich ihm der Saunaschweiß jäh zum Angstschweiß wandelte.

Weit vor der Damenspende war Kluger draußen bei der Tür. Er stürzte in die Garderobe auf der Suche nach seinem Handy. Keine zwanzig Minuten später, mitten im Honigaufguss, fischten Kriminalbeamte den Peckerl-Edi heraus.

Das Dunkel seiner Seele, das ihn zum Mörder gemacht hatte, war rasch erhellt. Frauengeschichten. Die Gattin des

Muskelprotzes als Stein des Anstoßes. Weil sie es übergehabt hatte, dass der Drache des Peckerl-Edi immer öfter auswärts spie, während er zuhause fast nur noch schlief. Bei Hakan Uzan fand sie Herz und Ohr offen – das Todesurteil für den umtriebigen Hausmeister. Auf die Idee mit den Würfeln und dem letztlich vorgetäuschten Raub, gestand der Peckerl-Edi, sei er *durch den Turl sei vaschissenes Lebn kumma. Bei dem woar's eh scho wurscht. So neger, wia der allewäul woa.*

»... a Sechserpasch mit Ansage.«

Täterwissen, wie es im Jargon hieß, das nur eine Handvoll Ermittler besaß. Wie auch Kluger, der mit diesem einen Detail jedoch auf flehentliche Bitten der Polizei hinterm Berg gehalten hatte. Selbst die alte Pribil wusste nicht, dass der Mörder die Augen des Opfers mit zwei Sechsern zum Pasch gemacht hatte, um den Verdacht auf den Turl zu lenken. Die alte Pribil hatte gedacht, es wären Vierer. Acht Augen also anstelle von zweien.

Tatsächlich waren es zwölf.

Edith Kneifl

Gloria

Baileys Original Irish Cream

Dreiundzwanzigster Juni 1983. Heute wäre mein Geburtstag. »99 Luftballons ...«, trällert Nena auf Ö3. Ich bin noch nicht einmal angezogen, da läutet schon jemand an meiner Wohnungstür. Meistens erkenne ich die Leute an ihrem Klingeln. So früh am Morgen? Das kann nur die Hausmeisterin sein. Bestimmt will sie mir als Erste gratulieren. Ich kann nicht aufmachen, bin zu alt, um mich einer anderen Frau nackt zu zeigen. Sie kommt einfach herein. Habe ich vergessen zuzusperren? Ich sperre mich doch nachts immer ein? Aus Angst vor Einbrechern lege ich sogar die Kette vor. Zwar bin ich keine reiche Frau, aber es wurden schon Ärmere als ich beraubt. Mein Mann hinterließ mir, außer der sonnigen und sehr geräumigen Gemeindewohnung im Sandleitenhof, auch einen Schrebergarten mit einem hübschen Holzhäuschen an der Alten Donau. Doch den habe ich gerade verkauft.

»Jessasmarandjosef ... Joschi!«

Muss sie denn immer so schreien, diese primitive Person? Nicht einmal am frühen Morgen hat man seine Ruhe.

»Was ist denn nun schon wieder?«

»Komm rauf, schau dir das an«, brüllt die Hausmeisterin und sagt dann leise zu sich selbst: »Die is no warm. Und nackert is sie a.«

Jetzt kommt der Josef angelaufen. Bin gespannt, was er sagen wird, wenn er mich so daliegen sieht.

Die Hausmeisterin lässt ihn gar nicht erst zu Wort kommen. »Des is nix für di! Schau weg. I deck s' erst a bisserl zu. Mein Gott, all die Scherbn und das ganze Bluat und dieses braune Zeugs da auf ihrem Kopf und ihrer Brust? Was ist denn das?«

Sie streicht mit dem Finger über den klebrigen bräunlichen Saft auf meinem blondierten Haar und leckt ihn dann ab.

»Hm, schmeckt a bisserl nach Schokolade und nach was anderem ... Whisky vielleicht? Probier mal Joschi.«

Mein Gott ist die ungustiös! Fuchtelt mit ihrem gichtigen Finger vor Josefs Mund herum. Der Arme presst seine Lippen fest zusammen, weigert sich, ihn abzuschlecken, schaut mich die ganze Zeit nur verzweifelt an. Ich kann ihm leider nicht beistehen. Endlich lässt die Huber von ihm ab und bedeckt meine nackten Brüste und meine Muschi mit meinem wattierten rosa Morgenmantel.

»So, jetzt darfst herschaun, Joschi.«

»Scheiße!«

»Des is des Anzige, wast sagen kannst auf Deutsch.«

»Aber ...«

»Nix aber. Mit einer Likörflaschen hat ma s' daschlagn.«

»Aber das sieht doch nach Scheiße aus.«

»Meinst, das Braune in ihrem Gsicht? Des is Schokolikör, du Trottel. Hast kane Augen im Schädel?«

»Du hast ja mit dem Morgenmantel fast alles weggewischt.«

»Des tät da so passen, a Nackerte, die no dazu tot ist, anglotzen mit deine schwarzen Glubschäugerl. Schamst di net?«

»Ein bisschen Frieden«, flehten Nicole und ich gemeinsam.

»Pst! Da kommt jemand.«

»I hab nix g'hört bei dem Kraweu. Kannst des Radio net endlich abdrahn?«

Der Josef hat gute Ohren. Es hat tatsächlich wieder geläutet. Einmal kurz, zweimal lang. Jetzt kommt der alte Trottel auch noch daher. Heute bleibt mir wirklich nichts erspart.

»Guten Morgen, Herr Kanzleirat«, begrüßt die Hausmeisterin den glatzköpfigen Mann in Pyjamahose und Bademantel und mit Rasierschaum am Kinn.

»Verzeihen Sie bitte meinen Aufzug. Ich war gerade bei der Rasur, als ich einen Schrei hörte. Bin sofort heruntergeeilt ...«

»Das war i. – Kommen S' weiter.« Sie packt ihn bei der Hand und zieht ihn hinter sich her Richtung Wohnzimmer.

»Was ist denn los?«

»A Tragödie, Herr Kanzleirat. Oder besser gsagt, a schene Bescherung. Schaun Sie sich das an. Unsere liebe Gloria haben s' erschlagen. Bestimmt war's einer von diesen Tschuschn. Schau net so bös, Joschi. I hab ja net di gmeint.«

Der Kanzleirat schlägt die Hände vors Gesicht und stöhnt: »Mein Gott, wie schrecklich!«

»Schau, wie er scheinheilig tut, Joschi. Dabei haben s' eh nur gstritten in letzter Zeit, die zwa. Aber glei wird er si zu ihr legn, so wie er's gwohnt war, all die letzten Jahr lang«, flüstert die Hausmeisterin dem Josef ins Ohr.

»Was haben Sie gesagt«, fragt der schwerhörige Kanzleirat.

»Nichts, gar nix. Hab nur gmeint, dass es wirklich schad um sie is. So a schene Frau, das blühende Leben ... Leise und nur für Joschi hörbar fügte sie hinzu: »A fette alte Schachtel war s'. Hab grad ihre Wampn gsehn.«

»Wie bitte?«

»Hab nur zu unserm Jugo gsagt, dass unsere Frau Gloria eine ausgesprochen fesche Person war. Jetzt sieht man aber net mehr viel von ihrer Schönheit. Hab s' zudeckt – aus Pietät.«

»Das haben Sie ganz richtig gemacht, Frau Huber.«

Heftiges Klopfen an meiner Wohnungstür. Das kann nur die Meinrad sein. Die fehlt mir noch zu meinem Glück. Natürlich, so ein Schauspiel kann sich die alte Pfunsen nicht entgehen lassen.

»Guten Morgen, Frau Meinrad.«

Sogar eine Verbeugung macht er, der Kanzleirat. Mich hat er dauernd wegen seiner Kreuzschmerzen angejammert. Es fehlt gerade noch, dass er ihr die Hand küsst, dieser bigotten alten Jungfer.

»Kommen S' net näher. Des is nix für schwache Nerven. Bleiben S' weg«, kreischt die Hausmeisterin.

»Um Himmels willen, stehen Sie mir bei, Herr Kanzleirat. Ich falle gleich in Ohnmacht.«

Wenn Sie bloß umfallen würde, die Meinrad. Dann würde ich wenigstens nicht so allein auf meinem hässlichen Teppichboden herumliegen.

»Liebe Frau Nachbarin, reißen Sie sich zusammen. Wir dürfen jetzt nicht die Nerven verlieren.«

Der Kanzleirat zwirbelt nervös seinen Schnurrbart. Gleich wird er wieder an seinen Barthaaren kauen – das konnte ich nie leiden.

»Bitte, Frau Meinrad, setzen S' Ihnen doch hin. Der Joschi soll Ihnen a Glasl Wasser aus der Küch holen. – Joschi, was stehst noch so teppert herum. Bring der gnä' Frau a Wasser. Ich könnt jetzt an kleinen Cognac vertragen. Die Gloria hat do immer an guten Schluck z'haus g'habt, net wahr, Herr Kanzleirat?«

»Woher soll ich das wissen?«

»Na, ich hab nur dacht. Denken wird ma wohl no dürfn. – Ah, da in der Kredenz! Schönes Gschirr hat s', die Gloria. Echtes Zwiebelmuster! Und der Cognac is a net da billigste. Französisch, da kenn i mi aus. –Möchten S' auch ein Schluckerl, Herr Kanzleirat?«

»Nein danke, so früh am Morgen ...«

»Aber ich könnte jetzt ein Glaserl vertragen. Cognac soll ja reine Medizin sein«, sagt Frau Meinrad und greift nach einem Glas.

Die Hausmeisterin raunt Josef zu: »Das Wasser kannst selber saufen«, und schenkt sich dann ebenfalls großzügig von dem Cognac ein.

Dass sie sich jetzt über meinen teuren Remy Martin hermachen, finde ich ziemlich degoutant. Nun, von mir aus sollen sie ihn trinken. Ich habe sowieso nichts mehr davon. Obwohl, meiner Nachbarin gönne ich ihn wirklich nicht. Soll sie sich doch woanders ihre Tagesration besorgen. Nach außen hin immer die feine Dame spielen, groß die Nase rümpfen über andere ... Wie der Max sie anstarrt, der alte Knacker, nur weil sie ihm immer ihren hoch geschnallten Busen unter die Nase hält, diese Schlampe. Dabei kriegt er ohnehin kaum mehr einen hoch. Wenn ich daran denke, wie ich mich abplagen musste, um wenigstens einmal im Monat zu einem bisschen Vergnügen zu kommen. Da lobe ich mir den Josef! Ein wirklich hübscher und kräftiger junger Mann von bestem serbischen Blut. Sein Vater war einer der ersten Gastarbeiter in Wien. Der Josef ist seit ein paar Jahren österreichischer Staatsbürger und seit einem Jahr Hausmeister im Sandleitenhof. Eigentlich heißt er Josip. Unsere Hausmeisterin hat seinen Namen gleich eingedeutscht. Sie hat ihn buchstäblich adoptiert und behandelt ihn wie ihren Sklaven, obwohl er ihr im Grund ja ebenbürtig ist. Er ist dauernd bei uns herüben, obwohl er für die Stiegen fünf bis acht zuständig ist. Wenn wir allein miteinander waren, habe ich meistens Pepi zu ihm gesagt. Der Einfachheit halber, denn so habe ich auch meinen verstorbenen Mann, Gott hab ihn selig, genannt.

Und wieder läutet es an der Wohnungstür.

Frau Meinrad springt auf und zischt aufgeregt: »Mein Gott, wer kann denn das sein?«

Das frage ich mich auch. Sind doch fast eh schon alle da. Der Kanzleirat ist natürlich zu faul, um aufzustehen. Er schickt die Hausmeisterin an die Tür und deutet den anderen, still zu sein.

Frau Huber kommt gleich wieder zurück ins Zimmer gestürzt und flüstert mit zitternder Stimme: »Der Briefträger. Er hat a Einschreiben für die Frau Gloria. Is persönlich zum Unterschreiben. Do is wahrscheinlich der Scheck drin, auf den s' so sehnsüchtig gwartet hat.

»Was für ein Scheck?«, fragt der Herr Kanzleirat.

»Na des Geld für ihren Schrebergarten. – Was soll ma jetzt machen?«

»Lassen Sie es einfach zurückgehen«, meint der Kanzleirat gelassen.

»Aber was soll i erm sagn?«

»Sie sind doch sonst nicht so auf den Mund gefallen, sagen Sie halt, dass die Frau Gloria krank ist und sich den Brief später persönlich vom Postamt abholen wird.«

»Könnte nicht einer von Ihnen unterschreiben? Ich meine nur, es wäre weniger auffällig«, schlägt Josef vor. Auch er scheint jetzt ziemlich nervös zu sein.

»Halten Sie den Mund, Josef. Das, was Sie da vorschlagen, wäre ein eindeutiger Rechtsbruch.« Der Kanzleirat schenkte dem Jugoslawen einen vernichtenden Blick.

»Hast g'hört, Verbrecher seids alle miteinand.«

»Frau Huber, ich bitte Sie, das bringt doch nichts. Sie werden jetzt hinausgehen und dem Briefträger mitteilen, dass die Frau Gloria endlich eingeschlafen ist, nachdem sie die ganze Nacht lang kein Auge zugetan hat.«

»Wie S' meinen, Herr Kanzleirat.«

Ausnahmsweise hat der Max einmal recht. Ich hatte wirklich eine schlechte Nacht. Als er mich nach dem Hauptabendprogramm verließ, genehmigte ich mir noch ein Gläschen Baileys und sah mir den aufregenden Nachtfilm »Emmanuelle 2 – Garten der Liebe« an. Und dann klingelte es plötzlich. Ich zog meinen Morgenrock über, schließlich kann man so späte Besucher nicht in einem durchsichtigen Negligé empfangen, und ging zur Tür. Ehrlich gesagt, hoffte ich, dass es sich der Kanzleirat anders überlegt hatte. Ich schaute durchs Guckloch, und wer stand vor der Tür? Meine liebe Nachbarin, diese vertrocknete alte Hutblume. Bestimmt hatte sie absichtlich das typische Klingeln vom Max nachgemacht. Hätte ich sie doch bloß nicht hereingelassen!

»So, den san ma los. Hab total überzeugend geklungen, haben S' mich g'hört?« Die Hausmeisterin reibt sich zufrieden die Hände und schenkt sich noch einen Cognac ein.

»Was meinen Sie, Herr Kanzleirat, soll ma jetzt die Polizei rufn? Die Nummer weiß i auswendig.«

»Warten Sie noch, Frau Huber. Lassen Sie uns überlegen, was wir denen erzählen werden. Ihnen ist hoffentlich klar, dass wir alle verdächtig sind. Jeder von uns könnte ...«

»Eine Frechheit! Hier bleib ich keine Sekunde länger.« Frau Meinrad springt auf und stößt ihren Cognacschwenker um.

»Schad drum«, murmelt die Hausmeisterin und holt einen Fetzen.

»Bleiben Sie bitte sitzen, Frau Meinrad. Ich meine doch nicht im Ernst, dass sie einer von uns auf dem Gewissen hat, aber die Polizei wird das vielleicht annehmen – machen Sie sich keine Sorgen, ich kenne den Herrn Major Maricek persönlich. Wir tarockieren manchmal miteinander. Er war bei der Kriminalpolizei, ist auch schon längst in Pension. Ich werde ihn nachher anrufen oder einfach bei ihm vorbeischauen. Er wohnt drüben beim Haupteingang am Nietzscheplatz und kann uns bestimmt sagen, was in so einem Fall zu tun ist.«

Josef dreht das Radio lauter, weil sie gerade seinen Lieblingssong, »Der Kommissar«, spielen.

»Ja, rufen S' den Herrn Major an, das wird das Beste sein«, überschreit die Hausmeisterin den Falco.

Von diesem Krimineser-Freund hat er mir nie was erzählt, der Heimlichtuer. Wenn ich das gewusst hätte, würde ich den Herr Major schon längst kontaktiert haben. Auf unserer Stiege wohnen zum Glück ja nach wie vor nur bessere Leute. Aber vor kurzem ist so ein Gesindel gegenüber auf der Zehnerstiege eingezogen. Die schauen zum Fürchten aus. Pechschwarze Haar, zerrissene Hosen und Sicherheitsnadeln in den Ohrwascheln. Und erst ihre verlausten Hundsviecher. Ich bin seither für ein absolutes Haustierverbot im Gemeindebau. Ich traute mich abends jedenfalls nicht mehr durch den Laubengang gehen, denn dort lungern sie immer herum.

Frau Huber fährt in verschwörerischem Ton fort: »Ist Ihnen übrigens a scho aufgfalln, dass si der Herr Metzler no net hat blicken lassen? Wo der si wohl wieder herumtreibt? Hab zerst kurz in sei Zimmer gschaut – in seinem Bett hat er heut Nacht sicher net gschlafn. A komischer Mensch, dieser Student. Der is do bestimmt scho über dreißig. Was der wohl studiert, möcht i wissn.«

»Wie man so gehört hat, soll er nicht nur ihr Untermieter gewesen sein, nicht wahr, Herr Kanzleirat?«, säuselt Frau Meinrad zuckersüß.

»Ich habe mir noch nie was aus Gerüchten gemacht.« Der Kanzleirat wirkt verärgert.

»Geh, warn S' net a bisserl eifersüchtig auf den feschen Studenten?«

»Frau Huber, ich bitte Sie!«

Ein Schlüssel dreht sich im Schloss.

»Wenn man von der Sonne spricht, dann scheint sie«, sagt die Hausmeisterin beinahe vergnügt.

»Guten Tag, die Herrschaften!«, begrüßt der Student die kleine Runde.

Jetzt erst fällt sein Blick auf mich. Er erblasst. »Gel du magst mi ...«, krächzt der Ludwig Hirsch. Das Lied passt jetzt wirklich gut. Der Student ist ein lieber Kerl, er hat mich wirklich gern gehabt.

»Sie schaun ja aus wie a Kaslaberl. Haben S' noch nie a Leich gsehn, Herr Metzler?«

Kann diese alte Giftspritze nicht endlich ihren Mund halten? Der arme Junge geisterte bestimmt wieder die ganze Nacht lang am Gürtel herum. Soziologische Studien nennt er seine Streifzüge durchs Prostituiertenviertel beim Westbahnhof. Wenn es ihm Spaß macht? Jeder soll auf seine Weise glücklich werden, lautet mein Motto. Wahrscheinlich ist er ohnehin wieder einmal total blank. Geld hat der so gut wie nie. Er schuldet mir bereits drei Monatsmieten für das Zimmer. Offiziell dürfte ich ja nicht vermieten. Aber die Wohnung ist viel zu groß für mich allein. Was brauch ich drei Zimmer? Und das Alleinsein halte ich sowieso schlecht aus. Habe gern ein bisschen Jugend um mich herum. Außer dem Josef und dem Studenten sind in unserem Haus alle älter als ich. Die Huberin ist auch ein paar Jährchen jünger als ich, sieht aber mindestens fünf Jahr älter aus. Man kommt sich hier fast wie in einem Altersheim vor. Am Kinderspielplatz vor meine Fenster herrscht gähnende Leere. Obwohl, die schreienden Gschrappen vermisse ich eigentlich nicht.

»Wie ist das passiert?«

»Wenn wir das wüssten, säßen wir längst nicht mehr hier«, bemerkt Frau Meinrad spitz.

Mein Untermieter hockt sich neben mich, hebt meinen Morgenmantel hoch und blickt entsetzt in meine weit aufgerissenen, blutüberströmten Augen. Sanft streicht er mit seinen schlanken Fingern über mein Gesicht und mein mit Blut und Likör verpicktes Haar.

»Decken Sie s' sofort wieder zu. I kann s' nimma sehn. Daschlagn hat ma s' mit der Likörflaschn. Passen S' auf, dass Ihnen net mit de Scherbn schneidn. Vielleicht sollten S' besser nix anrührn, wegen der Fingerabdrücke«, sagt die Hausmeisterin.

Ein herzhaftes »Scheiße« entfährt dem Studenten.

Von seinem Daumen tropft Blut auf den grauen Teppichboden, den ich schon längst gegen ein Linoleum hätte austauschen sollen. Teppichböden sollen unhygienisch sein, habe ich kürzlich in einer Zeitschrift beim Friseur gelesen.«

»Hab ich auch gesagt«, wirft Josef ein.

»Sei still, Joschi, hol lieber a Pflaster, sonst verblutet uns der Herr Metzler am End a no.«

»Machen Sie doch nicht so ein Theater wegen des kleinen Kratzers.«

Mein kleiner Student wischt sich den blutenden Daumen an seinem Hemd ab.

»Wo warn S' denn heut Nacht, Herr Metzler?«, fragt Frau Huber und versucht Stimme und Mimik eines Fernsehkommissars zu imitieren.

»Was geht Sie das an?«

»Die Polizei wird Ihnen dieselbe Frage stellen. Vielleicht sollten Sie sich einstweilen eine glaubwürdige Antwort überlegen«, wirft der Kanzleirat ein.

»Lassen Sie das nur meine Sorge sein.«

»Übrigens, wo warn Sie denn heut Nacht, Herr Doktor? Pardon, Sie sind ja ka Doktor – also Herr Kanzleirat?«, setzt die Hausmeisterin das Verhör fort.

»In meinem Bett natürlich. Wo soll ich sonst gewesen sein?«

»Allein?«

»Was wollen Sie damit andeuten?«, braust der Kanzleirat auf.

Sein Gesicht und seine Glatze leuchten rosarot, wie der Hintern eines Pavians. Er sieht zum Schreien komisch aus. Schade, dass ich nicht mehr lachen kann.

»I mein ja nur, weil die Polizei Sie dasselbe fragen wird. Sie habn also ka Zeugin dafür, dass Sie brav die ganze Nacht in ihrem Betterl glegen sind? Oder können S' das vielleicht bestätigen, Frau Meinrad?«

»Also, dass er im Bett war, kann jeder behaupten«, mischt sich der Student ein.

»Sie net, Ihr Bett is net amal angrührt.«

»Haben Sie wieder mal herumgeschnüffelt, Frau Huber?«

»Bei an Kriminalfall wird ma wohl no a bisserl schnüffeln dürfn.«

»Und wie sieht es mit Ihrem eigenen Alibi aus, Frau Huber?«, fragt der Student.

»I hab wirklich gschlafen wie a Ratz mit die Ohropax. Des können S' ma glauben, Herr Metzler. Außerdem kann's der Joschi bezeugen.«

»Ah, interessant. Was sagst du dazu, Josef?«

»Lassen S' den Joschi aus dem Spiel. Er hat nix tan. Für ihn leg i mei Hand ins Feuer. Fragen S' lieber die Meinrad, wie ihr der Erotikfilm gfallen hat.«

»Meine Nerven!« Frau Meinrads Stimme ist nahe am Überkippen.

»So beruhigen Sie sich doch, gnädige Frau. Keiner verdächtigt Sie! Aber die Polizei wird natürlich auch von Ihnen wissen wollen, was Sie gestern Nacht gemacht haben«, sagt der Kanzleirat.

»Den Nachtfilm, einen Sexfilm, hat sie sich anschaun wolln, hat s' zumindest zur Gloria gesagt. Hab zufällig g'hört, wie s' noch spät am Abend bei ihr angläut hat. Zuerst hab i dacht, dass Sie's sind, müssen S' schon entschuldigen, Herr Kanzleirat, aber dann hab i die beiden im Stiegenhaus reden g'hört.«

»Und Sie haben natürlich wieder gelauscht«, faucht Frau Meinrad die Hausmeisterin an.

Klar hat die alte Hexe gelauscht. Lauschen gehört zum Job einer Hausmeisterin. Hausmeister müssen immer über alles und jeden im Haus Bescheid wissen. Nicht alle Stiegen haben so eine umsichtige Hausmeisterin wie wir. Unserer Frau Huber entgeht wirklich nichts, das muss ich ihr lassen. Uns verbindet schon seit Jahren eine Art Hassliebe miteinander. Eigentlich kann ich sie ganz gut leiden, andererseits geht sie mir fürchterlich auf die Nerven. Sie ist halt von Anfang an neidisch auf mich gewesen. Und der Neid ist ein Hund, sage ich immer. Wir sind vor fast dreißig Jahren ungefähr zur gleichen Zeit im Sandleitenhof eingezogen, ich als verheiratete Ur-Wienerin, sie eine Zuagraste aus Oberösterreich und alleinstehende Hausmeisterin. Unser Gemeindebau ist übrigens der größte des Roten Wien der Zwischenkriegszeit. Bei uns leben mindestens viertausend Leute. Wir sind eine richtige kleine Stadt in der Stadt. Wir müssen den Sandleitenhof gar nicht verlassen, haben alles da, Geschäfte, Lokale, eine Trafik, eine Wäscherei, eine Post, eine Bücherei, ja sogar ein bisschen Kunst und ein eigenes Museum. Ein Elektropathologisches! Ich war noch nie drinnen. Vielleicht komm ich jetzt als Tote rein? Wahrscheinlich nicht, denn ich wurde ja nicht von einem Blitz erschlagen.

»Jawohl, ich hab sie belauscht! Aber bald hab i nix mehr g'hört, weil s' reingangen sind in die Wohnung. Weggehn hab i Sie nimma g'hört.« Frau Huber lächelt triumphierend.

»Dafür habe ich gehört, wie Sie mitten in der Nacht bei der Frau Gloria Sturm geläutet haben. Ihr ekelhaftes Gekreische ist selbst bis in mein Schlafzimmer gedrungen. Herr Kanzleirat, ich appelliere an Sie als Gentleman, stehen Sie mir bei ...«

Der Max räuspert sich lautstark. Alle schauen ihn an. Er räuspert sich ein zweites und drittes Mal und schweigt dann. Ist eh besser. Denn wenn er mal in Fahrt kommt, beim Reden meine ich, hört er nämlich nimmer auf.

»Muss ich mir wirklich die Frechheiten dieser primitiven Person gefallen lassen?«, jammerte Frau Meinrad. »Ich kann und will mich nicht auf ihr Niveau begeben, das hat eine Dame wie ich nicht nötig.«

»Dame! Dass i net lach! A heimliche Quartalssäuferin sind S', da hat die Gloria schon recht g'habt. Man braucht si do nur ihre Nasn anschaun, a richtige Schnapsnasn. Erfrierungen? – Wer's glaubt, wird selig! Außerdem seh i do immer, wie Sie mitten in der Nacht die Weinflaschn in die Mistkübel unten im Hof entsorgen.«

Wo s' recht hat, hat s' recht, die Huberin. Ich kenne mich mit Alkoholikern aus, war jahrelang mit einem verheiratet. Mein Mann hat sich, nachdem er mit zweiundfünfzig in Pension gegangen ist, die Leber herausgesoffen. Seinen Sechziger hat er nicht mehr erlebt. Vielleicht, weil ich ihm immer nachschenkte, auch wie er schon halb hinüber war und der Arzt ihm das Trinken längst verboten hatte?

»Hören Sie doch endlich auf mit ihren idiotischen Beschuldigungen, Frau Huber! Das ist wirklich unerträglich. Wir führen uns alle auf wie eine Horde wild gewordener Neger, dabei sind wir doch zivilisierte Menschen«, sagt der Kanzleirat mit hochroter Birne.

»Halten Sie es für zivilisiert, jemanden mit einer Likörflasche zu erschlagen?«, fragt der Student. »Außerdem sagt man heute nicht mehr Neger, sondern Schwarzer.«

»Auf Ihre Belehrungen kann ich gern verzichten. Mit so einem Tachinierer wie Ihnen diskutiere ich nicht.«

»Soll mir recht sein. Obwohl Sie sonst nicht so schweigsam sind, wenn ich zum Beispiel an Ihre lautstarken Auseinandersetzungen mit Gloria denke, die ich unfreiwillig in meinem Zimmer mitanhören hab müssen. Hätte mir fast die Ohropax von der Frau Huber ausgeborgt.«

»Von Ihnen lass ich mich nicht provozieren, Sie, Sie …«

»Gell, gstrittn haben S' alleweil, des hab i a mitkriegt. Aber Sie brauchn gar net so groß tun, Herr Metzler, Sie haben uns no immer net gsagt, wo S' heut Nacht warn.«

»Das geht Sie einen feuchten Dreck an, liebe Frau Huber. – Ich hole mir jetzt ein Bier. Möchte sonst noch jemand eins?«

»Wenn Sie mir eins mitbringen würden«, sagt Josef zaghaft.

»Selbstverständlich.«

Jetzt saufen sie auch noch den ganzen Biervorrat weg, den ich für meinen Geburtstag angelegt habe. Eigentlich kann's mir egal sein. Ich wollte ohnehin meinen Fünfundfünfziger heute Abend mit meinen Nachbarn in unserem begrünten Hof feiern. Vor kurzem haben wir uns gemeinsam für dort unten Bänke und zwei Tische angeschafft. Ob sie das Bier jetzt saufen oder nach meinem Begräbnis, ist mir wirklich wurscht. Die Meinrad schenkt jedoch den beiden biertrinkenden Männern einen missbilligenden Blick. Wahrscheinlich hat sie gehofft, dass sie all das Bier in meinem Kühlschrank für sich allein abstauben kann.

»So unternehmen Sie doch endlich etwas, ich bitte Sie!«, wendet Frau Meinrad sich wieder an den Kanzleirat.

»Ich mach uns jetzt erst amal an Kaffee, einverstanden?«, schlägt die Hausmeisterin vor. »Danach werdn ma mit vereinten Kräften des furchtbare Verbrechen scho aufklärn, net wahr, Herr Kanzleirat?«

»Nun ...«, der Kanzleirat räuspert sich wieder, »nun ..., ich werde meinen Freund den Major Maricek anrufen – gleich nach dem Kaffee.«

Die Hausmeisterin begibt sich in meine Küche und bittet den Studenten, ihr zu helfen. Während sie Kaffee kocht, holt er meine Tassen mit dem Zwiebelmuster aus dem Schrank. Ich finde das ziemlich unverschämt von ihm. Er weiß genau, dass ich das Service nur alle heiligen Zeiten verwende. Andererseits habe ich heute Geburtstag und Sterbetag in einem. Wenn das kein Grund zum Feiern ist?

»Die alte Tschecherantin will si den Kanzleirat einfangen. Hat scho immer a Aug auf ihn g'habt. Solang die Gloria glebt hat, hat s' ka Chance g'habt. Eins muss ma der Gloria lassen, im Aufreißen war s' first class, selbst auf ihre alten Tag no«, sagt Frau Huber leise zum Studenten.

»Finden Sie?«, fragt er betont gelangweilt.

»Sie etwa net? Tun S' do net so unschuldig. Hat sowieso jeder gwusst, wie Sie Ihre Miete zahln. Auch auf meinen Joschi hat dieses Miststück es abgesehn g'habt. Aber das hab i net zuglassn.«

In diesem Punkt irrt sich die liebe Frau Huber. Mein Gott, was war das für eine aufregende Nacht! Wir haben es im Wonnemonat Mai zum ersten Mal im Brunnen mit dem büchertragenden Knaben vor der Bücherei des Sandleitenhofs miteinander getrieben. Weit weg von unserer Stiege und den Röntgenaugen unserer lieben Hausmeisterin. Josef hat vorher für einen Kurzschluss gesorgt. Es wurde plötzlich stockfinster in all den über tausendfünfhundert Wohnungen. Ich sah zum ersten Mal sogar die Sterne am Himmel. Vielleicht hatte ich auch nur Sternchen vor den Augen, als er es mir besorgte.

»Möchten die Herrschaften vielleicht a Stückl Guglhupf dazu? Hab gestern an backen, is no ganz frisch – oder hast du ihn schon zsammgessen, Joschi?«

»Nein, nein, habe mir in der Nacht nur ein ganz kleines Stück runtergeschnitten.«

»Des denk i ma, dass du gestern an ordentlichen Hunger g'habt hast, nach dem Marathon mit der Gloria«, sagt die Hausmeisterin leise.

Sie bringt das Tablett mit der Kaffeekanne und den Tassen ins Wohnzimmer. Unschlüssig bleibt sie in der Tür stehen. Dann stellt sie das Tablett auf meinen neuen Couchtisch, vor dem ich liege. Jeder, der sich einen Kaffee nehmen will, muss über mich drübersteigen.

»Schleich di endlich obi und hol den Kuchen aus meiner Küch«, schreit die Hausmeisterin Josef an.

Wütend schlägt er die Wohnungstür hinter sich zu. Er hat eben südländisches Temperament. Das gefällt mir ja so gut an ihm.

»Der wird immer aufmüpfiger. Ka Wunder, wo ihm die Gloria in letzter Zeit immer so schön tan hat. ›Josef, das Licht im Vorzimmer funktioniert nicht ... Josef, kannst du mal nach dem Abfluss im Bad schaun, er ist schon wieder verstopft ... Josef, der Wasserhahn tropft ...‹, verzeihn S', Herr Kanzleirat, aber so war s' eben, unsere schöne Gloria.«

Jetzt ist die Huberin auch noch eifersüchtig. Eigentlich hätte ich es mir denken können. Der Pepi ist wirklich nicht ohne. Dass er sich mit dieser ausgemergelten alten Ziege eingelassen hat, habe ich sowieso nie verstanden. Dass es die Meinrad auf meinen Kanzleirat abgesehen hat, war mir hingegen von Anfang an klar. Hätte ich ihn ihr doch bloß überlassen. Es war sowieso nicht mehr viel mit ihm los. Da ist der Josef schon ein anderes Kaliber. Zum Beispiel gestern, als er bei mir anläutete ...

»Finden Sie, das ist der rechte Augenblick, um solch intime Dinge zu besprechen«, wendet sich der Kanzleirat in vorwurfsvollem Ton an Frau Huber.

»Entschuldigen S' schon, Herr Kanzleirat, hab's ja net bös gmeint.«

Klar meinte sie es böse. Die Meinrad war gerade gegangen, hatte unter dem fadenscheinigen Vorwand, kein Fernsehprogramm im Haus zu haben, bei mir geklingelt. Natürlich wollte sie nur nachschauen, ob der Max die Nacht bei mir verbringt. Bis ins Wohnzimmer hat sie sich reingedrängt. Die Tür zu meinem Schlafzimmer stand offen. Sie warf einen Blick auf das leere Bett und zog hochbefriedigt wieder ab. Ich wollte es mir gerade auf meiner Fernsehcouch gemütlich machen, da läutete es schon wieder. Dieses Mal ganz leise, ganz sanft. Ich wusste sofort, dass es mein Pepi war.

»Verhätschelt hat s' di«, sagt die Hausmeisterin, als Josef zurückkommt und den halben Guglhupf neben die Kaffeekanne auf den Couchtisch stellt.

»Wer?«

»Na die da.« Die Hausmeisterin deutet auf die Leiche zu ihren Füßen.

»Die Frau Gloria?«

»Na wer denn sonst?«

»Sie war immer sehr freundlich zu mir, und dafür war ich ihr dankbar.«

Wie schön, dass zur Abwechslung mal einer nett über mich spricht. Aber der Josef hat auch am wenigsten Grund, sich über mich zu beklagen. Ich bot ihm immer nur das Beste vom Besten. Kein Wunder, dass die Huberin gestern völlig aus dem Häuschen war. Ich konnte nicht ahnen, dass sie mitten in der Nacht ... jedenfalls hatten mein Pepi und ich es uns auf meiner Couch be-

quem gemacht, mein Negligé war längst am Fußboden gelandet, und Emmanuelle und ich stöhnten um die Wette, als sie plötzlich wie eine Furie in meine Wohnung stürzte. Leider hatte ich vergessen, die Tür hinter Josef zuzusperren. Sie befreite ihn aus meinen Fängen. Und er folgte ihr wie ein Schäfchen hinunter in ihre Wohnung im Erdgeschoß, der Feigling! Ich war jedenfalls sehr enttäuscht von meinem Pepi. Nach dieser unangenehmen Szene ging ich sofort zu Bett, verzichtete sogar auf das Ende von »Emmanuelle 2«. So viele Besucher in einer Nacht habe selbst ich nur selten.

»Hast ihr dei Dankbarkeit gestern Nacht a glei handgreiflich zeign müssen«, faucht die Hausmeisterin Josef an.

»Jetzt geht's wieder los«, sagt der Student belustigt.

»Halten S' endlich die Goschn. Nix als blede Bemerkungen machen können S'.

»Man wird sie wohl neben ihrem verstorbenen Mann in seinem Familiengrab am Zentralfriedhof beisetzen«, wechselt Frau Meinrad das Thema. »Er war ja ein feiner Herr, Betriebsrat bei der ÖBB, soviel ich gehört habe ...«

»Sonderzug nach Pankow ...«, ertönt es in voller Lautstärke aus dem Radio. Mein Gott, wie gern würde ich jetzt mit dem Udo Lindenberg in dem Zug sitzen anstatt mir dieses Gejeiere anhören zu müssen.

»Mei, wird des a schene Leich! All die Eisenbahner in ihren feschen Uniformen – und der Mörda oder die Mörderin wird bestimmt a dabei sein, inkognito natürlich ...« Die Hausmeisterin klatscht sich begeistert auf ihre dünnen Schenkel.

»Vielleicht sollten wir, bevor wir die Polizei rufen, die Angehörigen verständigen«, unterbricht der Kanzleirat die Hausmeisterin.

» Hat s' überhaupt welche g'habt? Mir gegenüber hat s' nie irgenda Verwandtschaft erwähnt. Aber Sie bringen mi auf a Idee. Wir haben uns no gar net gfragt, wer alles erben wird. Meistens san doch die Erben die Mörder, zumindest in meinen Krimi-Hefteln.«

Die Hausmeisterin scheint jetzt in ihrem Element zu sein. Doch Frau Meinrad hat zum Thema Erben auch einiges zu sagen.

»Es ist nicht mehr viel da. Wie wir alle wissen, konnte unsere liebe Gloria mit Geld nicht umgehen. Den Schrebergarten hat sie gerade verkauft. Und ich weiß zufällig, dass sie erst vor kurzem ihr Silberbesteck und den ganzen Schmuck, den sie von ihrem Mann bekommen hat, ins Dorotheum getragen hat.«

Das musste sie jetzt unbedingt anbringen. Dass wir uns dort trafen, weil sie ihren Pelzmantel versetzte, um ihre horrenden Wein- und Schnapsrechnungen bezahlen zu können, das erzählt sie natürlich nicht. Sicher, die hundertzwanzigtausend Schilling, die mir unser Schrebergarten einbrachte, hätte ich schon gut gebrauchen können. Meine Witwenpension ist zwar nicht schlecht, aber ich bin eben eine sehr großzügige Frau. Ich war wirklich ein bisschen knapp in letzter Zeit. Deshalb war ich ja so hocherfreut, als ich heute am frühen Morgen den Geldbriefträger vor meiner Wohnungstür stehen sah. Unser neuer Briefträger ist ein gutaussehender Mann. Sieht dem Pepi ein bisschen ähnlich. Ich schlüpfte in meinen Morgenmantel, ließ die Knöpfe vorne offen und bat ihn mit einem freundlichen Lächeln herein. Zum Kaffeekochen war ich um diese frühe Stunde zu faul, deshalb bot ich ihm ein Gläschen von dem Baileys an, den ich erst gestern aufgemacht hatte.

»Die Hundertzwanzigtausend müssten eigentlich no do sein.« Die Hausmeisterin schlägt sich mit der Hand auf die Stirn. »Mein Gott, bin i teppert! Mir san alle miteinand teppert gwesen! Sie war ja no warm, als i sie gfunden hab. Ist Ihnen net aufgfalln, dass sie no immer net stinkt? Sie is no net lang tot. Die Gloria is erst heut früh erschlagn wordn, des sag i erna. Und i waß a von wem! Hab ihn um achte unten im Hof troffen, hab grad aufkehrt. Sein scheinheiliges Grinsen hätten S' sehn solln. Der Postler is nur a zweits Mal kommen, um nachzschaun, ob's wirklich hin is, des sag ich erna. Und wir habn erm wieder gehen lassn mit der ganzen Marie, wir Trotteln. Der wird den Scheck schon einlesen kenna, odraht, wie der is. Während wir die ganze Zeit bled wegen unsrer Alibis herumgstrittn haben, hat si der ausm Staub gmacht. Der is bestimmt längst über alle Berg.«

Das fürchte ich leider auch. Unser neue Briefträger trank das Stamperl Likör in einem Zug aus. Bedankte sich sogar höflich. Dann wollte er meinen Reisepass sehen. Ich ging ins Schlafzimmer und holte ihn aus meinem kleinen Wandsafe. Den Safe ließ ich dumme Kuh offen. Außer ein paar Maria-Theresien-Talern und ein paar Goldmünzen war zum Glück eh nicht mehr viel Wertvolles drinnen. Als ich mit meinem Füllhalter den Empfang des Einschreibens mit meiner Unterschrift bestätigte, griff der nette junge Staatsdiener nach der fast vollen Baileys-Flasche und schlug zu. Ich fiel etwas unglücklich mit dem Genick auf die Kante meines neuen metallenen Couchtisches und hörte sogleich die Englein singen.

Autorenbiografien

Die Herausgeberin

Edith Kneifl, Dr. phil., lebt und arbeitet als Psychoanalytikerin und freie Schriftstellerin in Wien. Als erster Frau wurde ihr 1992 der Friedrich-Glauser-Preis für den besten deutschsprachigen Kriminalroman des Jahres zuerkannt. Ihre Romane wurden in mehrere Sprachen übersetzt, zuletzt: »Mattinata Triestina«, edition Aracne, Rom 2011.

Die Verfilmung ihres Romans »Ende der Vorstellung« (Filmtitel: »Taxi für eine Leiche«, Regie: Wolfgang Murnberger) wurde als bester Fernsehfilm des Jahres mit der ROMY 2003 ausgezeichnet. Hörbuch: »Der Tod ist eine Wienerin«, gelesen von Monika Bleibtreu, HörbuchHamburg, 2007.

Veröffentlichungen: 22 Kriminalromane und ca. 70 Kurzgeschichten; Herausgeberin der Anthologien »Tatort Kaffeehaus«, »Tatort Beisl« (2011), »Tatort Prater«, »Tatort Friedhof« (2012), »Tatort Würstelstand«, »Tatort Rathaus« (2013), »Tatort Heuriger«, »Tatort Schönbrunn« (2014), »Tatort Naschmarkt«, »Tatort Burgtheater« (2015), »Tatort Hofburg« (2016), alle erschienen im Falter Verlag, Wien.

Jüngste Romane: »Blutiger Sand« (2012), »Die Tote von Schönbrunn« (2013), zusammen mit Stefan M. Gergely, »Satansbraut« (2014), »Endstation Donau« (2014), »Totentanz im Stephansdom« (2015), »Tot bist du mir lieber« (2016), alle erschienen im Haymon Verlag, Innsbruck.

Die Autorinnen und Autoren

Reinhardt Badegruber, geboren 1953 in Micheldorf/Oberösterreich. Studierte Slawistik und Publizistik in Wien und Warschau (Dr. phil.). Seit 1983 Reporter und Redakteur im ORF-Landesstudio Wien. Im Nebenberuf Lehrer am Kolleg Multimedia und an anderen Erwachsenenbildungseinrichtungen. Seit 2009 Krimiautor: »Die erste Geige spielt der Tod« und »Canalettos Geheimnis«, beide erschienen im echomedia verlag, Wien. Zusammen mit Robert Sedlaczek verfasste er das Sachbuch »Wiener Wortgeschichten. Von Pflasterhirschen und Winterschwalben« (2012), Haymon Verlag, Innsbruck.

Eva Holzmair, geboren in Korneuburg/Niederösterreich. Aufgewachsen in Wien. Dolmetschstudium. Lebt und arbeitet als Autorin, Übersetzerin und Konferenzdolmetscherin in Wien und Zell am Moos/Oberösterreich.

Veröffentlichungen in Literaturzeitschriften, Anthologien, u.a. in »Tatort Burgtheater«, und bei diversen Verlagen, wie etwa zwei Kriminalromane, »Mir träumte, du lägest im Grab« (2012), Edition moKKa, Wien, und »Rose, Löwe, Rosmarin« (2014), Spittelberg Verlag, Wien. In der Edition moKKa sind außerdem erschienen ein Erzählband, »Heimkommen« (2014), und eine Tragikomödie, »Lapis Lazuli – ein Versprechen« (ebenfalls 2014), die 2015 am Innsbrucker Westbahntheater uraufgeführt wurde. Die Veröffentlichung eines weiteren Erzählbands ist für Herbst 2016 im Verlag Taschenspiel, Wien, geplant.

Reinhard Kleindl stammt aus Graz, hat dort Physik studiert und schon früh Kurzgeschichten veröffentlicht. Sein erster Krimi, »Gezeichnet«, erschien 2014, ein Jahr darauf »Baumgartner und die Brandstifter«, beide im Haymon Verlag, Innsbruck. Der dritte und vorerst letzte Teil der Krimiserie um Chefinspektor Franz Baumgartner erschien 2016. Kleindl arbeitet auch als freier Wissenschaftsjournalist, unter anderem für *Universum*.

In den letzten Jahren hat er sich als Extremsportler einen Namen gemacht. Das Highlight war eine Slackline über die Victoriafälle in Simbabwe. *www.buchwerk.at*

Beatrix Kramlovsky, 1954 in Österreich geboren, vehemente Europäerin im Weinviertel, Schriftstellerin und bildende Künstlerin mit den Lebensthemen Aus- und Abgrenzungen, Gewaltsamer Tod. Als Literaturvermittlerin in vielen Ländern tätig. Mehrere Literaturpreise und Kunststipendien. Zahlreiche (Krimi-)Kurzgeschichten, viele davon in mehrere Sprachen übersetzt, zwei Kriminalromane, Erzählungen und Belletristik, die sich mit dem Begriff Heimat beschäftigen. Der Kurzkrimi »Die Fratze« aus »Tatort Burgtheater«, Falter Verlag erscheint als »Portrait of a Lady« Ende 2016 im *EQMM*, New York.

Zuletzt erschienen die Romane »Der vergessene Name. Eine verspätete Liebesgeschichte« (2014) und »Invasion der Wünsche« (2015), beide im Kitab-Verlag, Klagenfurt, sowie »Australien. Zwischen Aussteigern und Neuzeitnomaden« (2015), reisebuch.de Edition, und mehrere Kurzgeschichten. Mehr zum Werk der Autorin unter *www.kramlovsky.at*

Lisa Lercher lebt und arbeitet in Wien und schreibt seit 2001 Kriminalromane und Kurzkrimis. Immer wieder geht es in ihren Geschichten um Gewalt im sozialen Nahraum, ein Thema, zu dem die Autorin auch etliche Fachpublikationen veröffentlicht hat. Lerchers Krimis haben starken Regionalbezug, zumeist sind sie in Wien und in der Steiermark angesiedelt. »Die Mutprobe« (2006) wurde u. a. mit Peter Weck für den ORF und MDR verfilmt, 2015 ist ihr Wachau-Krimi »Faule Marillen« im Haymon Verlag, Innsbruck erschienen.

Andreas P. Pittler, geboren 1964 in Wien, dort Studium der Geschichte und Politikwissenschaften (Mag., Dr. phil.). Seit 1985 insgesamt 52 Bücher, darunter diverse Biografien, mehrere Bände mit Kurzgeschichten und bislang 16 Romane, zuletzt »Der göttliche Plan«, »Tod im Hamam« und »Das Totenschiff« (alle 2016). Seine Werke wurden bislang in sechs Sprachen übersetzt, zuletzt »Zores« 2013 ins Englische und 2014 ins Serbische. Träger des Silbernen Ehrenzeichens für Verdienste um die Republik Österreich. 2012 wurde er für den Friedrich-Glauser-Preis in der Hauptsparte »Roman« nominiert, 2015 erhielt er zudem den Homer Literaturpreis in der Sparte »Historische Kurzgeschichte«. 2016 wurde ihm von Bundespräsident Fischer der Berufstitel »Professor« verliehen.
www.andreaspittler.at

Manfred Rebhandl, geb. 1966, lebt in Wien. Er schreibt Reportagen für Zeitungen und Krimis. Nach vier Romanen um den freudlosen Gendarmen Biermösel, der im Ausseerland ermittelt, erhielt er 2012 den Leo-Perutz-Preis der Stadt Wien für »Das Schwert des Ostens«, den ersten Teil seiner Reihe um Superschnüffler Rock Rockenschaub, der am Wiener Brunnenmarkt ermittelt. Im Herbst 2016 erscheint im Haymon Verlag, Innsbruck »Der König der Schweine«, Beginn einer neuen Reihe um das Ermittlerduo Kitty Muhr und Ali Khan Kurtalan.

Erwin Riess, geb. 1957, aufgewachsen in Krems, Wirtschaftsministerium bis 1994, seither freier Schriftsteller, Rollstuhlfahrer und Behindertenaktivist, schreibt Stücke (zuletzt »Loibl-Saga« zum KZ Loibl-Nord, UA Klagenfurt 2015), Romane (zuletzt »Herr Groll und das Ende der Wachau«, 2015) und Stories vom Herrn Groll in diversen Zeitschriften *(Augustin)*, regelmäßiger Autor beim »Spectrum« der *Presse* und bei *Konkret*/Hamburg, Mitherausgeber von »Unerhörte Lust. Zur Sexualität behinderter und kranker Menschen«, 2016, Otto Müller Verlag, Salzburg.

Thomas Schrems, Jahrgang 1967 – Autor mehrerer Sachbücher und zahlreicher Kurzgeschichten, Hobbykabarettist, Schüttelreimfreund und gelegentlich Mensch. Er war 26 Jahre im Tagesjournalismus, lange auch in leitender Position, tätig, arbeitet seit 2015 als freier Schriftsteller und Magazin-Journalist und lebt mit seiner Familie im Nordburgenland. 2006 erschien sein erster Kriminalroman „Zuadraht", danach verfasste er ein historisches Werk. Derzeit schreibt er, inspiriert durch die Arbeit am Kurzkrimi „Der Kondor und die Augen der Untoten" (2012 veröffentlicht in der Anthologie „Tatort Prater", Falter Verlag), an einem neuen Kriminalroman, der 2017 erscheinen wird.

Sylvia Treudl, geboren 1959 in Krems an der Donau/Niederösterreich. Langjährige Tätigkeit als Verlegerin und Herausgeberin im Wiener Frauenverlag. 2000 Mitbegründerin des Unabhängigen Literaturhauses Niederösterreich; seither im Leitungsteam des ULNÖ. Herausgeberin in der Edition Aramo; Co-Herausgeberin der Reihe Neue Lyrik aus Österreich; Kolumnistin und Rezensentin für *Buchkultur;* Vorstandsmitglied der IG AutorInnen. Schreibt Prosa, Lyrik, Essays. Lebt in Wien und im Weinviertel.

Günther Zäuner, geb. 1957 in Wien; Studium der Klassischen Philologie, Geschichte und Zeitgeschichte. Freier Schriftsteller, Sachbuch- und Drehbuchautor, Dokumentarfilmer, Journalist; Verfasser der erfolgreichen »Kokoschansky-Thriller«; zahlreiche Kurzkrimis in verschiedenen Anthologien; spezialisiert auf organisierte Kriminalität, Drogen, Sektenunwesen, Rechtsextremismus, Terrorismus, Geheimdienste und Politik; lebt in Floridsdorf. Organisator unterschiedlicher Krimiveranstaltungen; produziert monatlich für YouTube das Krimimagazin *Zäuners Krimisalon.*
Mehr unter *www.guenther-zaeuner.at, www.kokoschansky.at*

Franz Zeller wurde 1966 in Kirchdorf an der Krems/Oberösterreich geboren. Nach einem Studium in Salzburg und einem Oxford-Stipendium begann er 1988 als Literatur- und Wissenschaftsjournalist für den ORF zu arbeiten. 2002 verließ er Salzburg und übersiedelte nach Wien, wo er zuerst bei der »Zeit im Bild« tätig war und seit 2004 in der Wissenschaftsredaktion von Ö1 u. a. die Sendungen »Matrix« und »Digital.Leben« leitet bzw. moderiert. 2009 erschien sein erster Salzburg-Krimi »Herzlos«, 2011 folgte »Blutsbande«, 2014 »Sieben letzte Worte« und 2015 »Sterben ist das Letzte«, alle bei Droemer Knaur, München.

2016 erschien unter dem Pseudonym Eva (das ist Bibiane Presenhuber) und Moritz Sommer die skurrile Familienkomödie »In Unterzahl«, ebenfalls bei Droemer Knaur.

Für die in der Falter-Anthologie »Tatort Rathaus« publizierte Geschichte »Karottinger« wurde Franz Zeller 2014 für den Friedrich-Glauser-Preis in der Sparte »Kurzkrimi« nominiert.
www.franzzeller.at, www.em-sommer.at